文春文庫

星落ちて、なお

澤田瞳子

文藝春秋

目次

星落ちて、なお

蛙鳴く

明治二十二年、春

　じじ、と音を立てて揺れた行燈《あんどん》の灯に、とよはぼんやりと顔を上げた。しみが目立つ画室の壁に伸び上がる己の影は、まるで主を飲み込もうとしているかのように大きく、くっきりとした輪郭がその黒さをいっそう際立たせている。

　油が切れるはずはない。なみなみと溢れんばかりに行燈に油を注いだのは、まだ昨日の朝ではないか。そう思いつつ行燈をのぞき込めば、芦ノ葉に蛇籠《じゃかご》を描いた黄瀬戸の皿はなかば乾き、とよが身じろぎしただけで灯がかき消えそうな有様だ。

　改めて考えれば、昨夜は父である暁斎《きょうさい》の通夜がこの画室で営まれたため、家じゅうの行燈は夜通し点《とも》りっぱなしだった。それにもかかわらず今朝、油を足さなかった迂闊《うかつ》に、とよは自分の動顚《どうてん》ぶりを改めて思い知らされた気がした。

「おとよさん、油の買い置きはありますか。まだ宵の口です。足りぬようなら、ひとつ、油屋を叩き起こしてきますよ」

部屋の隅にちんまりとかしこまっていた鹿島清兵衛《かじませいべえ》が、腰を浮かす。顔料の粉が床のあちらこちらにこぼれているせいで、その白足袋の爪先が群青と黄丹《おうに》に斑《まだら》に染まっていた。

養子とはいえ、東京では知らぬ者のおらぬ酒問屋・鹿島屋の八代目。新川の下り酒屋百軒余りを束ねる大店の主の割に、清兵衛は普段から妙なところに気が回る。

昨年の末より体調を崩していた暁斎の命が旦夕《たんせき》に迫ったと知るや、商いを放り出して真っ先に駆けつけてきたのも清兵衛であるし、その臨終後、すぐさま店から百円もの大金を運ばせ、「これを葬礼のかかりに」と差し出したのも彼であった。

とよからすれば、如何に父の弟子とはいえ、二つしか年の変わらぬ清兵衛の世話になるのは気が引ける。だが清兵衛は尻ごみする河鍋《かわなべ》家の者たちにはお構いなしに、葬儀の支度から僧侶の手配まで一切を、ほぼ一人で取り仕切った。

河鍋暁斎——の画号で知られた父は交誼《こうぎ》が広く、弟子の数だけでも軽く二百人を超す。その上、若い頃に入門していた歌川《うたがわ》家や狩野《かのう》家の相弟子やら習い事の狂言の仲間、親しい戯作者や飲み友達を合わせれば、二十二歳のとよにもよく分からぬ付き合いは数知れない。

とはいえ、そこは商人の如才なさ。清兵衛は葬儀の間も座の温まる暇もなく駆け回り、五百名を超える弔問客をさばいても疲れた顔ひとつ見せない。その辣腕は、暁斎の親友にして古参の弟子である真野八十吉《まのやそきち》が、

「普段は金の使い方もよく知らねえぼんくらと思っていたが、さすがは鹿島屋のご当代だなあ」

と、感嘆の息をついたほどであった。

「ありがとうございます、清兵衛さま。油はまだありますので、お気になさらないでください」

若い頃、師匠に「画鬼」の仇名をつけられた暁斎は筆が速く、興が乗れば夜中でも赤々と行燈を灯して絵を描き続けた。

五歳の春から父のもとで稽古を始めたとよにとって、画室の行燈の油注ぎはなによりも大切な仕事であった。少しでも日が陰ると灯を点させる父のためどんな時も行燈の灯を気にかけ、油を切らしたことなぞこれまで一度もなかった。それだけに、思いがけぬ己の失念がしんと指先を冷やした。

灯火が大きく揺れ、またも虫のすだきに似た音を立てる。見る見る干上がる油皿が、とよには自分の胸裡《きょうり》そのもののように感じられた。

この東京がまだ江戸と呼ばれていた昔に生きた画人・葛飾北斎《かつしかほくさい》は、五十八歳で西国を遍歴して百二十畳の大達磨を描き、八十歳を超えてもなお旺盛な画力を失わなかったという。それに比べれば、暁斎の享年はたった五十九。北斎はもちろん、六十五歳で没した師匠の歌川国芳《くによし》にも及ばない。

生来勝気で、往古の画人すべてから貪欲に学びつくそうとしていた暁斎は、自らの短命をさぞ悔しがっているだろう。今年の正月、勤勉な暁斎にしては珍しく筆を執らぬ日が続いたあの時、どうして無理にでも医師に診《み》せなかったのか。

まだ千代田のお城に大樹公（将軍）がいた頃ならばいざ知らず、世が明治と改まってからこの方、医術は格段に進歩した。近隣の漢方医では救いがたかったとしても、暁斎が親しくしていた東京医学校の独逸《ドイツ》人医師・ベルツであれば、何らかの手を施してくれただろう。そうすれば暁斎はいまも酒の茶碗を片手に、思う存分筆を振るっていたかもしれない。

とよは物入れ代わりの三畳間から、油徳利を運び出した。油皿に傾けた徳利がとぷんと鳴るのに合わせて、喉の奥に苦いものがこみ上げる。それを懸命に飲み下して、徳利の口に油紙をかけたとき、目の前の障子戸ががたぴしと音を立てて開いた。

「姐《ねえ》さん、星が流れたよ」

とっぷりと暮れた夜空を振り返りながら飛び込んできたのは、十一歳であった五年前から暁斎に弟子入りしている真野八十五郎《やそごろう》であった。黒紋付に羽織袴という装いが、まだ十六歳の丸顔をいつになく老成して見せていた。

「馬鹿かおめえは。まずは、ただいま戻りましたとの挨拶だろうが」

その後に続いて土間に踏み入った八十吉が、倅《せがれ》の頭を小突く。清兵衛に軽く会釈を送ってから、とよに向き直った。

「遅くなってすまねえ。寺の始末は、すべてつけてきたぜ。おとよ坊も大変だったなあ」

と、大きな息とともに、上がり框《がまち》に腰を下ろした。

「いえ、おじさんこそ。お世話になりっぱなしでごめんなさい」

「気にするんじゃねえよ。あいつとはお互い、二十歳そこそこの頃からの付き合いだったからさ」

暁斎から暁柳《きようりゆう》の画号を与えられている八十吉は、祖父の代から江戸川橋で質屋を営んでおり、算術に明るい。このため暁斎の葬儀が終わった後も費用の計算とその支払いのため、息子ともども檀那寺である谷中《やなか》の瑞輪《ずいりん》寺に残っていたのであった。

「だって、お父っつぁんも見ただろう。握りこぶしほどもあろうかっていう、でっかい星だったじゃねえか」

頰を膨らませる八十五郎の頭を再度突いてから、八十吉は懐の奥から取り出した巾着袋を鹿島清兵衛の前に進めた。まだ墨の乾かぬ書き付けを広げ、「今日のかかりはここにまとめておいたからな」と寺に支払った礼物の内訳を説き始めた。

「それにしても、清兵衛さんの見立には恐れ入るぜ。葬式饅頭が足りなくなる無様もなければ、嫌ってほど余りもしねえ。瑞輪寺のご住持も、さすがは天下の鹿島屋のご当代と褒めておいでだったぜ」

「それは恐れ入ります。養子の身だけに店の算盤《そろばん》はなかなか預からせてもらえませんが、それでもお役に立てることがあると嬉しいですね」

野辺送りが終わるとともに、あれほど群がっていた弔問客たちが明け方の霧の如く散っていったのも、とよを休ませてやれという清兵衛の差配だったのだろう。涼しげな目元に苦笑を浮かべてから、清兵衛は開け放たれたままの戸口の向こうに目をやった。ぽっかりと夜の色に切り取られたその奥で、隣家の灯がちらちらと頼りなげに揺れていた。

「ところで、八十吉さん。周三郎《しゅうざぶろう》さんはご一緒じゃなかったのですか。どうにも一向に戻って来られませんが」

「周三郎だって」

八十吉はえっと声を上げ、かたわらの八十五郎と顔を見合わせた。

「そりゃあ、こっちの台詞だ。喪主の癖に精進落としの最中から姿を見なくなったんで、とっくにこっちに戻っているものだと思っていたんだが」

八十吉と清兵衛の眼差しが、ほぼ同時にとよに向けられる。そこに微かに哀れみの表情が滲んでいるのに気づき、とよの胸はかっと熱くなった。

早くに遠縁・赤羽《あかばね》家に養子に出た弟の記六《きろく》は精進落としの酒に悪酔いし、瑞輪寺からそのまま家に帰っていった。身体の弱い妹のきくは通夜の最中に熱を出し、今日の野辺送りにも加わらぬまま母屋で臥せっているし、とよが物心つく前に祖母の元に引き取られ、そのまま他家に嫁いだ姉のとみは、師走に姑が倒れたとかで、暁斎の見舞いにすら来なかった。つまり兄の周三郎を探しに行けるのは、自分しかおらぬのだ。

「おそらく、大根畑の家でしょう。呼んできます」

とよは口早に言うなり、下駄をつっかけた。姐さん、という八十五郎の呼びかけを背に聞き捨て、そのまま画室を飛び出した。

暁斎が一昨年、転居してきたこの根岸金杉村の家はもともと、とよやきく、記六の母であるちかの生家である。ただ家財道具の多い暁斎は、長年暮らした湯島の家やそれ以前に使っていた本郷大根畑の家もそのまま残しており、ことに大根畑の一軒家には十二年前に養子先から戻ってきた長男・周三郎を寝起きさせていた。

上野の山を左に眺めながら坂を下り、池之端を回り込めば、大根畑は目と鼻の先。暁斎在世中も、一人暮らしの兄のもとに幾度となく総菜を運んだり、繕《つくろ》い物を届けたりしてきただけに、夜道もさして怖くはない。むしろまだ月の出ぬ時刻であるのをいいことに、とよは裾が乱れるのもかまわず、ただひたすら坂道を駆け下った。

桜はとうに散ったにもかかわらず、顔を叩く風は驚くほど冷やっこい。その冷たさが、今のとよにはひどく心地よかった。

「姐さん、姐さんってば。ちょっと待っとくれよ。――うわあッ」

盛大な悲鳴とともに、何かが倒れる音が辺りに響いた。驚いて振り返れば、八十五郎が剝きだしの膝を抱えて、往来の真ん中に座り込んでいる。浅黒い顔を「痛え」としかめた。

「馬鹿だねえ。わざわざ追いかけて来なくたっていいのに」

この五年で形《なり》こそずいぶん男臭くなったものの、とよからすれば六歳年下の八十五郎は弟も同然である。

　とよは懐から取り出した手ぬぐいを唾《つば》で湿すと、血の滲んだ八十五郎の膝に当てようとした。しかしその途端、八十五郎は飛びしさるように立ち上がり、両手で袴の汚れを払った。

「だ、だって、姐さんがあまりに慌てて飛び出すからさ。せめて提灯《ちょうちん》だけでも持って行かせろって、うちの親父が」

　見回せばなるほど坂の半間ほど先に、古びた提灯が落ちている。ただ、転んだ際に飛んで行ったのか、どれだけ四囲《しい》を探しても肝心の蠟燭《ろうそく》がなく、提灯の柄も根元でぽっきり折れていた。

「ごめんよ、姐さん。これじゃあ、おいら、何のために来たんだか」

「いいや。もともと古かった提灯だから、しかたないよ。あと一刻もすれば、月が出るだろう。灯りなんぞなくっても、帰り道は心強いはずさ」

　八十五郎の背をひとつ叩き、とよは弟弟子と肩を連ねて歩き出した。

　とよは女にしては大柄だが、それでも久しぶりに隣に並べば、八十五郎の背丈はとよとさして変わらない。子どものように派手に転んだのが恥ずかしいのか、口をへの字に引き結んだ八十五郎を、とよは横目でうかがった。

「おまえ、背が伸びたねえ」

という呟きが、おのずと漏れた。

「ああ。じきに親父を追い越すよ。それでも周三郎さんには、まだまだかなわないだろうけど」

八十五郎の口ぶりには、周三郎と競う気配がある。低い声にそぐわぬその幼さに、とよは苦笑した。

「しかたないさ。兄さんはありゃあ、竹みたいに丈があるもの。死んだあたしのおっ母さんも大きな人だったけど、お父っつぁんはよくよく大女が好きだったのかね」

暁斎はつくづく女房運が悪いと見え、四年前に亡くなったとよの母を含め、生涯に三人の女房に先立たれている。

周三郎は、娶《めと》ってたった二年で没した二番目の女房の忘れ形見。姉のとみは妻がおらぬ間、身の回りの世話を焼かせるために家に引っ張り込んでいた妾が生み捨てていった子であった。

「いずれにしても、周三郎さんも周三郎さんだよ。葬儀が終わったって、まだあれこれ相談ごとがあるのは分かってるだろうに。なんで姐さんにすべてを押し付けて、一人で大根畑に帰っちまうんだろう」

口数の多い八十五郎は、生前の暁斎からしばしば、「てめえ、口よりも手を動かせ」と拳骨を食らっていた。とはいえこの時ばかりは、自分の言えぬ愚痴を八十五郎が代弁してくれているかのようで、とよは暗い道の果てに目を凝らした。

「あのさ、姐さん。なんだったらおいらが周三郎さんを引っ張ってくるから、先に根岸に帰ったらどうだい。暁斎先生の看病からこっち、姐さんも疲れているだろうからさ」

ああ、そうか。八十五郎はこれを父親から言い含められてきたのか。胸の中で一つうなずいてから、「ありがとよ。けど、大丈夫だよ」と、とよは応じた。

「それに兄さんが気難しいお人だってのは、お前だって知っているだろう。このあたしが出向いても、根岸まで来てくれるかどうかが怪しいんだ。お前が頼んだら、かえってことを拗《こじ》らせちまう」

「なにを言っているんだい。だからこそ、おいら、心配なんじゃないか」

夜空に輝く星と競うかのように行く手に点々と輝くのは、湯島天神の参道の燈籠《とうろう》だ。それを見詰める八十五郎の横顔は、強い北風に吹きさらされたかのように強張っていた。

「この三月《みつき》、姐さんは自分の仕事をほっぽり出して、寝る暇もなく先生の世話を焼いていたのにさ。周三郎さんは根岸に顔を出してもそんなことには知らんふりで、自分の絵の仕事にばかりかまけてただろ。時にはおいらが擂《す》った顔料を、勝手に持ち帰ったりしてさ。その末、葬式の後始末まで姐さんに押し付けるなんざ、あまりに虫のいい話に過ぎらあ」

とよは下唇を嚙み締めた。八十五郎の言葉は、何一つ間違っていない。むしろむきになって自分の身を案じてくれる弟分の気遣いが、胸に痛いほどありがたかった。

風俗画に狂画（戯画）、動物画……挙句は版画から引幕までこなす暁斎のもとには、毎日ひっきりなしに絵の依頼が持ち込まれ、本人が床に臥した春以降もその数は一向に減らなかった。しかたなく暁斎は依頼主と相談を打ち、真野八十吉やとよ、はたまた川越西浄寺《さいじょうじ》の僧侶である法泉《ほうせん》など身近な門弟たちに仕事を割り振ったが、中でももっとも多くの依頼を引き受けたのが、暁雲《きょううん》の画号を持つ周三郎であった。

父の扶育《ふいく》のもとに育ち、五歳の春から絵の手ほどきを受け始めたとよに比べれば、十二年前、十七歳で養子先から戻ってきた周三郎の弟子入りは遅い。ただ長じてからの稽古がかえって功を奏したのか、周三郎の筆は暁斎の奔放さをよく引き継いでおり、ことに墨絵を描かせれば、門下で右に出る者はいなかった。

錦絵を得意とする歌川国芳を最初の師とし、その後、写生を重んじる狩野家で厳しい修業を積んだ暁斎は、やまと絵から漢画、墨画まで様々な画風を自在に操った。さりながら数多《あまた》いる弟子たちは皆、その多彩な才能には遠く及ばず、たとえば真野八十吉は狩野派の絵を、とよはやまと絵をというように、それぞれの得意は異なる。その中で暁斎の奔放な筆にもっとも近いのが周三郎であった以上、暁斎病臥《びょうが》後の異母兄の多忙はある意味では当然だ。

ただ一方で、周三郎は暁斎が病み臥していた間、根岸の家を頻繁に訪れながらも、日に日に痩せ衰えてゆく父にはおざなりな言葉しかかけなかった。仕上がった絵と画料を取り替え、ろくに腰すら下ろさず帰って行く姿に、とよは羨望とも腹立ちとも言い難いものを常に感じていた。

なにせ父の看病はもちろん、見舞いにやってくる弟子たちの応対、果ては暁斎の代理として出稽古にまで赴いているとよには、せっかく任された絵を描く暇がなかなかない。小さな掛幅《かけふく》程度なら寝る間を惜しんで描き上げられるが、吉原で一、二を争う大楼・角海老から依頼の美人画の大幅なぞ、注文から二月が経ってもまだ下絵のあてすら立っていない始末である。それにもかかわらず周三郎だけは父の病なぞ知ったことかとばかり、次々と絵を描き上げてゆく。

とはいえ如何に弟分でも、その屈託を八十五郎にぶつけられはしない。ありがとよ、ともう一度繰り返し、とよは湯島天神下の森を回り込んだ。

本郷大根畑は正式な地名を本郷湯島新花町といい、かつては上野・寛永寺の寺侍《てらざむらい》が多く住んでいた地域。近年は湯島天神の参詣客を当て込み、路地の奥に春を鬻《ひさ》ぐ女たちの店が立ち並びもしている猥雑な町筋である。

とよは八十五郎を憚《はばか》って、三味線の音が流れてくる路地を避け、霊雲寺の土塀脇の辻を西へと折れた。重なり合った軒の間を縫い、古びた板壁に囲まれた小家の戸を叩いた。

「兄さん、いますか。根岸のとよです」

応えはない。だが決して留守ではない証拠に、家の奥からは義太夫とも長唄ともつかぬ声が微かに聞こえてくる。

とよは八十五郎と顔を見合わせた。

「兄さん、あがりますよ」

断ってから戸を開けば、歌声はますます鮮明に、また大きくなった。

——それかとよ　香やは隠るる梅の花

「周三郎さんだ。まったく、いい気なものだなあ」

八十五郎が舌打ちをしながら、とよが脱いだ下駄を素早く三和土《たたき》にそろえた。

暁斎は若い頃から大蔵《おおくら》家に狂言を、また宝生《ほうしょう》家に謡《うたい》を習っていた上、当代屈指の狂言作者・河竹黙阿弥《かわたけもくあみ》とも親しく、ほうぼうの芝居小屋にも頻繁に足を運んでいた。琴三味線までは自ら手にしなかったが、とよやきくを伴い、役者の家まで赴いたことも幾度もあった。それだけにとよには、聞こえてきたのが地唄「袖香炉《そでごうろ》」であるとすぐに分かった。

上方発祥の地唄は、その美しさから近年、関東でも愛好者が増えている。「袖香炉」は今から百年余り前、大坂島之内で活躍した三味線の名手、豊賀検校《とよがけんぎょう》の死を悼んで作曲されたものと言われ、しばしば追善の席でも唄われる一曲である。

とよたちの知らない間に、どこかの師匠のもとに通っていたのだろうか。口三味線まで交えた情感豊かな声音に、とよは知らず知らずに怒らせていた肩の力をほっと抜いた。

周三郎とて、人の子だ。生前の暁斎にそっけなかったとはいえ、父の死を悼む思いが皆無なわけがない。この家で一人、こうやって「袖香炉」を口ずさんでいるのが、何よりの証拠ではないか。

そう考えると、葬儀の後始末を放り出し、菩提寺から勝手に帰ってしまったのも、父への哀悼の念がそれだけ激しければこそとも考えられる。兄さん、と重ねて呼ばわりながら、とよはわざと大きな音を立てて、奥の間の襖際に膝をついた。

――きつく惜しめどその甲斐も　亡き魂衣《たまごろも》　ほんにまあ
歌声は興に乗ったが如く高ぶり、終わりに差しかかりつつある。ほんの一瞬、曲が終わるまで待った方がいいのだろうか、との躊躇《ちゅうちょ》が胸をかすめた。しかしそんな真似をしては、八十五郎が更に苛立つかもしれない。節の切れ間を狙って襖を引き開けた途端、歌がはたと止む。とよは目をしばたたいた。

庭に面した四畳半の奥の間を、周三郎が画室代わりに使っていることは知っていた。だが今、小狭なその板間には四基もの行燈が灯され、夏の野外にも劣らぬ眩い光が屋内を照らし付けている。四つん這いになり、木枠に貼った絵絹に筆を走らせていた周三郎が、「なんだ。おとよか」と、形のいい眉を寄せつつ顔を上げた。

幾枚もの下絵と顔料皿が並べられた床は、赤々と灯された行燈と相まって、色とりどりの花が咲いた野面《のづら》を思わせる。そのただなかで絵筆を握る周三郎は、今しがたの情味ある歌声が嘘のように、ぞろりと着流した藍染の浴衣に三尺帯をゆるく締めている。つい数刻前に父を送ったばかりとは思えぬ自堕落さであった。

「兄さん……何をしているんですか」

「何って、おめえ。見りゃ分かるだろう。仕事だ」

ちっと舌打ちをして、周三郎は絵筆を乱暴に顔料皿に投げ出した。暁斎とはあまり似ぬほっそりとした頬が、不機嫌に歪んでいる。

まだ描き始めて間がないのか、木枠に貼られた絵絹には、下端に長い弧が一本、墨で引かれているだけだ。とよは兄の四囲に散らかった下絵に、忙しく目を配った。

狩野家での稽古を己の基《もとい》に据えていた暁斎は、かの画派同様、写生と下絵を何より重んじた。「絵のほとんどってのは、下絵で決まるんだ。下絵で描けなかったものが、本絵（完成品）で描けるわけがねえ」というのが口癖で、暁斎が「下絵」と口にすると、弟子たちがそら始まったと首をすくめるほどだった。

それだけに周三郎に限らず、暁斎門下の画人はみな、幾枚も下絵を描き、時にはそこに彩色まで施してから絵絹に向かう。

いま四畳半に散らかった下絵には、一枚も色が差されていない。とはいえ板間に並べられた顔料の多彩さに、とよは周三郎が描こうとしている絵の仕上がりがありありと思い描けた。

絵の中心に据えられるのは、縁台に腰かけ、かたわらに転がした袖香炉を文を握った手でもの憂く突く、横兵庫髷《よこひょうごまげ》の美人。梅の裾模様の小袖の裾からのぞく白い素足や、転がる袖香炉を目で追う足許の三毛猫など、荒々しい絵を得意とする周三郎にしては珍しく、ひどく折り目正しい美人図のようだ。

「袖香炉遊女図、ですか」

「おおよ。親父どのが死んだ今、これ以上、客を待たせてもおけねえからな」

袖香炉は漆器作りの球形の小型香炉で、袖の中に入れて、微かな香りを楽しむ。地唄ではその残り香を亡き人を偲ぶよすがとして歌っていたが、一方で薫香は時に、戻らぬ恋人を懐かしむ小道具としても用いられる。ならば先ほどまで聞こえていた地唄は、ただ絵を描くに際しての興であり、父を偲ぶためではなかったわけか。

(けれど――)

色とりどりの顔料皿が、急に褪《あ》せて見えてくる。とよはこの三月の間に河鍋家に持ち込まれた絵の依頼を、懸命に思い出した。

暁斎の指図もあり、周三郎に任されたのは孫の初節句のためにと依頼された鍾馗図《しょうきず》や檀那寺への寄進に用いるという大江山図など、猛々しい絵が大半だった。美人図と名がつく作はほとんどがとよに委ねられ、周三郎には一作も回されていないはずだ。

一瞬にして、背中に冷たい汗が浮かぶ。下絵と絵絹を素早く見比べるとよに、周三郎は軽く鼻を鳴らした。木枠の脇に置いていた下絵を両の手でぐしゃぐしゃに丸めるや、それをとよの胸元に投げつけた。

「餌をかっさらわれた猫みてえな面をするんじゃねえ。見たけりゃ、とっくりと見やがれ」

「なんだと」

とよの背後に棒立ちになっていた八十五郎の顔が、真っ赤に染まる。周三郎に食ってかかろうとするのを目顔で制し、とよは膝先に落ちた下絵を開いた。

「十日ほど前だったっけか。根岸の家に出かけたら、角海老から使いがやって来やがってよ。それ、おめえが親父どのの薬を日本橋まで買いに行っていた時だ。妹なら留守だと教える暇もなく、年明けにお願いした絵はいつ出来上がりますか、と食い下がってきやがってな。だから、それなら俺が代わってやらあと言ってやったんだ」

兄の言葉の意味が咄嗟《とっさ》に理解できず、とよは双の眼を見開いた。すると周三郎は、

「おめえは本当におふくろどのに似て、鈍い奴だな」と、口元に冷笑を浮かべた。

「親父どのがおめえに割り振った、遊女図さ。角海老といやあ、吉原では屈指の名楼だ。なら袖香炉図なんかどうだと俺が呟いた途端、使いの奴ァ、揉み手をせんばかりの恵比寿面で帰って行ったぜ」

まったく、と続けながら、周三郎はわざとらしいため息をついた。

「おめえは絵を描かせても話をしても、とにかくのろまでいけねえ。仮にも絵師の端くれなら、頼まれた絵ぐらい、何をおいてもさっさと仕上げやがれ。注文主を待たせちゃあいけねえや」

てめえ、という怒号が、周三郎の言葉を遮って轟《とどろ》く。板の間に飛び込んだ八十五郎の背が、とよの視界を塞いだ。

「よくも姐さんの仕事を盗《と》りやがったな。この盗っ人め」

周三郎は敏捷にその場に跳ね立ち、摑みかかろうとする八十五郎を体《たい》を開いてかわした。

たたらを踏んだ八十五郎の足が顔料皿や木枠を蹴散らし、板間にぱっと紅や藍の花が

刻まれる。轆水《どうさ》が引かれ、四方を木枠に止められていた絵絹が、鋭い音を立てて真ん中で裂けた。

周三郎は八十五郎の襟髪をひっつかむなり、その身体をぐいと引き倒した。跳ね起きようとする頬桁《ほおげた》を立て続けに平手で張り、

「餓鬼《がき》の分際で、家内の話に口出しするんじゃねえ」

と、細い身体には似合わぬ胴間声を浴びせ付けた。

「せっかく張った絵絹が駄目になっちまったじゃねえか。てめえ、それでもうちの親父どの弟子か」

「畜生。放せッ。放しやがれ、この野郎」

周三郎は不機嫌がすぐ顔に出る性質《たち》だが、河鍋の家で手荒を働いたことはこれまで一度とてない。それだけに突然の兄の乱暴に怯えるよりも先に仰天し、とよは二人の間に割って入った。さすがの周三郎が腕の力をゆるめた隙に、八十五郎を後ろ手にかばった。

「やめとくれよ、兄さん。

「ふざけるな。なにが身内なものか」

怒りの治まらぬ様子で吐き捨て、周三郎は八十五郎に顎をしゃくった。

「この餓鬼も親父の八十吉も、いつも俺をよそ者を見るような目で見やがって。忌々《いまいま》しいったら、ありゃしねえ」

「そんなことないよ。妙な僻目《ひがめ》はやめておくれ」

周三郎はわずかに目を細めて、とよを見下ろした。目立って高い頬骨が、ひくひくと蠢《うごめ》いていた。

「まさか、おめえ。気づいていないのか」

口の中を切ったのか、八十五郎の唇の端から赤いものが一筋流れている。今度こそ手ぬぐいでそれを拭いながら、「気づいていないって、何が」ととよは問い返した。

「俺をよそ者扱いしていたのは、こいつらだけじゃねえ。他ならぬ親父どのだって同じだってことをよ」

「なに馬鹿を言ってるんだい」

その途端、周三郎の双眸《そうぼう》に凶暴な光が宿った。殴られる、と咄嗟にとよは身をすくめた。

しかし周三郎は四角い肩がすぼむほど大きな息をつくや、飛び散った顔料や墨にはお構いなしに、どすんと床に尻を下ろした。短く刈り込んだ髪を両手で掻きむしってから、「てめえは本当に何も見えていねえんだな」と毒づいた。

「言っとくが、俺はおめえののろまぶりを承知していればこそ、角海老の仕事を引き受けてやったんだぜ。礼を言われこそすれ、そこの餓鬼に嚙み付かれる覚えはねえや」

恩着せがましい口振りに、とよは唇を引き結んだ。周三郎はいつもこうだ。怒りとも悲しみともつかぬものが、腹の奥でことりと音を立てた。

周三郎の母親は産後の肥立ちを悪くし、赤子の周三郎を残して亡くなった。そこで暁斎はしかたなく親類の仲立ちを得て、息子を品川の商家に養子に出したのであった。

そんな彼が十七歳で河鍋家に戻ってきたのは、養子先の父母とどうしても反りが合わず、間に立った親族から泣きつかれたためである。暁斎の側もまた、己の幼名と同じ周三郎の名を与えた倅の去就を、それなりに案じていたのだろう。旧居である大根畑の家を整頓して与え、弟子の一人として絵の稽古をつけ始めたのであった。

幼い頃から父の奔放には慣れていたとよは、突如、現れた「兄」に戸惑いはしなかった。しかし周三郎は暁斎の画室に欠かすことなく通って修業に打ち込む一方で、義母に当たるちかとは皆目関わろうとしなかった。相弟子であるとよとはぽつりぽつりと言葉を交わし、時にはともに暁斎の前に居並んで絵の講評を加えられもする。とはいえ相弟子以上の関わりは決して示さぬのが、これまでの兄であった。

とよはその事実に落胆と安堵を同時に覚えつつも、一方で父そっくりの周三郎の筆に憧れすら抱いていた。自分にはどれだけ稽古しても得られぬ不羈《ふき》なる筆致を、わずか数年で獲得した兄に、「さすがにお父っつぁんの子だ」と感嘆もしていた。——それなのに。

熱いものが喉元にせり上がり、肩がひくひくと波打ちそうになる。それを懸命に堪え、とよは片手に握り締めたままの下絵に目を落とした。

簡略な筆で描かれた猫と古風な身なりの遊女を並べた筆はともに暁斎の作を思わせ、周三郎が相当な勘案を重ねて拵《こしら》えた下絵と分かる。ただあまりにあれこれ工夫を重ね過ぎたためか、一つの袖香炉をはさみながらも猫と遊女の組み合わせに調和は乏しく、異なる絵を無理やりくっつけたようなちぐはぐさが滲んでいる。

とよは下絵を握る手に力を込めた。考えるより先に、「あ……あたしなら、こうは描かないよ」との言葉が口をついた。

「なんだと」

「この絵はお父っつぁんの筆に似ているし、そりゃあ角海老の主も喜ぶだろうよ。けど、猫と遊女なんて組み合わせは、これまで幾人もの絵師が手がけてきたんだ。ならよっぽど工夫を凝らさないと、描く意味がないんじゃないかい」

周三郎の筆は勢いがあり、巧みだ。それは認める。暁斎の絵をそのまま引き写したかのような小器用さは、よほど父の絵を学んでいなければできる技ではない。

だが亡き父は、人をあっと言わせる絵を描くことを無上の喜びとしていた。妖怪・九尾狐を描いて欲しいと頼まれれば、かの妖怪に苦しめられた天竺や唐の王子が手を組んで罠を仕掛ける構図を考え、地獄の閻魔と奪衣婆《だつえば》の絵をとの注文には、彼らが美女と若衆の前でやに下がる姿を描く。古い画家たちに学びながらも常に新奇の工夫を求めた父であれば、せっかくの袖香炉を挟みながらも猫と遊女がぎこちない絵なぞ、必ずや一笑に付したはずだ。

「じゃあ、おめえは俺以上の遊女図が描けるっていうのか」

「ああ、描けるよ。描いてやるさ」

売り言葉に買い言葉で言い返したとよに、周三郎は小馬鹿にしたように鼻を鳴らした。とはいえ、それも無理はない。何事にもまっすぐに取り組む気性がそのまま筆に現れるのだろう。とよの絵は下手ではないが生硬で、暁斎の如き気宇壮大さには欠ける。ならばいっそ、その硬質な筆運びを伸ばしてやろうと考えたのだろう。昨夏、暁斎は知人であるやまと絵師・山名貫義《やまなつらよし》のもとにとよを弟子入りさせ、古画の学習をしてこいと命じた。

山名は紀伊藩の御用絵師の息子として生まれ、土佐《とさ》・住吉《すみよし》両派の絵に学んだ当代一のやまと絵師。だが柔和で人当たりのよい新たな師に学べば学ぶほど、暁斎風の奔放はとよの絵から更に影を潜めていった。

しかし、それでいいのだ。天下の絵師を百人集めたかと思うほど多彩な暁斎の絵は、画鬼たる父だからこそ描けたもの。並みの人間はその一端を真似るのが精一杯である以上、自分は得手とする細密な筆でもって、己なりの絵を描くしかない。

「ふうん。じゃあ、おめえはこれからも、絵師としてやっていくってわけか。そりゃあ、親父どのもさぞ喜ぶだろうぜ。なにせあの爺さんはあれで案外、今北斎を気取ってやがったからな」

暁斎が私淑した画人は、生涯に数多い。中でも特によく学んでいたのが、最初の師・歌川国芳が敬愛した葛飾北斎の作で、ついには私淑が高じて、『北斎漫画』ならぬ『暁斎漫画』『暁斎酔画』を刊行。古道具屋を巡って買い集めた北斎の絵を矯《た》めつ眇《すが》めつして、「うめえなあ。うめえよなあ」と呻《うめ》いていることも頻繁であった。「なあ、知っているか、おとよ。親父どのがどうして、まだ五つ六つのおめえに絵の手ほどきを始めたのかってことをさ」

不意に周三郎の声が低くなった。

「親父どのはな。本当に北斎になりたかったんだ。あの出不精の親父が、時折思いついたように日光や信州に出かけていったのもそうだし、おめえっていう娘に絵を仕込んだのも、北斎に少しでも近づこうとしてに決まってら」

「ば、馬鹿をぬかせッ」

八十五郎ががばと身を起こし、周三郎の言葉をさえぎった。

「そんなわけがあるもんか。先生は姐さんに絵の才があると思えばこそ、小っちゃな時から絵を仕込んだに決まってらあな」

「絵の才だと。冗談も休み休み言いやがれ」

細い顎をつんと上げ、周三郎はせせら笑った。

「おとよの絵のどこに、才なんてものがあるってんだ。親父どのはただ、葛飾応為《おうい》みてえな女絵師を自分の娘に持ってみてえと思っただけさ」

とよはびくりと肩を揺らした。

葛飾応為は、北斎の三女。一度は北斎の弟子である商人に嫁ぐも離縁となり、以降、父の仕事を手伝って生涯を過ごした女絵師である。

当代一の絵師として多忙を極めた北斎は、肉筆画の注文の多くを娘に任せ、応為もまた自らの絵に父の落款《らっかん》を押されても、皆目意に介さなかったと伝えられていた。

「北斎が米寿を超えても仕事を続けられたのは、応為がそばで手助けしてたおかげってのは有名な話だ。きっと親父どのは北斎同様、自分の片腕に使うために、おめえに絵を学ばせたのさ」

違う、という反論が喉につかえたのは、初めて絵筆を持たされた日の光景が、くっきりと脳裏に浮かんだからだ。

あれは、五歳になったばかりの春の日だ。物心つく前から画室を遊び場にしてきただけに、筆や顔料皿はとよにとって身近な遊び道具だった。ただ、それまでとよが何をしても知らぬ顔だった暁斎はその日、いつものように画室の隅で反故裏《ほご》に落書きをしていたとよを無言で抱き上げ、胡坐《あぐら》をかいた膝の中に放り込むように座らせた。

きょとんとする娘の頭を一つ撫でると、目の前に置いた紙にさらさらと筆を走らせ、「そらよ」ととよに握らせた。実をつけた柿の枝に、くりくりと丸い目の鳩が止まった小さな絵であった。

今にも画中から飛び立ちそうな鳩の姿に歓声を上げたとよに、かたわらにいた弟子の一人が苦笑した。

「おとよちゃんはまだ五つですぜ。先生の絵をあげるのは、ちょいと早すぎるんじゃねえですかい」

暁斎は到来物があると、手近な懐紙に礼状代わりの絵を描き、そのまま使いの者に渡してしまう。日課代わりに記していた絵日記や観音像も欲しがる者には気さくに与えるため、画室には絵の稽古に来た門人以外にも、暁斎から絵をねだり取ろうとする者がしょっちゅう押しかけるほどだった。

「馬鹿野郎。ただやるんじゃねえよ。手本にさせるんだ」

えっと声を上げた門人にはお構いなしに、「いいか、おとよ」と暁斎はもう一度とよの頭を撫でた。様々な顔料の粉のこびりついた、妙に色鮮やかな手であった。

「これはおめえの終生の手本だ。何百回、いや何千回でもこれを写し取り、絶対に身から離すんじゃねえぞ」

今から思えば、あの時の暁斎はまだ四十二、三歳だったはずだ。だが折から画室に射しこんだ夕陽のせいで、その顔には百年の齢《よわい》を重ねたかの如き陰影が刻まれていた。まるで父が父でなくなったかのような恐怖に、とよはその意味もよく分からぬまま、こくりと頷いた。

あの時も、そして今も、絵が好きだと思ったことはない。ただとよの周囲にはいつもごく当然のように絵筆があり、絵を描く男たちがそこにいた。

九つ年下のきくもとよ同様、五歳で絵の稽古を始め、河鍋家の幼い女絵師たちの姿は、絵を趣味とする東京の人々の間では評判となった。

しかし暁斎は出稽古先の家々が、

「次の稽古の折はぜひ、お嬢さんがたもお連れ下さい。うちの悪たれたちにも、小さなお絵師さまの姿を見せてやりとうございますからな」

と、どれだけねだろうとも、決してとよやきくを同行させなかった。

「おめえたちもどうせいずれは嫌でも、いまの俺みてぇに外に絵を教えに行く日がやって来らァ。出稽古なんぞという気づまりなものは、それからでいい。その日までは、とにかく腕を磨くことだけ考えてろ」

そう吐き捨てる暁斎の顔は苛立たし気で、こめかみだけが別の生き物に似てひくひく動いていた。

あの言葉は決して、娘を案じる親心ゆえではない。一人前には程遠い娘たちがただ幼いからというだけでもてはやされることに、暁斎は一人の絵師としてはっきりと腹を立てていた。鳩と柿を目の前で描いたあの日から、暁斎はとよにとって父ではなく師に変じたのだ。

多くの弟子を擁する暁斎は、娘たちを決して他の弟子と区別しなかった。下手な絵を描けば遠慮なく叱り飛ばし、うまい絵を描けば手放しに誉める。

幼い頃から身体が弱いきくは、季節の変わり目ごとに熱を出して寝込むため、一月、三月も絵筆を握らないことも珍しくない。しかし幸い心身ともに健やかなとよは、一日の大半を母屋から庭を隔てた画室で過ごし、白粉《おしろい》の溶き方よりも先に顔料の拵え方を、紅の扱いよりも先に肥瘦《ひそう》のない鉄線描《てっせんびょう》の引き方を覚えた。父との間には必ず絵筆が介在し、娘としてよりも弟子としてその傍にいる毎日が一昨日まで長く続いていた。

「おめえみてえな弟子がいりゃ、そりゃ親父どのは楽だっただろうよ。なにせ目配せ一つで、磐水が引かれた絵絹や煮溶かした膠《にかわ》が、次から次へと出て来るんだからな。おめえを傍らに引きつけて離さなかったのも、ある意味じゃあ当然だ」

それに引き換え、と周三郎は虚空にじろりと目を据えた。まるでそこに暁斎の魂魄《こんぱく》が浮かんでいるかのように、力の籠った眼差しであった。

「品川から戻ってきた際もその後も、俺は手本なんぞ一枚も与えられなかったぜ。結局親父どのは、自分のためにおめえだけを絵師にしたかったってわけだ」

それは弟子入り当時の周三郎がすでに青年であり、特定の手本を渡すより、とにかく目の前の描絵を見せるほうが稽古になると暁斎が考えたからだ。とはいえ憎々し気に唇を歪めた周三郎には、そんな抗弁をしてもなに一つ届かぬようにとよには思われた。

「兄さんは――」

という声の尻が、自分でも無様なほどに震えた。

「あたしが嫌いなんだね」

「ああ、大っ嫌いさ」

間髪いれずに言い返してから、「おめえ、それもまたこれまで、気づかなかったのかよ」と周三郎は薄く笑った。

片頬を歪め、歯を剝きだすその笑い方は、不思議なほど暁斎のそれに似ている。なぜ、と胸の中でうめきながら、とよは腹の前で両手を握り合わせた。

確かに、父と母の育ての元で大きくなった。それが異母兄からこれほど憎まれねばならぬ罪なのか。早くに養子に出、なさぬ仲の養父母と悶着を重ねてきた日々は、なるほど周三郎には苦しかっただろう。さりながらそれは決して、とよのせいではないはずだ。

「まあ、すべてを承知してもなお、おめえが女絵師になるっていうなら、親父どのも草葉の陰で喜ぶだろうよ。もっとも、おめえみてえな鈍い女郎《めろう》はどれだけ稽古を重ねたところで、大した絵は描けねえだろうがな」

とよが握りしめたままの下絵を、周三郎は手荒にひったくった。床に散らばったその他の下絵と重ね合わせるや、力を込めてそれを二度三度と引き裂いた。

「角海老にゃ、やっぱりおめえに頼み直してくれと伝えておくぜ。その代わり、あれだけ大きな口を叩いたんだ。俺をうならせるほどの絵を描いてみろよ。鈍なおめえに、それができるっていうならな」

とよの耳の底に突然、先ほどの周三郎の地唄が蘇った。

——散れど薫りはなほ残る　袂《たもと》に伽羅《きゃら》の煙り草
暁斎は死んだ。画鬼と称された彼の絵への執着は伽羅の香の如く霧消し、もはやこの世のどこにもない。

とよを憎む周三郎とて、やがて三十年五十年と時が経てば、暁斎同様に老い、彼岸の人となる。この刹那の憎しみなぞ、長い人の営みの中で見ればこの上なく虚しかろうに、それでも人は己の思いのままにしか生きられぬのだ。

描かねば、ととよは思った。

周三郎ほどの覇気も、父ほどの腕も、自分にないとは承知している。暁斎が自分に絵を仕込んだ理由も、もしかしたらこの男の言う通りかもしれない。

しかしだからといってここで筆を捨てれば、自分は何よりも絵を尊んだ父との何より の紐帯《ちゅうたい》を失うことになる。そしてそれは、目の前の異母兄に膝を屈するに等しい。

「ああ。描くさ、兄さん。見ていておくれよ。ただね、あたしのことは嫌いでもいいから、一度、根岸には顔を出しとくれ。これからのあれこれも相談しなきゃならないからさ」

気丈を繕って応じたとよに、周三郎はしばらくの間、無言であった。床に転がっていた筆を手の中で弄《もてあそ》んでから、ちっと舌打ちをした。

「ふん。言われねえでも、そのうち訪ねるから気にするな。まったく、逐一うるせえ奴だな」

家だけでも本郷大根畑に湯島、根岸と併せて三軒。加えて暁斎がその生涯で買い集めた古画は、古いものでは鈴木春信《すずきはるのぶ》の役者絵に菱川師宣《ひしかわもろのぶ》の美人画、明人・仇英《きゅうえい》の画巻や毛益《もうえき》の白猫図など多岐に渡る。とみやきく、記六を含めた兄弟姉妹でそれらをどう分けるのか。家の始末は、位牌の世話は——数え上げれば、話し合わねばならぬことは山積みだ。

他人であれば、何もかも知らぬ顔を決め込み、縁を切ってしまえばいい。だが血でつながり、同じ絵を生業《なりわい》とする以上、目の前の兄とはこの先、否が応でも向き合わねばならないのだ。

お父っつぁん、ととよは胸の中で呼びかけた。

父の死が哀しくないわけではない。しかしこれから始まる日々の辛さを思えば、あっけなく逝ってしまった暁斎への恨み言が口をつきそうになる。とはいえそれでも画鬼の娘である自分は、逃げるわけにはゆかぬのだ。

八十五郎は引き結んだ唇をわななかせながら、がっくりと座り込んでいる。糸が切れた木偶《でく》に似たその肩をとよは小さく叩いた。

「八十五郎、帰るよ」

よろめき立つ弟弟子の先に立ち、一歩一歩踏みしめるように路地に出る。まだ月の出ぬ空を仰ぎ、とよはふと、根岸への帰路、空に星は流れるだろうか、と思った。

ほんの瞬きほどの閃光でいい。わずかに道を照らす灯さえあれば、これからの日々にもためらわずにいられる気がしたが、仰いだ空はいつしか灰色の雲に覆われ、先ほどまで瞬いていた星すら一つとて見えない。上野のお山の黒々とした影が、忍び寄る夜雨の先触れのようだ。

来た道を足早にたどりながら、とよは半歩後ろに従う八十五郎を振り返った。まだ怒りの余韻を留めた赤い顔に、「さっきのことは、誰にも言うんじゃないよ」と静かに告げた。

「でも、姐さん」

「八十吉のおじさんも鹿島屋の清兵衛さまも、今日はうちのお父っつぁんの葬式で疲れていなさるんだ。そんなところに余計な話を持ち込めば、ご心労を増やすだけじゃないか」

どおと音を立てて風が吹き、お山の木々が大きくざわめく。乱れかかる裾を、とよは片手で強く押さえた。

「け、けどよ。姐さんはそれで承知なのかい。周三郎さんにあんな真似をされて」

八十五郎の声は、まるで六つ、七つの少年に戻ったかのように甲高く上ずっていた。

「しかたがないよ。兄さんはああいう人なんだ」

そうだ。しかたがないのだ。父の暁斎を喪った今、自分と兄が決定的に仲違いをしては、この先、まとまる話もこじれてしまう。

早くに母方の遠縁に養子に行った弟の記六は少々お気楽に過ぎるところがあり、金品の絡む話は任せられない。元々生家を嫌っている姉や、身体が弱い妹のきくともなれば、なおさらである。

自分さえ胸をさすって堪えていれば、兄弟姉妹の平穏は保たれる。そして血によって結ばれた間柄とは、残念ながら互いがこの世に在る限り、否が応でもつながり続けねばならぬのだ。

しかたがない、と再度自らに言い聞かせ、とよは足を速めた。それと同時にばらばらと大粒の雨が地面を叩き、瞬くうちに四囲を白い飛沫で染め上げた。

「げっ、降って来やがった。姐さん、どこかで雨宿りをしていこうぜ」

ようやく取り付く島が見つかったとばかり、八十五郎が怒鳴る。とよはそれには聞こえなかったふりで、人気のない根岸坂を一気に駆け上がった。

とよが生まれたばかりの頃、この一帯には寛永寺の子院がひしめき建ち、寺侍たちの暮らす長屋がお山をびっしり取り囲んでいたと聞く。しかし世が明治と改まって以降、徳川家という大檀越《だんおつ》を失った寛永寺は衰亡し、今や塔頭《たっちゅう》の大半は住む人もなく荒れ果てている。

築地塀を乗り越えて繁茂《はんも》する葛蔓《くずかずら》をまたぎ、音無川にかかる小橋を渡る。濡れそぼった裾を撥ね飛ばすように駆けるとよの姿に、橋のたもとの商家で表戸を立てていた小太りの中年女が、「あっ、おとよさん」と叫んだ。

暁斎が親しくしていた豆腐屋、笹乃雪の女房である佐江《さえ》であった。

「ちょうどよかった。後でお宅にうかがおうと思っていたんだよ」

言いざま軒先から一歩出て、佐江は降りしきる雨の強さに驚いた顔で身を引いた。

「とにかくお入り」ととよをうながしてから、篠突《しのつ》く雨の奥に目を凝らした。

「なんだ。八十五郎さんも一緒かい。二人とも今日はさぞお疲れだっただろうに、もうどこぞにお礼に行っていたんだね」

佐江の連れ合いの忠次郎《ちゅうじろう》は、笹乃雪七代目。笹乃雪はかつては寛永寺御用を務めていた老舗《しにせ》で、その屋号は第五代輪王寺宮《りんのうじのみや》・公弁法親王《こうべんほっしんのう》が、店の豆腐の美しさを笹の上に積もった雪になぞらえたことにちなんでいた。

笹乃雪では醬油餡をかけた温豆腐や三河島菜漬けを肴《さかな》に、店先で酒を飲ませる。このため、息災だった頃の暁斎は口さみしくなると真昼間から笹乃雪に出かけて痛飲し、時には真っ赤な顔で店の床几《しょうぎ》で絵を描きもした。胃を病み、まともな食事が喉を通らなくなった後も、「笹乃雪の豆腐だけは、なんとか食えるな」と言って、ほぼ毎日、店から出来立てのあんかけ豆腐を運ばせていた。

今日の暁斎の葬式には主の忠次郎自ら駆けつけてくれただけに、とよは額髪から滴る雨滴を袖口で手早く拭い、居住まいを正した。

「いえ、ちょっと兄のところに行っていただけで。それよりお佐江さん、父の生前には大変にお世話になり、ありがとうございました。毎日届けていただいた豆腐のおかげで、父も春が終わるまで命永らえられたのだと思います」

「改まって、なにを言うんだよ。ご近所のよしみじゃないか。それにしても、あの飲みっぷりがもう見られないと思うと寂しいねえ」

くすんと洟《はな》を啜り、佐江はまだ火を落としておらぬ店の奥から、古びた岡持ちを持ち出した。「ひっくり返すんじゃないよ」と釘を刺しながら、軒先の八十五郎にそれを手渡した。

「いつものあんかけとうずみ豆腐さ。どうせ今日は、ろくに飯の支度なんぞ出来っこないと思ってね。うちの人と相談して、持っていくつもりだったのさ」

うずみ豆腐は軽く盛った飯に賽《さい》の目に切った豆腐を乗せ、汁をかけた料理である。腹持ちがよく身体が温まることから、これまた暁斎の好物であった。

「とりあえず五人前入れてあるけど、足りなけりゃいつでも誰か走らせとくれ」

根岸の家では今ごろ鹿島清兵衛と八十吉が、自分たちの帰りを胆を煎《い》る思いで待っていよう。あの二人に八十五郎と自分、それに臥せっているきくを合わせれば、ちょうど五人前で足りる。だがその偶然の一致は、まるで赤の他人である佐江までが自分と周三郎の不仲を知っているかのようだ。

「ありがとうございます。何から何までお気遣いいただき、すみません」

とよの声がくぐもった理由を勘違いしたのだろう。佐江は「いやだねえ。他人行儀だよ」と無理やり笑みをつくろい、まつげの濃い目をせわしくしばたたいた。

「それより、まったくむら気な雨だ。もう雲が薄くなり始めたじゃないか」

うずみ豆腐は時間が経つと飯がふやけ、水っぽくなる。せっかくの心遣いを無駄にしてはならないと、とよは八十五郎とともに小やみになり始めた雨の中に飛び出した。

佐江の言葉通り、雲はすでに最前の暗さを失い、ところどころの切れ間から紺青の夜空をのぞかせつつある。とはいえ小雨を孕《はら》んだ風はいまだ強く、ちぎれた若枝がばさばさと音を立てて四辻を転がって行った。

板塀を巡らした家の門口で足を止め、大きく胸をさする。怒りと諦めを通り越し、もはやふてくされた面もちの八十五郎に念押しの一瞥をくれてから、建て付けの悪い板門を力任せに引き開けた。

母屋の土間を通り過ぎ、中庭の池にかかる石橋をわざと下駄を鳴らして渡る。池に面して建てられた画室の縁側に腰を下ろすと、「まったく、無駄足を踏んだ上、とんだ雨に降られちまいましたよ」と言い立てながら、濡れた袖を両手で絞った。

「兄さんったらどこに行っちまったんだか、大根畑の家はもぬけの殻でした。もう二度と飲めないお父っつぁんの代わりとばかり、どこかに繰り出したのかもしれませんねえ」

「そりゃあ、ご苦労だったな。こんな夜に出歩くとは、あいつも困ったもんだ」

手ぬぐいを持って縁先に出てきた八十吉に、本当に、ととよは眉根を寄せてうなずいた。

八十五郎は岡持ちを提げたまま、小橋の上でそっぽを向いている。それを目顔で叱りつけ、とよは縁側に岡持ちを据えさせた。

「笹乃雪のお佐江さんが、皆でどうぞと持たせてくれました。八十吉のおじさんも清兵衛さまも、今日はろくに昼すら食べていないでしょう。ありがたくいただきましょうよ」

「おやおや。これはまた、暁斎先生のお好きなものばかりですね。では、あんかけ豆腐は暁斎先生のご位牌に供えましょうか」

清兵衛が八十吉の肩越しに岡持ちの中をのぞきこみ、漆塗りの椀を取り上げた。

「うずみなら喉通りもいいから、おきく坊でも食べられるな。おい、八十五郎、母屋に持って行ってやりな」

「ちぇっ。たったいま戻ったばっかりだってのに、人使いの荒いこった」

「なんだと。減らず口ばかり叩きやがって」

八十吉の小言に、八十五郎はますます頰を膨らませた。さっさと行きやがれ、と顎をしゃくるのに答えもせぬまま、むくれ顔でうずみ豆腐の椀を引っ摑んだ。

小橋を渡るその姿が、あっという間に暗がりに溶け入る。それを待っていたように、八十吉が急に頰を引き締めて、とよに向き直った。

「ところでな、おとよ坊。今しがた、清兵衛さまより妙なことをうかがったんだ。暁斎が大切にしていた観音像を清兵衛さまに売るって話、おめえは承知なのかい」

「観音像って――おじさん、まさかあの狩野さまの御像のことを言っているのかい」

とよは画室の奥に目をやった。紙と画材がうずたかく積み上げられた部屋の隅には漆塗りの厨子《ずし》が据えられ、二尺（約六十センチ）余りの観音立像が安置されている。その前に置かれた暁斎の位牌の真新しさとは裏腹に、地金のくすみが歳月を感じさせる古仏であった。

この観音像はもともと、暁斎が若い頃に修業をしていた駿河台狩野家伝来の品。第十一代将軍・文恭院《ぶんきょういん》（徳川家斉《とくがわいえなり》）の御代に活躍し、深く観世音菩薩を信仰していた駿河台狩野家四代目・美信《よしのぶ》が当時の輪王寺宮から下賜された、由緒正しい御像である。以来、狩野家では代々、この像を大切に祀《まつ》り続けてきたが、明治元年のご一新により一家は凋落《ちょうらく》。御像は売り払われ、遂にはある質屋に預けられたのを、かつて狩野家の弟子だった縁から暁斎が引き取ったのである。

もう十年も昔、暁斎が夏羽織の下に大事そうに観音像を抱えて戻ってきた日のことを、とよは鮮明に覚えている。だが生身の師にかしずくかのように、暁斎みずから朝晩香華《こうげ》を供えていた観音像を、なぜ清兵衛に売らねばならぬのだ。

「観音像だけじゃねえんだ。暁斎が集めた古画や能面の類、それにあいつが描き溜めていた絵日記や旅日記も、一切合切、まとめて清兵衛さまに売るって話になっているらしい」

「ちょっと待ってください。あたしはそんな話、知りませんよ。いったいどこから、そんな相談が出てきたんです」

もしかしたら己の命数を悟った暁斎が残される子どもたちの行く末を案じ、清兵衛に財産の処分を持ちかけたのか。それにしたところで、暁斎があれほど大切にしていた観音像まで含まれているのは奇妙に過ぎる。

まさか、ととよは顔を青ざめさせた。豆腐を位牌に供え終えた清兵衛が八十吉の言葉を引き継ぐかのように、とよの傍らに膝を折る。「やはりそうでしたか」と呟いて、肉付きの乏しい顔を強張らせた。

「野辺送りの道中、わたくしにこの話を持ちかけて来られたのは周三郎さんです。おとよさんも承知の上と仰ったのですが、やはり何もお聞きではなかったのですね」

「あ、当たり前ですッ」

思わず声を荒らげてから、とよは己の口に片手を当てた。仮に八十五郎がこんな話を聞きつければ、一人で大根畑にとって返し、何をしでかすか分かったものではない。

「ああ、うちの倅の耳なら気にするな。さっき母屋をのぞいたら、おきく坊はすっかり熱も下がって、暇を持てあましていたからよ。そんなところに八十五郎が顔を出せば、話し相手になかなか放しゃしねえさ」

なるほど、八十吉は最初からすべて承知で、息子に席を外させたわけだ。いかにも商人らしい配慮にとよは安堵したが、そうなると思い出されてくるのは、先ほど大根畑の家で絵を描いていた周三郎の姿である。

暁斎の絵は誰の眼から見ても、画派の枠に収まりきらぬ不羈《ふき》なるものである。しかしその一方で彼は、少年の日の八年間師事した狩野家に対し、決して師礼を欠かさなかった。自ら選んだ暁斎の号とともに、狩野家から与えられた洞郁陳之《とういくのりゆき》の画号を、生涯、併用し続けたのは、まさにその表れ。そして暁斎が買い集めた古画の中には、狩野安信《やすのぶ》や狩野探幽《たんゆう》といった狩野家の先祖の作も数多く含まれている。

それらを一切合切売り払うとは、暁斎の人生を踏みにじるも同義である。妹ばかりか実の父親にまで向けられた周三郎の憎しみに、とよは改めて養子先での兄の孤独を思った。

（もし、お父っつぁんがあたしたちのおっ母さんと一緒にならなかったら――）

そうすれば周三郎は、暁斎の手許に留め置かれたのだろうか。とよの如く、幼くして手本を与えられ、父の弟子の列に加わったのか。画室に出入りする大人たちに可愛がられ、暁斎の片腕とほめそやされたのか。だとすればとよは、本来、周三郎に与えられるべきものを、何もかも奪ってのけたことになる。

唇を噛みしめたとよを気遣うように、清兵衛は「よく聞いてください、おとよさん」と静かに声を落とした。

「わたくしはまだ、周三郎さんにお返事はしておりません。まずは少し考えさせてくれと申し上げただけです」

清兵衛によれば、周三郎が持ち掛けた売値は千五百円という。そばが一杯二銭の当節、確かに大枚ではあるが、古物古画類の由来と数を考えれば、目の玉が飛び出るほどの高値ではない。そのあまりに適当な値付けがかえって、兄の内奥を如実に物語っていた。

「こう申してはなんですが、暁斎先生が末期まで頼りにしていらしたのは、間違いなくおとよさんです。仮におとよさんが暁斎先生のご遺品を整理したいと仰れば、わたくしは喜んでお預かりしたでしょう。ですが、それを言い出されたのがあの周三郎さんとなると――」

いえ、ととよは清兵衛を遮った。膝に置いた手をぐいと握り締め、驚き面になった清兵衛と八十吉を交互に見比べた。

「兄さんがそう言ったのであれば、しかたありません。申し訳ありませんが清兵衛さま、お引き受けいただけませんか」

「なんだって。おとよ坊、おめえ、気は確かかよ」

皺《しわ》に囲まれた目を、八十吉がかっと見開いた。

「確かに周三郎は、暁斎の長男だけどよ。親父の野辺送りの最中に遺品の整理を勘案する喪主なんぞ、俺ァ今まで聞いたためしがねえ。清兵衛さまが仰った通り、暁斎がいっち頼りにしていたのは、間違いなくおめえだ。だとすりゃあ幾ら兄貴だからって、あいつに遠慮することなんぞないんだぞ」

八十吉の親身な言葉は、普段であればひどく心強く感じられただろう。だが今は熱を帯びたそれが、奇妙なほど遠いものと思われた。

——きっと親父どのは北斎同様、自分の片腕に使うために、おめえに絵を学ばせたのさ。

兄の弁が、すべて真実とは思わない。ただその一方でもはや物言わぬ骸《むくろ》となった父が、何の打算もなく自分を絵師として育て上げたとも考えがたい。

なにせ、暁斎は血の代わりにその体内を墨が流れているのではと案じられるほど、絵のことしか考えぬ男だった。一昨日、いよいよ息を引き取ろうかという時も、暁斎は痩せ衰えた手を上げ、枕頭《ちんとう》に詰める人々に紙と筆を持ってくるよう促した。とよが急いでそれらを運んでくると、暁斎は横になったまま得意の戯画で、血を吐いている自分自身とそれを見て仰天している医者を描いた。そして、己を取り囲む周三郎や清兵衛、八十吉たちをにやりと笑って見回すや、青黒い瞼を静かに閉ざし、それからほんの半刻あまりで息絶えたのだった。

目に見えるもの、見えないもの。この世のすべてを描き尽くそうとし、死の間際まで絵師であり続けた暁斎が、とよのみを絵の軛《くびき》の埒外に置いていたわけがない。しかしそれでも、自分はあの父の娘なのだ。

暁斎さえうまく立ち回ってくれていれば、自分が周三郎からこんな仕打ちを受けることも、兄に対して後ろめたさを抱く必要もなかっただろう。母のちかが亡くなったときは、ただただ悲しく、きくと二人どうにも涙が止まらなかった。誰の目も憚らず、ただ家族の喪失を悲しみ得た四年前が、ひどく昔の如く感じられた。

「本当にいいんですか」

「はい」

しかたがないのだ。なぜなら、周三郎と自分は兄妹なのだから。震えかかる指先を、とよはぐっと拳に握り込んだ。

「ただ、どの絵を売ってどの絵を残すのかは、あたしに決めさせてください。これからの修業に必要な作もあるはずですから」

周三郎は絵師としては、人並み以上の腕を持っている。加えて、すでに自らの絵を確立している以上、暁斎が学んだ狩野派の作品なぞ、手元に置いておく必要はないのだろう。

だが、自分は違う。昨年から始めたやまと絵の修業を更に進めるのであれば、入用なのはまず、土佐派・住吉派両派の作だ。それらから影響を受けた浮世絵の類まで残すことが叶えば、なおありがたい。

頬を硬くしたとよをまっすぐに見つめてから、清兵衛は細い顎を静かに引いた。

「わかりました。そうまで仰るならば、お引き受けいたしましょう。ただし、おとよさん。わたくしは先生のご遺品を買い受けるのではありません。おとよさんが選ばれた品々を、ただ一時お預かりするだけです。周三郎さんのお求め通りのお代は支払いますが、それは先生のご遺族に対するお見舞いだと思ってください」

「そういうわけには参りません。そこまで甘えるわけには」

鹿島屋は東京で五本の指に入る酒問屋である。その主の買い物として千五百円はさしたる高値ではなかろうが、山のような古画古物を預かった上での見舞金となれば、話は別だ。鹿島屋の番頭や清兵衛の女房も、決していい顔はすまい。

「いいえ、おとよさん。ぜひ、そうさせてください。ご存じの通り、わたくしは絵の他に、漆芸、音曲、舞、果ては写真まで習っております。それはようやくできた跡取り息子をたった五歳で亡くした哀しみを忘れんとしての、必死の放蕩。ただいずれの師匠たちも、鹿島屋の看板を気にしてわたくしの顔色をうかがう中、暁斎先生だけは違いました。わたくしが下手な絵を描けば遠慮なく叱りつけ、時には学ぶ気がねえならさっさと帰りやがれとまで仰いました」

それは鹿島屋の看板を慮《おもんばか》らなかったというより、誰に対しても阿《おもね》らなかった暁斎の気質に負うところが大きい。しかし清兵衛は形のいい目にうっすら涙を浮かべながら、

「わたくしには、そのお言葉が本当にありがたかったのです」と続けた。

「正直に言えば、わたくしは長男を亡くした苦しみさえひと時忘れられれば、絵でも舞でも何でもよかったのです。けれど心根を入れ替えて真剣に打ち込めば、この世の芸はそれぞれすべて、人の一生では学びつくせぬほど奥深いものです。それを教えてくださったのが暁斎先生である以上、わたくしにとってあの方は、すべての芸事の師なのです」

「それは……ありがとうございます」

とよからすれば絵は否応なしに学ばされたものであり、暁斎は選ぶことすら許されぬまま従わされた師である。それだけに清兵衛の純真なまでの敬愛が、いまのとよにはひどく眩しかった。それに反論することは、清兵衛が胸に抱く無垢な思いまで汚すような気がした。

「実はついでにもう一つ、ご相談がございます。よろしければ、おとよさん、わたくしの深川の別宅に越してこられませんか。無論、お一人でとは申しません。おきくさんも

ご一緒においでいただければ」

「そりゃあ、ありがてえ話じゃねえか」

とよが応じるよりも早く、八十吉が膝を打った。

「いや、俺も暁斎の亡くなっちまった今、おとよ坊とおきく坊がここに居続けるのはどうかと案じちゃいたんだ。いくら記六の家が数軒先とはいえ、寂しい根岸なんぞに年頃の娘たちが暮らすのは危ないことも多かろうからな」

「深川佐賀町の別宅は、先々代の隠居所として建てられたものでしてね。少々古びてはおりますが、おきくさんと二人で暮らされるには、ちょうどいい家だと思います」

別宅と同じ町内には、鹿島屋が懇意にしている医者も住んでいる。病弱なきくにとっても決して悪くないはずだ、と続ける清兵衛の声を聞きながら、とよは三間続きの画室を見回した。

暁斎の生前はこの画室には始終弟子や知人が詰めかけており、ろくな片付けすらできなかった。堆《うずたか》く積まれた書物や画帖を取り除けて古画古物類を探し出すだけで、優に四、五日はかかるだろう。そこから己が必要な絵を選び出すのに、更に数日。その日々こそが自分にとって、暁斎との別れを嚙み締める時間となる。

「確かにありがたいお話ではありますが、そうでなくとも清兵衛さまには様々ご厄介になっています。さすがにこれ以上、甘えるわけには」

「おい、なにを遠慮しているんだ。清兵衛さまの生真面目さは、おめえだってよく承知しているだろう。暁斎への恩に報いるため、こうまで仰ってくださっているんだ。ありがたく甘えたほうが、あいつだって草葉の陰で安心するはずだ」

八十吉がとよに向かってぐいとひと膝進めたとき、軽い足音とともに八十五郎が母屋から駆け戻って来た。八十吉の言葉通り、きくが飯を食い終わるまでの間、話し相手として付き合わされていたのか、その手には空の椀が摑まれていた。

「ちょうどいいや、八十五郎。おめえからも何か言ってやれよ。おめえだっておとよ坊とおきく坊がこんなところで寝起きを続けちゃあ、気が揉めてしかたねえだろう。鹿島さまの別宅に移らせてもらえりゃあ、俺たちだって枕を高くして眠れるってもんだ」

八十吉の突然の言葉に、八十五郎がえっと叫んで棒立ちになる。大きく口を開いたその表情に、清兵衛が苦笑いした。

「そんなにびっくりしないでください。別宅といっても、深川の西端。永代橋を渡れば、ここから目と鼻の先です」

「け、けど。暁斎先生に続いて、姐さんまでこの家からいなくなっちまうなんて。だいたい姐さんはそれを承知なのかい」

空の椀を放り出して駆け寄ってくるや、八十五郎は歳月に磨かれた縁側の端をぐいと摑んだ。

「おいらは不承知だよ。姐さん、深川になんぞ行かないでおくれよ。そんなことになったらおいら、これから先、誰のところで絵を習えばいいんだよ。鹿島屋さまのお屋敷になんざ、おいら、足がすくんで通えやしねえよ」

「馬鹿野郎。おめえの都合だけで、おとよ坊の邪魔をするんじゃねえ」

八十吉の叱責に、八十五郎はひるまなかった。「おいらの都合だけじゃねえや」と言い返し、濡れた下駄を乱暴に脱ぎ散らして縁側に這い上がった。

「そりゃあ、もう二十年も昔から暁斎先生に教わってきた親父はいいさ。手本はこれまでに山ほどいただいているだろうし、親父を名指ししての絵の仕事だって、ぽつぽつとあるからよ。けどまだ弟子入りして五年しか経っていないおいらや、桑原《くわばら》のおりうさん、吉田屋《よしだや》のおよしさんみたいな若い弟子はどうすりゃいいんだよ」

「それは——」

八十吉と清兵衛が顔を見合わせる。そんな大人たちを横目で見やり、八十五郎はとよの傍らにどすんと尻を降ろした。

「暁斎先生がいなくなっちまった今、おいらは姐さんに絵を習いたいんだ。お願いだから、深川なんぞに行かないでくれよ」

実際のところ、暁斎亡き今、家財にも先駆けて整理をせねばならぬのは、二百人を超すとも言われる弟子たちである。袖にすがりつかんばかりの八十五郎の勢いに、とよは内心、大きなため息をついた。

暁斎の弟子のうち、真野暁柳の画号を有する八十吉や島田《しまだ》友春《ともはる》、辻暁夢《つじきょうむ》など、すでに絵師として名を馳せつつある者は、師が没したとてなんの不便もあるまい。また鹿島清兵衛や一寺の住持である林法泉《はやし》、はたまた建築家でありながら暁斎の弟子となったイギリス人、ジョサイア・コンデル（コンドル）のように、他に勤めを持っている者も同様だ。しかし暁斎の許に弟子入りして日が浅く、ようやく絵のいろはを学び出したばかりの若者は、当の暁斎が亡くなったからといって、こちらの都合で放り出しもしがたい。

豪商や幕臣に知己の多い暁斎は、彼らの子女にも絵の手ほどきをしていた。銀座の呉服屋・吉田屋の養女のよしや、旧幕臣である桑原三《みたび》の娘・りう、元老院議員・田辺太一《たなべたいち》の娘である竜子《たつこ》（後の三宅花圃《みやけかほ》）などがその例であり、彼女たちはみなそろって八十五郎とさして年の変わらぬ少女たちであった。

「本当なら残った弟子は、周三郎さんがお引き受けになられるのが筋なのですがねえ」

「やめてくれよ、清兵衛さま。あんな奴に師匠面されるぐらいなら、おいら、筆を折っちまった方がましさ」

「まあ、ほとんどの娘っ子どもにとっちゃ、絵は嫁入り前の習い事の一つに過ぎねえんだ。暁斎がこうなっちまった今、大半の奴はさっさと他の師匠のもとに移るだろうよ。どうしても残ると言い出すのは、うちの八十五郎の他には桑原のおりうちゃんぐらいじゃねえか」

「ええ、あたしもそう思います」

そうでなくとも偏屈な兄が、うら若い娘たちの師匠にふさわしいとは思い難い。自分が弟子を取るほどの腕とは思えないが、さりとてこれも実の娘の務めと思えば諦めるしかない。暁斎の如く一日に何十人もに手ほどきを施すのは無理だが、一人や二人程度であればなんとかなるだろう。

言葉少なに同意したとよに、八十吉は四角い顎を撫でた。

「とはいえ桑原の娘は、気丈なあまっ子だ。いっそのこと内弟子として家に入れちまえば、おとよ坊のいい助っ人になるかもしれねえぜ」

その途端、「内弟子ならおいらを取ってくれよ」と八十五郎が喚《わめ》く。八十吉は間髪を入れず、馬鹿ぬかせと吐き捨てた。

「いくら餓鬼だからって、女ばかりの家におめえを入れられるものか。その点、おりうちゃんなら何の文句もねえや。おめえの師匠は、これからは俺だ。しっかり鍛えてやるから覚悟しとけよ」

桑原りうの父・三は、暁斎の昔馴染み。残念ながら五年前に流行り病で亡くなったが、りうの弟子入りは三が暁斎に懇願して実現したものであった。

とよより三歳年下のりうは無口だが芯が強く、その片意地さには時に暁斎すら舌を巻いていた。絵の才能はまだ海のものとも山のものともつかないものの、雨の日も風の日も画室に通い続けた小さな身体には、遊び半分の少女たちとは比べ物にならぬ直向《ひたむき》さが漂っていたものだ。

直接言葉を交わした折は数えるほどしかないが、あのりうが傍にいてくれるのなら、心強いことこの上ない。きくもきっと喜ぶだろう。

「とはいえ、おとよ坊よ。おりうちゃんを内弟子に取るならなおの事、ここに住み続けるわけにゃいかねえぜ。ここはやっぱり、清兵衛さまのお世話になっちゃどうだ」

八十吉の勧めも分からぬではない。なにせ根岸はいまだ、人家よりも田畑の方が目立つ鄙《ひな》の地である。そこにまだ若い女ばかりで暮らしては、りうの身内とていい顔はすまい。

「少し考えさせていただいてもいいでしょうか」

とよの暗い声に、八十吉と清兵衛は顔を見合わせた。目の前の娘が今日、実の父親を葬ったばかりであると思い出したのか、「お、おう」「それは、もちろんです」と揃って狼狽した様子で首肯《しゅこう》した。

とよは置きっぱなしの岡持ちに手をつっこみ、冷めきったうずみ豆腐とあんかけ豆腐の椀を取り出した。箸を添えたそれらを清兵衛と八十吉の前に進め、「先に食べていて下さい。あたしはちょっと、おきくのところに行ってきます」と立ち上がった。

「じゃあ、姐さん。おいらも――」

「おまえもおじさんと一緒に、飯を食っておきな。ああ、あたしの分のあんかけも食べちまっていいよ」

跳ね立とうとした八十五郎を制し、とよは雨に濡れた小橋を渡った。急に涼しさを増した風が、池の真っ暗な水面をざわめかせている。どこかで蛙が一声だけ鳴き、すぐにとよの足音に驚いたように鳴き止んだ。

晩斎は仕事場と生活の場を混ぜない質《たち》で、以前住んでいた湯島の家でも、庭に小さな画室を建てさせていた。母屋の板戸を開けながら振り返れば、軒の深い画室は雨霧にぼうと霞み、ちらちらと揺れる灯と相まって、どこか絵の中の景色を見ているかのようだ。

「おきく、まだ起きているかい」

下駄と濡れた足袋を脱ぐついでに、足裏をつるりと片手で払う。敷居際に膝をつく暇もなく、「起きてるよ、姉さん」とかすれた応《いら》えが庭に面した一間から戻ってきた。

「そりゃ、よかった。うずみ豆腐もちゃんとひと椀平らげたそうだね。この調子なら、明日はもう起きられるんじゃないかい」

きくの部屋には煌々《こうこう》と行燈が灯され、寝間特有の湿気が籠っている。横になっていた妹の額に手を当て、熱が下がっていることを確かめると、とよは障子窓を半分だけ開けた。

「だって姉さん。八十五郎が枕上に座って、食え食えとうるさく勧めるんだもの。残したくっても、あれじゃ残せやしないよ」

きくは今年、十三歳。まだ月のものを見ぬ晩稲《おくて》の割に、その口調はこまっしゃくれている。暇つぶしに眺めていたのか、色鮮やかな錦絵新聞が数枚、枕の脇に散らばっていた。

「それより姉さん、兄さんと何かあったのかい。八十五郎がさっき、まったく周三郎さんは、とぶつぶつ文句ばかり言っていたよ」

あいつ、と舌打ちしそうになるのを、とよはかろうじて堪えた。

「何でもないよ。ただ葬儀の後片付けのことでちょっと、あたしが兄さんと言い争っただけさ」

掻巻《かいまき》の端に顎を隠し、きくは「ふうん」ととよに上目を遣った。亡き母の古着を用いて拵えた掻巻の派手なよろけ縞が、血の気の乏しいきくの肌を更に青白く見せていた。

「あのさ、姉さん。お父っつぁんが死んじまったとなると、これからあたいたち、兄さんと暮らさなきゃいけないのかな」

「馬鹿をお言い。そんな必要はないさ。だいたい兄さんの側だって、そんな気づまりはごめんだろう。けどおまえ、どうしてそんなことを聞くんだい」

とよの問いにきくはますます掻巻に顔を埋めたが、やがて思い切ったようにそれを撥ねのけて起き直った。

「これはとよ姉ちゃんだから言うんだけど」

と、掻巻を握りしめた。

「あたい、兄さんの絵が怖いんだ。そりゃお父っつぁんの絵の中にも、不気味なしゃれこうべや恐ろしい化け物は山ほどいるけどさ。兄さんの絵は、見ているとこっちの肩身が狭くなってくる気がしないかい。あたい、いつもなんだか胸まできゅっと息苦しくなってくるんだ」

　きくの言いたいことは、よく分かる。周三郎の絵は描線が鋭く、花鳥を描かせても狐《こ》狸《り》妖怪を描かせても一分一厘も忽《ゆるが》せにすまいという張り詰めたものが漂っている。とよの目にそれは暁斎の絵に学んで道をたがえまいという覚悟に映るが、まだ年若いきくには不気味と取れるのだろう。

「あたい、元気になれたら、また昔みたいに絵を描きたいんだ。けど、あんな絵ばかり描く兄ちゃんがそばにいたら、こっちの息が詰まっちまう」

「心配は無用だよ。兄さんは大根畑の家から動きゃしないさ」

　きくは骨の目立つ頬を、ほっと緩めた。肩が上下するほど深く安堵の息をつくと、甘えたように笑った。

「じゃあ、あたいがまた絵の稽古を始めたら、その時はとよ姉ちゃんが手ほどきをしておくれよ」

「あたしがだって」

「ああ、そうだよ。だって、お父っつぁんはもういないんだから、そうより他ないじゃないか」

　当然とばかり言い放ってから、きくは急に顔をしかめた。その双眸は先ほどより潤み、両の耳たぶが真っ赤に染まっている。熱が再び上がってきたのに併せて頭痛まで起きたのか、片手でこめかみを押さえてよろよろと搔巻に潜り込んだ。

「あたい、姉ちゃんの絵が大好きだよ。だから姉ちゃんが手ほどきしてくれるなら、お父っつぁんに習っていた時よりも頑張って稽古をするよ」

「そりゃあ、嬉しいね。けど絵の腕だって、人に教える丁寧さだって、お父っつぁんの方があたしよりずっと上手だったよ」

「そりゃもちろん知ってるよ。けどほら、あたいはどう頑張ったって、絵師にゃなれっこないから」

播巻の端を押さえてやろうとするとよの手が、我知らず強張った。しかしきくはそれに気づかぬ様子で、薄い瞼を閉じた。

「姉ちゃんも知ってるだろう。お父っつぁんがあたいたちに絵を教えてくれたのは、あたいたちを絵師にするためだったじゃないか。姉ちゃんや兄さんはその通りにできたけど、あたいは誰の目から見ても、味噌っかすだもの。だからあたいはずっと昔から、どうせだったら姉ちゃんに習いたいなあと思っていたんだ。姉ちゃんなら、あたいを無理に絵師に育てようとは思わないだろうからさ」

子どもとばかり思っていたきくの言葉に、播巻のよろけ縞が不意ににじみ、ますますよろける。

深川に行こう。深い沼の吐いた水泡のように、そんな思いがぽっかりと浮かんだ。

この家に自分が留まれば、世の人はとよこそが暁斎の跡取りだと思うだろう。そうなれば兄はますますとよを――暁斎を嫌ってしまう。父である以前に師であった暁斎亡き今、自分たちは少しでも父の軛から遠ざからねばならぬのだ。

先程、池を挟んで眺めた画室の風景が、ふと脳裏をよぎる。靄にぼうと煙っていたあの小さな画室は、ほんの数日前まで多くの弟子が出入りしていたとは思えぬほど静まり、人を拒む疎々《うとうと》しさすら漂っていた。人の手で成り、日々形を変えぬはずの建物でも、時はその姿を変ずる。ならば生身の自分が、己とその周辺を変えようと試みたとて、何ら憚ることはないはずだ。

きく、との呼びかけに、応えはない。代わって聞こえてきた寝息に耳を澄まし、とよは脂じみた妹の髪を静かに撫でた。

池の端でまた一つ、蛙が鳴いた。

かざみ草

明治二十九年、冬

朝からにぎやかだった千鳥の囀《さえず》りは、正午を過ぎてますますかしましくなった。開けっ放しの濡れ縁から吹き付ける一月の風の冷たさが、ただでさえ澄んだその音色を更に冴えさせている。時折混じる潮の匂いまでが、千鳥の鳴き交わしによってもたらされたかのようだ。

「ちょいと先生。いい加減、障子を閉《た》ててくださいな。こう風が強くちゃあ、また下絵を飛ばされちまいますよ」

敷居際に膝をついた内弟子のりうの文句に、とよは絵筆を握り締めたまま顔を上げた。それを待っていたとばかり吹き込んだ風が、膝先に重ねていた下絵を十二畳の画室じゅうに吹き散らした。

たたっと畳を鳴らして駆け出たりうが、庭に面した障子を手早く閉てる。炭の熾《おこ》る火鉢をまたぎ越して、散らばった下絵をかき集め、肉の少ない頬をぷうと膨らませた。

「下絵ならまだいいですけど、こないだ金花堂さんに納める七福神図を吹き飛ばされてたいそう弱ってらしたのは、先生ですよ。まったく、気を付けてくださいな」

暁斎の没後、その気丈を見込まれてこの家にやってきたりうは、この春、二十六歳になった。四年前に一度、真野八十吉の仲立ちで両国の饅頭屋に嫁いだものの、「やっぱりあたしは真ん丸な饅頭の面なんぞより、綺麗な絵を見ていたいんです」と言って、一年足らずで戻ってきた。以来ずっと二階の一間に住み込み、この家の切り盛りに走り回っている。

「それといま鹿島清兵衛さまより、ひと抱えもある立派な白梅の鉢植えが届きました。なにせ丈が四尺ほどもあるもんで、まだ前庭に置いてありますけど。裏の若い衆が帰ってきたら、ここに運び入れてもらいますね」

「またかい。清兵衛さまにはつい先だっての年の暮れに、綸子《りんず》を二反もいただいたばかりだってのに」

「いいじゃないですか、頂戴しておけば。梅の鉢植えは知りませんけど、どうせこの間の綸子は、妾のぽん太のねだりもののついででしょうよ」

「とはいえ、いただきものに変わりはないさ。いつも、お止めくださいとは申し上げているんだけどねえ」

七年前からとよが暮らすこの深川佐賀町の家は、構えはさして広くない。ただなにせ江戸屈指の豪商・鹿島屋の隠居所として建てられただけに、その贅の凝らしぶりは檜の一枚板の上がり框から雪持ち笹を彫り出した欄間飾りまで、至るところに及んでいる。滔々《とうとう》たる大川（隅田川）の流れを借景とする庭の片隅には、檜皮葺《ひわだぶき》の茶室と待合すら設《しつら》えられており、妹のきくを含めた女三人暮らしにはもったいない住まいであった。

持ち主である鹿島清兵衛は初物の蜜柑《みかん》が手に入っただの、京の出店より上質の錦が送られてきただのと言っては、月に一度は必ず顔を出す。そのたび、描きかけのとよの絵を楽しそうに眺め、

「遠慮はやめてくださいね。わたくしはただおとよさんに、暁斎先生にも劣らぬ絵師になっていただきたいだけです」

と、晴れやかに笑うのであった。

暁斎の死から一年ほどの間、とよのもとに持ち込まれる仕事は、亡き父が昵懇《じっこん》だった地本問屋（版元）からの挿絵の依頼ばかりであった。だが六年前、上野で開催された第三回内国勧業博覧会に出陳した「樹下美人図」が褒状を、またその翌年、日本美術協会展に出した「佳人詠落花図」が二等を受賞したおかげで、近年は少しずつ掛幅や扇面の仕事も増えている。師である山名貫義からもはや自分に教えることはないと太鼓判を捺《お》され、おずおずとではあるが、一人の絵師・河鍋暁翠《きょうすい》として世に歩み出つつあった。

暁斎が残した弟子たちは案の定、とよの家移りとともに潮が引くように他門へ移り、今も留まっているのはりう一人。決して小器用ではないとよには、それがかえってありがたかった。

現在描いているのは、日本橋の地本問屋・伊場仙に頼まれた錦絵「帝国陸軍大勝利平壌之図」の下書き。大判の三枚綴りに、雲霞《うんか》の如く押し寄せる清軍とそれに勇ましく立ち向かう日本軍を描いてほしいとの依頼であった。

ただ本来とよが得意とする絵は、やまと絵・狩野派の筆致に基づく美人図である。正直、戦争絵など気質に合わないが、これも世相と思えばしかたがない。

一昨年の五月、朝鮮で発生した農民戦争・東学党の乱を契機として、日本は清国と競り合いながら半島に出兵した。平壌から鴨緑江を渡って旅順口を占領するとともに、日本海軍連合艦隊が清国の主力艦隊・北洋艦隊を降伏させ、一年足らずで清国に勝利した。戦勝によって台湾・澎湖《ほうこ》列島を新領土として獲得し、名だたる欧米列強にも劣らぬ国力が証された事実に国内は沸き立ち、終戦から半年以上が経ちながらも、清国との戦を描いた錦絵はいまだ飛ぶような売れ行きという。

これまで日光や川越に出かけたことはあるものの、平壌などという異郷がどんなところか、とよには見当もつかない。陣とはいかなる風に敷かれるのか、鉄砲はどれほど大きな音を立てるのか……戦場の有様を新聞で読み漁り、他の画家や暁斎の戦争絵を参考にして準備に取りかかったもののなかなか納得の行くものが出来ず、中途半端な下絵ばかりが増えていた。

「せっかく見事な梅が届いたんです。戦絵なんぞ後にして、気晴らしに先にあれを写生なさったらいかがですか」

「そういうわけにはいかないよ。本当は松が取れるまでに下絵を渡す約束だったんだから」

りうから受け取った下絵を、とよはぱらぱらと繰った。この絵を買う者のほとんどは、旅順も平壌も区別はつくまい。しかし描き手である自分が迷いを抱けば、それは必ずや絵ににじみ出る。たとえ見たことのない戦の様でも、とよ自身がその光景を確固として思い描く必要があった。

その点、暁斎は凄かった。地面から飛び出して踊り狂う土竜《もぐら》。羽を生やして飛ぶ木魚に、巨大なろくろ首。明らかにこの世に存在せぬものを軽々と筆先から生み出し続けた父に比べれば、自分はまだまだ半端者だ。それにもかかわらず与えられる豪奢な暮らしが、胸をちりりとひっかいた。

「だからおりう。おまえ、よかったら先に梅をお描き。出来上がったら、見てあげるからさ」

「いいんですか、先生。じゃあ、早速」

生前の暁斎から暁月《きょうげつ》という画号を与えられているりうは、勝気な気性が絵筆ににじみ出たかのように凜とした絵を描く。戦争絵如きで苦しんでいる身で師匠面もおこがましいが、そもそも清兵衛がこの家に様々な品を贈って寄越すのは、それらがとよの絵の題材にならぬかと慮ってである。とはいえこの戦争絵を仕上げるまでに、梅は盛りを過ぎてしまうかもしれない。清兵衛を落胆させぬためにも、せめて誰かがその花を描いておく必要があった。

病弱なきくは年末から悪い風邪を引き、今日も二階の部屋で横になっている。夕刻、裏の大工の若い衆が戻ってきたら、鉢植えは妹の部屋に運んでもらおう。そうすればきくも寝床にいながら、一足早い春の訪れを楽しめるというものだ。

火桶の炭の具合を確かめてから、りうが弾んだ足取りで画室を出ていく。その袖から降りこぼれた微かな梅の香が、清兵衛が贈って寄越した鉢植えの立派さをしのばせた。

絵画に漆芸、謡に象嵌《ぞうがん》……器用で多趣味な清兵衛はこの数年、写真に熱中し、昨年はとうとう木挽町《こびきちょう》五丁目に「玄鹿館《げんろくかん》」なる写真館まで建ててしまった。西洋風の二階建てに回り舞台の写場《しゃじょう》を設え、足を使わずとも階上に上がれるエレベーターや食堂まで備えた仰々しさには、開業の日に招かれたとよたちも仰天したものだ。

一方で清兵衛は玄鹿館開業と前後して、ぽん太という新橋の若い芸妓を落籍《ひか》して築地の別宅に囲い、本家にはほとんど帰らない。主の蕩尽《とうじん》のつけだけが新川の店に回される有様に、奉公人たちはみなやきもきしているとの噂が、とよの耳にまで届いていた。

ただそんな放蕩三昧の日々を送りながらも、清兵衛はとよを師の娘として遇し、細やかな心遣いを示してくれる。その恩に報いるためにはせめて自分たち女三人の日々の費え程度はこの手で稼ぎ、更に腕を磨いて、押しも押されもせぬ立派な絵師にならねば。

そう自分に言い聞かせながら、とよが改めて絵筆を握り締めた時である。

「だから、あんたなんかに用はないんだってば。おとよとかいう女を、さっさと出しなさいよ」

女の甲高い怒号が、玄関の方角で沸き起こった。ほんのひと呼吸遅れて、珍しく狼狽《うろた》えた顔で駆けて来たりうが、敷居際に膝をついた。

「先生、ちょっとよろしいですか」

「待ちなさいよ。三和土《たたき》に客を立たせて知らん顔ってのは、どういうこと。この家は居候ばかりか、女中までが行儀が悪いのかしら」

りうの言葉尻をかき消す罵声は、舌ったらずにもつれている。とよは筆を筆洗に投げ入れて立ち上がった。

「いったい、何事だい」

「梅の木を描こうと思って出て行ったら、門前に俥《くるま》が乗りつけられたんです。降りてきた娘っ子が、河鍋とよってのはあんたなのと食ってかかってきて——」

りうを押しのけて玄関に向かえば、年はまだ十六、七歳だろう。額を際立たせて結った流行りの束髪に銀の笄《こうがい》を挿した小柄な娘が、三和土からまっすぐこちらを睨みつけている。

涼し気な目元とふくよかな頬は、あどけなさを留めながらも鑿《のみ》で彫ったかの如くきりりと締まっている。ただ一方で紫の房をつけた被布《ひふ》の腹部は大きく盛り上がり、そこだけが別の生き物の如き猛々しさを漂わせていた。

淡く香ってくる芳香は、開け放したままの玄関に置かれた梅鉢からのものだ。びっしりと枝についた蕾の白さが、とよをわずかに落ち着かせた。

「あたしが河鍋とよだけど、なんの御用だい」

ふうん、ととよの全身を眺めまわす娘の目元は朱を施したかのように赤く、時折、肩がふらふらと揺れる。まだ午砲が鳴ったばかりにもかかわらず、どうやら酩酊しているらしい。

「なんだ、大年増じゃない。それに清兵衛さまのお気に入りって聞いたから、さぞかし美人だろうと思っていたのに。こんな十人並みとは、清兵衛さまもひどいゲテ物食いだこと」

鹿島清兵衛の名に、とよは眉を寄せた。

清兵衛の正妻である鹿島乃婦《のぶ》には、この家に暮らすことが決まった折、挨拶に出向いている。また清兵衛の三人の娘を始め、鹿島屋の親類衆とも幾度となく顔を合わせているが、こんな女にはまったく見覚えがなかった。

「あたし、この別宅は昔から前を通るたびに素敵だと思ってたのよ。それなのに、あんたなんかを入れちまって。どれだけ築地の家が豪華だからって、ふん、その程度で許しちゃあげないんだから」

「もしや、あんた、ぽん太さんかい」

低い問いかけに、ぽん太は小さな顎をしゃくるようにしてうなずいた。

「なあに、すぐに気づかなかったの。木挽町の玄鹿館じゃ、あたしの顔を刷り出した手巾《ハンケチ》や扇子が飛ぶように売れているってのに。中には行李いっぱいに買い込んで、親類縁者にまで配って歩いている奴もいるのよ」

　ぽん太が落籍されたのは、去年の秋。腹の大きさから推し量るに、それはぽん太が清兵衛の子を孕んだため、正式な妾とする目的だったと見える。

　硬い顔で背後に控えるりうを、とよは振り返った。

「画室から座布団を持ってきとくれ。それと、ここに茶を」

「いいんですか、先生」

「清兵衛さまの権妻《ごんさい》となれば、たたき出すわけにゃいかないだろう」

　とよは上がり框に膝を揃え、りうが運んできた座布団を傍らに延べた。

「薄っぺらい座布団だこと。構えは築地の家に劣らないのに、調度はあんたの好みかしら。安っぽいのね」

　ぽん太の手足はちまちまと短く、幼さを留めた面差しと相まって、どこか童女じみている。あの数寄者の清兵衛が手活けの花とした芸妓となれば、さぞ非の打ちどころのない美女だろうと考えていただけに、とよはいささか拍子抜けした。そんなとよをじろりと睨み、ぽん太は居丈高に「返しなさいよ」と言い放った。

「返すって、いったい何を」

「あたしが出入りの植木屋に預けていた、そこの鉢植えよ。清兵衛さまったら、植木屋が花がついたと知らせてきた途端、これはおとよさんに差し上げようとここに運ばせちまって。あれは去年、清兵衛さまと出かけた京の宿の庭から根こぎにして運ばせた、大事な梅だったのよ」

よほど悔しいのか、それとも酔いのせいか、ぽん太の双眸にはうっすら涙まで浮かんでいる。これは厄介なことになったと困惑しながら、とよはりうが運んできた茶を盆ごとぽん太の前に滑らせた。

ぽん太が清兵衛の囲われ者である以上、彼が運ばせた鉢植えもまた、清兵衛の所有物である。それだけに清兵衛はなんの悪気もなく、鉢をこちらに贈って寄越したのだろう。とよに対する配慮の細やかさが、裏目に出たようなものであった。

「それは済まないね。ただ、梅はあたしが欲しがったんじゃなく、清兵衛さまがお心遣いとしてこちらにお送り下さったんだよ。お返しするのは結構だけど、いずれにしても一度、清兵衛さまにお許しをいただかないと」

「うるさいわね。そんな道理なんて、言われなくたって分かってるわよッ」

ぽん太は袂を閃かせるや、いきなり膝先の織部の湯呑をとよに向かって投げつけた。りうの嫌がらせか、茶はひどくぬるく、湯呑の半分ほどにしか入っていなかったらしい。それでもあまりに思いがけぬ仕打ちに、とよは言葉にならぬ声とともにその場に跳ね立った。

「あたしはあの白梅が咲くのを、それはそれは楽しみにしていたのよッ。つべこべ言わずにさっさと返しなさいよッ」

ぽん太は地団駄を踏み、今度は上がり框の座布団を両手で摑んだ。一足しさったとよにはお構いなしに、それを両手で三和土に叩き付けた。

「ちょ、ちょいと。あまりに怒ると、腹のお子に障るよ。鉢植えはちゃんとお返しするよう、清兵衛さまにお願いするからさ」

「うるさいッ。あんただって、清兵衛さまに飼われている身の上の癖に。そんな澄まし顔を決め込んでいると、いまに吠え面かくわよッ」

ぽん太は伸ばしかけたとよの腕を振り払って、踵《きびす》を返した。下駄の歯を地面に打ち付けるようにして飛び石を渡るや、門の脇に置かれたままの梅鉢を睨み据える。待たせていた人力車に飛び乗り、そのまま土煙を立てて駆け去った。

「何なんですか、あの娘っ子。あたし、ひとっ走り新川のご本家まで行って、番頭さんに文句を言ってきます」

台所で聞き耳を立てていたと思しきりうが、勝手口から飛び出して来て柳眉《りゅうび》を逆立てる。「あたしは大丈夫だから、やめとくれ」と、とよはあわててそれを制した。

「清兵衛さまは最近、ほとんどご本家に帰ってらっしゃらないそうじゃないか。そんなところにぽん太の文句を持ち込んだって、お乃婦さまがご不快になられるだけだよ」

「それは確かにそうでしょうけど」

「もともと欲しくていただいた鉢植えじゃなし、黙って返してやろうよ。後で清兵衛さまに文を書くから、築地のご別邸に届けておくれ」

冷静を装いながらも、語尾がわずかに震える。「飼われている」というぽん太の捨て台詞が、胸のもっとも深いところを冷たく貫いていた。

とよにとって絵は、単なる生計の手立てではない。ただただ筆を握り続けて亡くなった暁斎との紐帯を保ち、自分を嫌う異母兄と肩を並べる手立ては、幼い頃から叩き込まれたこの技しかない。そんな苦衷も知らず、あからさまな嫉妬を叩き付けて去ったぽん太が、なぜか異母兄の周三郎を思い出させた。

河鍋暁雲の画号を持つ兄は一昨年、宮内省調度局より下命を受け、百人の布袋が画中に遊ぶ「百布袋図」を制作した。日本美術協会の展覧会に出御した天皇が、暁斎の「百福百布袋図」を気に入って召し上げようとしたが、作者がすでに故人だったため、嫡男たる周三郎に似た絵の制作が仰せつけられたのである。

周三郎が恐懼《きょうく》してご下命を受けた一部始終、縦七尺横八尺の絵絹が下賜された経緯、百五十日の制作期間の後、百七十五円の画料と引き換えに「百布袋図」が召し上げられたとの顚末を、とよはすべて新聞で知った。そしてそのたびに、周三郎が兄であり、自分が妹に過ぎぬ事実に、腸《はらわた》が焼かれるほどの悔しさを覚えた。

江戸の昔から女絵師は珍しくなく、狩野派であれば清原雪信《きよはらゆきのぶ》、浮世絵であれば葛飾応為や歌川芳鳥《よしとり》、芳女《よしじょ》といった絵師たちが、様々な作を残している。ただ当節でも野口小《のぐちしょう》蘋《ひん》や奥原晴湖《おくはらせいこ》、はたまた跡見《あとみ》花《か》蹊《けい》など多くの女流画家が活躍しているにもかかわらず、所詮それらの作は「婦人絵」であり、男たちと同じ扱いはされない。

きっと周三郎は己の元に染筆のご下命が下ったとき、とよがこれをどう思うかと薄笑いを漏らしただろう。その思惑に違わず、悔しくて悔しくてしかたのない己がひどく情けない。加えて、仮に自分の元に下命があっても、周三郎ほどの作は描けぬであろうと容易に想像できてしまうことがまた、その落ち込みに拍車をかけた。

「わかりましたよ。先生がそう仰るなら、しかたがないや」

りうが渋々うなずいた時、開け放たれたままの門に人影が差した。まさかぽん太が戻ってきたのかと凝らした眼に、門の脇の梅をしきりに眺める男の姿が飛び込んできた。

「松が取れたばかりだってのに、こりゃまた立派な梅だな。こんなに高価そうな鉢植えを、姉ちゃん、どうしたんだよ」

場違いに明るいその声に、とよは上がり框にぺたりと座り込んだ。前庭の飛び石をひょいひょいと渡ってきた記六が、そんな姉の姿に眼を丸くした。

「濡れてるじゃねえか。湯呑でもひっくり返したのかい。まったく、姉ちゃんはしっかり者に見えて粗忽《そこつ》なんだから」

「――ああ、まあ、そんなものだよ。それにしても珍しいね、おまえが深川まで来るなんて」

「清住町に師匠のお使いがあってな。ちょいと相談したいことが出来たんで、立ち寄ったのさ」

母方の遠縁・赤羽家に養子入りしている弟の記六は、とよより五歳年下である。少年の頃に彫刻家・石川光明《いしかわこうめい》に入門し、今では古参の弟子のひとりに数えられている。

ただ、母を同じくする姉弟にもかかわらず、万事、調子のいい記六は昔からとよと反りが合わない。記六の側もまた、生真面目な姉が苦手でならぬと見えて、七年の間でこの家を訪ねてきたのは、片手で数えられる程度。それだけに法事や祝い事の席でもなければ顔を合わさぬ弟の来訪に、とよは喜ぶよりも先に不審を抱いた。

「ちょっと待っとくれ。先に用事を一つ済ませちまうからね」

言い置いて画室に戻ると、とよは鹿島清兵衛に宛てて、ぽん太の名は出さぬまま、梅の鉢植えをお返ししたい旨の文をしたためた。りうにそれを手渡し、必ず清兵衛に渡すようにと念押しして送り出してから、記六を画室へ招き上げた。

潮風は更に強く障子戸を鳴らし、隙間風が火鉢の炭を赤々と熾《おこ》らせている。記六はしばらくの間、膠《にかわ》の匂いの染みついた八畳間を尻の据わりが悪そうな顔で見回していた。やがて居住まいを正し、暁斎似の鰓《えら》の張った顔をぐいと突き出した。

「あのさ。実は俺の弟弟子が、妙な噂を聞いてきたんだ。寺崎広業《てらさきこうぎょう》って絵描きは、姉ちゃんも知っているだろう」

「当たり前じゃないか。いまの東京で寺崎さんを知らない絵描きなんぞ、もぐりだよ」

寺崎広業は秋田藩御用絵師を最初の師として学び、狩野派の流れを汲む端正な絵で知られる画人である。直に会ったことはないが、雑誌の挿絵の仕事などで一緒に絵が掲載される折も一度や二度ではなかった。

「半年ほど前、その寺崎のところに暁宴《きょうえん》って画号の女が弟子入りしたらしいんだ。そいつがうちの親父の隠し子を名乗っているらしいんだが、姉ちゃん、何か知ってるかい」

「隠し子だって」

驚いて腰を浮かせたとよに、記六はああと首肯した。

「俺にその話を教えてくれたのは直次郎《なおじろう》って野郎だが、これが糞真面目な男でさ。そいつが言うんだから、まず嘘じゃねえよ」

妻同士が遠縁の石川光明と寺崎広業は家ぐるみの付き合いがあり、昨年末には光明の六歳の孫娘が広業に入門した。この話は彼女の送迎を命じられた直次郎が広業の弟子から聞かされた、と記六は語った。

「そいつの年頃は、二十歳前後。絵は素人同然らしいんだが、去年の夏に初めて寺崎の門を叩いた時から、自分の画号は暁宴、河鍋暁斎に贈られた名だと言って譲らなかったらしい。とはいえほら、親父の絵は癖があるからよ。暁斎の弟子だとすればどの程度の教示を受けているのか教えろと寺崎に言われたところ、娘です、とぼそりと答えたんだと」

寺崎は仰天して、つまり河鍋暁雲や暁翠の妹かと問うた。すると暁宴はたった一言、「母親は違いますが」とだけ応じ、後は暁斎については貝のように口を閉ざして答えないという。

「だから寺崎の弟子の中にゃ、暁斎の娘ってのは嘘じゃねえかと疑っている奴も多いらしい。けどその女、どんな陰口を叩かれようが知らん顔で稽古に通ってくるんで、最近じゃ兄弟子どもも不気味がって遠巻きにするばかりなんだと」

「二十歳前後となると、きくと似た年頃だね」

「よく覚えちゃいねえけど、俺が餓鬼だった時分、親父は昼夜の区別がつかねえほど忙しかっただろ。そんな時に、他所に女を作る暇なんぞあったんだろうか」

そんなはずはないと言下に言い放ちづらいのは、なにせ暁斎が奇矯の語がそのまま人の形に凝《こご》ったような気性だったからだ。

飲めば斗酒《としゅ》なお辞せず、相手が豪商だろうが顕官だろうが遠慮のない口を叩く。四十歳になるかならずの頃、不敬の絵を描いた咎《とが》で捕縛されてからは多少言動を慎むようになったらしいが、それでもとよが覚えている暁斎は、やはり畸人《きじん》と呼ぶのがふさわしい男であった。

生家が火事だとの知らせを受ければ画帖を持って駆けてゆき、火消しではなく写生をして周囲を呆れさせる。路傍に行き倒れを見つけてはその死相を描き写し、嬉々として帰宅する。

女遊びが激しかった記憶はない。とはいえ宴席に招かれる折も頻繁だった父であれば、女房や娘に明かせぬあれこれも多かっただろう。その末に子どもの一人や二人生まれていたとしても、特段、あり得ぬ話ではなかった。

寺崎広業はとよとさして年の変わらぬ若さながら、大勢の弟子を擁し、後進の育成にも熱心な人物と聞く。暁宴なる女がどんな出自であろうとも、いったん自分の弟子となった以上は、出来る限り面倒を見てやる腹に違いない。

とはいえ彼女が本当に異母妹ならば、放ってはおけない。ましてや今後、絵師として身を立てるつもりとなれば、なおさらだ。

「この話、兄さんには伝えたのかい」

「いいや、まだだよ。なんだか、兄さんの耳に入れづらくってさ」

とよに相談を持ち掛けたことで、肩の荷を下ろした気分になったらしい。記六は厚い唇に、締まりのない笑みを浮かべた。

「何を言ってるんだい。あたしたちの妹を名乗ってる以上、知らせないわけにはいかないだろう」

「だから、まずは姉ちゃんに話したんじゃないか。悪いけど後は兄ちゃんと相談して、うまく片をつけておくれよ。俺はほら、表向きは河鍋の家を離れた身だからさ。こっちの家のいざこざであまり動き回っちゃ、赤羽の家に顔向けが出来ねえんだよ」

とよは膝に置いた手を強く握り締めた。

記六はいつもこうだ。面倒はすぐ周囲に押し付け、自分は知らん顔を決め込んでしまう。河鍋の家と赤羽の家、双方を股にかける器用さは、悪気がないだけかえって質《たち》が悪い。

暁斎の死からすでに七年が経つが、狩野派の流れを汲む絵から浮世絵、戯画、果ては南画風の絵まで手掛けた父の作は、生前よりも高値で売買されている。つい先日発行された、「全国古今名画定」なる書画人の番付では、葛飾北斎と並んでその名が記されもした。

暁斎の没後、父が収集した古画古物は鹿島清兵衛が預かり、千五百円を支払ってくれた。それらは他の財物と合わせて兄弟姉妹全員で分配したが、暁宴が本当に異母妹だとすれば取り分を考え直す必要も出てくるだろう。つまり突然現れた妹は記六からすれば、今まで自分が享受していた甘い汁を分け与えねばならぬ存在というわけだ。

わかったよ、と短く言って、とよは小腰を浮かせた。

「じゃあこれから、兄さんに話しに行ってくるよ。長らく顔を合わせていないから、ちょうどいいや」

「ああ、そうしてもらえると助かるぜ。ところで、きくは今日はどうしているんだい。なにせこのところの寒さだ。また風邪でも引いているんじゃないだろうな」

席を立たせようとするとよには気づかぬ面で、記六は天井を仰いだ。無言で頤《おとがい》を引いた姉に、「やっぱりそうか」とため息をついた。

「じゃあ、俺はちょっと見舞ってから帰らあ。兄さんには、よろしく伝えておいとくれな」

さっさと帰れと言いたいのを飲み込み、とよは足の爪先に力を込めた。

「――わかったよ。ならしばらく、きくの相手をしてやっとくれ。一時間もすれば、りうが帰って来るからね」

「大丈夫さ。自分の弟を信頼しろって」

とよはそれには応じず、真っ赤な炭を火箸で挟み、銅の火消し壺へと放り込んだ。火の粉を上げてからからと鳴るその音が、ひどく空虚に聞こえてならなかった。


松はとっくに取れたにもかかわらず、遅い三河万歳がまだ辻々を回っているらしい。遠くから響いてくるのどかな鼓の音をぼんやり聞きながら、とよは周三郎の家の板塀を温める冬陽に目を細めた。

とよが大根畑のこの家を訪《おとな》うのは、父の葬式の夜以来。そして最後に兄の周三郎と顔を合わせたのは、昨年の春に執り行われた暁斎の七回忌の席であった。

「では、ご免くださいませよ。お忙しい中、図々しく上がり込み、大変失礼いたしました」

家の奥で、歯切れのよい挨拶が響く。こちらに近づいて来る足音に、とよは戸口に伸ばしかけた腕をすくめた。

「いいや。こっちこそ、気遣いをいただいちまって申し訳ねえ。お内儀にもくれぐれもよろしく伝えてくれよ」

言葉面とは裏腹に、さしてありがたいとも思っていなそうな声音の主は周三郎だ。とよはとっさにかたわらの路地に駆け込むと、天水桶の陰にしゃがみこんだ。板戸が開くがたぴしという音が、一瞬遅れて、耳を叩いた。

「へえ、確かに承りました。ただ暁雲先生、さっきもお願いした通り、絵の方はなるべく早めに仕上げてくだせえよ。その代わり、絵絹だろうが顔料だろうが、ご入用な品はすぐにお届けいたしますんで」

「ああ、分かってら。ただ下絵にとりかかる前に、一度、玄鹿館とやらに行かなきゃならねえな。どんな場所に飾られるのかも知らねえままじゃ、絵の大きさも決められねえからよ」

「なるほど、それは道理でございますね。では、お乃婦さまにその旨をお伝えしておきます」

軽い足音が小道を遠ざかるとともに、板戸の閉まる音が鳴る。両手を地面について飛び出せば、重ね扇の紋を染め出した風呂敷の包みを背負った男が、小走りに路地を去っていく。立ちすくむとよには気づかぬまま、後丸《あとまる》の下駄の足取りも軽く、角を曲がった。

重ね扇は鹿島屋の紋である。男の顔に見覚えはない。しかし玄鹿館と乃婦の名を口にしたところから推すに、あれは鹿島屋の奉公人に違いない。

鹿島乃婦は鹿島屋の家付き娘にして、先代の一人娘。婿でありながら度を越した放蕩を続ける清兵衛にあきれ果て、最近では自ら算盤を弾いて、店の采配を振っていると聞く。そんな乃婦がなぜ、清兵衛が大枚をつぎ込んだ玄鹿館に飾る絵を注文するのだろう。

しかもとよが清兵衛の世話になっているにもかかわらず、それを周三郎に頼むとは。

こみ上げてくる疑問に急かされる思いで、とよは男の消えた辻に目を凝らした。それと同時に、あの、という遠慮がちな声が、背後からかけられた。

「何か、うちに御用ですか」

振り返れば、豆腐の入った桶を抱えた年増女が、怪訝《けげん》そうに小首を傾げている。高い頬骨といい、ぽってりとした目鼻立ちといい、決して美形とは言い難いが、抜けるように白い肌が藍染の半襟の色を際立たせていた。

言葉に窮したとよに、女は何かに思い至った様子で目をしばたたいた。

「間違っていたら、ごめんなさい。もしかして、深川のおとよさんですか」

戸惑いながら首肯したとよに、女はやつれの目立つ顔をほころばせた。

「やっぱり。記六さんとよく似ておいでだもの。一目でわかっちまいましたよ。うちの人、出かけちまっていますか。さっきお客が来たばかりだから、そんなこたないと思うけど」

女は板戸をからりと開き、「あんたァ、深川からおとよさんがお越しだよ」と家の奥に呼びかけた。戸惑うとよの背を押すようにして、三和土に踏み込んだ。

「おとよだって」

のっそりと現れた周三郎が、仏頂面でとよを見下ろす。一瞬、双眸を底光りさせてから、無精ひげの目立つ顎を緩慢にしゃくって、あがれとうながした。

先に立った兄の背に従い、画室代わりの奥の間におずおずと踏み入れば、板の間は七年前と同様に絵皿や丸められた紙が散らばり、足の踏み場もない。

「驚いたな。おめえがこっちに顔を出すなんてよ」

乗り板にどっかと尻を下ろし、以前よりいささか肉のついた頰を歪める周三郎を、とよはまっすぐに見つめた。

狭い室内に漂う膠と墨の匂いのせいか、久方ぶりに周三郎と口を利くような気がしなかった。

「驚いたのは、こっちだよ。兄さん、いつの間に女房をもらったんだい」

「ああ、お絹《きぬ》のことか。二年ほど前だ。ちょっと訳ありの奴でな。仲人も祝言も挙げちゃいねえから、おめえらにわざわざ知らせる必要もなかっただろ」

そのロぶりは相変わらず投げやりだが、かつてに比べればわずかながら、柔らかいものが含まれている。――とそこまで考えて、とよは首をひねった。

「けど、兄さんは記六にゃ知らせたのかい。さっき、お絹さんは記六に会ったようなことを言っていたよ」

「そりゃあ、あいつは時々うちに銭を借りに来やがるからな。しかたがねえ」

「銭だって」

「何だ知らなかったのか」

周三郎は顔料のこびりついた手で、部屋の隅の煙草盆を引き寄せた。他家の宗旨でも取り沙汰するかのような、無関心な横顔であった。

「去年の親父の七回忌の後からだけでも、もう三、四回になるな。毎度毎度、大した額をせがむわけじゃねえが、一度も返す素振りを見せねえ。あれじゃあ、兄弟弟子にもずいぶん借りているんじゃねえか」

記六が周三郎の元に行きたがらなかったのも、道理である。要は借りた金を返せと言われるのが嫌さに、すべてをとよに押し付けたわけだ。そんな疑いを微塵も抱かなかった迂闊に、とよは濡れた手で頰を打たれた気がした。

「とはいえいまだに大した絵も描けねえおめえじゃ、銭をせびられても困るだろ。さすが、記六ははしっこいや。頼るべき相手を、ちゃんとよく分かっていやがる」

頰に血の色が差したのが、自分でもわかる。だがこちらが怒れば怒るほど、周三郎は己の腕を誇り、傲然《ごうぜん》と振る舞うだろう。とよはぐいと顎を上げた。

「そんなことより、今日あたしがここに来たのは、その記六から妙な噂を聞いたからなんだよ。本郷の寺崎広業さんの門下にあたしたちの妹を名乗る女がいるらしいんだけど、兄さん、何か聞いてないかい」

さすがの周三郎が、怪訝そうに眉をひそめる。とよは記六から告げられた話を、かいつまんで語った。

周三郎は煙管《きせる》の吸い口を嚙みながら、表情の読めぬ顔でそれに耳を傾けていた。やがて、まだ吸い差しの火を煙草盆に落とし、「馬鹿馬鹿しいや」と毒づいた。

「最近、絵の修業を始めたような女郎《めろう》なら、そいつが親父の子だろうが狸の子だろうが、気に病むこたァねえだろう。おめえも記六もつまらねえ話を、わざわざ騒ぎ立てるんじゃねえよ」

「でも」

てっきり化けの皮を剝げと怒るだろうと思っていただけに、とよは兄の返答に狼狽した。そんな妹の挙動がますます癇《かん》に障ったのか、周三郎は軽く鼻を鳴らした。

「同じことを何度も言わせるな。もし本当に血がつながっていたとしても、いい年をしてまともな絵も描けねえとすりゃあ、そりゃあ親父の娘じゃねえさ」

「兄さん、その道理は通らないよ。あたしも兄さんもそれぞれ修練を重ねてきたからこそ、今それでおまんまが食えているだけさ。その暁宴って女の育ちは知らないけど、これまでろくな稽古をしてこなかったとしたら、絵が下手でも当然だろう」

「そんなわけがあるか。親父だって、生きてりゃきっと同じことを言ったはずさ。あいつは人の良しあしを、絵が上手かどうかで決める野郎だったからな」

そんな、と呻《うめ》いたものの、それは決して間違いではない。早くに彫刻の道に進んだ記六と幼くして母方の祖母に引き取られたとみを除けば、とよもきくも周三郎も、無言裡に暁斎から、「絵師」になれと求められてきた。だからこそ自分は――そして周三郎は、暁斎亡き今も描くことに追われ続けているのだ。

「あの画鬼の子と呼ばれていいのは、絵のためにすべてを捨てられる奴だけだ。そんな覚悟も知らず、あんななまっちょろい絵を描く寺崎なんぞを師に選ぶような女なんざ、俺は絶対に親父の娘たァ認めねえ」

画鬼とは暁斎の師匠の一人である狩野派絵師・前村洞和《まえむらとうわ》が、絵に没頭すると周囲のなにもかもを忘れてしまう少年時代の暁斎につけた綽名《あだな》である。暁斎はこの名をひどく気に入り、一人前の絵師として独立してからも、しばしば自らを「画鬼」と称していた。

絵の才に恵まれ、どんな画題も画風も自在に操った暁斎は、画鬼としての生き方になんの苦労もしなかった。しかし同じく絵を志していても、世の中のほとんどの人間は一本の線を描くことにすら悩み、目に見えぬものをどう筆に捉えようか煩悶《はんもん》する。

十七歳で養子先から戻り、絵の修業を始めた周三郎からすれば、暁斎の子どもとして生きることは、そんな血を吐くが如き苦しみに耐えることと同義なのだろう。とはいえ同じ思いを暁宴とやらに求めるのは、あまりに酷に過ぎる。

「じゃあ兄さんは、暁宴が本当にお父っつぁんの子だとしても、別にどうでもいいんだね」

「ああ。忌々しいことに、俺が弟妹と認めているのは、この世でたった一人、おめえだけだ。とみとははなっからろくに顔も合わせちゃいねえし、きくはあの通りの病弱だ。記六もさっさと絵を諦めちまったからな」

往来を行く三河万歳の鼓の音が、周三郎の言葉を遮るように高くなった。ろくな手入れもされていないのだろう。調子の外れた鈍い音は、湿った畳を思わせる。

我が耳を疑ったとよから目を逸らし、周三郎は煙管で画室の片隅を指した。何もかもが小汚く古びた室内にあって、場違いなほど真新しい袱紗《ふくさ》包みが三方の上に置かれている。染め抜かれた重ね扇の紋が、目に痛いほど白かった。

「さっき鹿島屋の手代が、内儀の使いと言って、手付金を持ってきやがってな。玄鹿館の待合にかける絵を、俺に描けだとよ」

「玄鹿館の――」

「ああ。どうせ描かせるなら、鹿島屋の世話になっているおめえにやらせりゃよかろうにな。内儀はそれが、嫌で嫌でたまらねえらしい。それで俺のところに話が回ってきたって次第だ」

煙管の吸い口で、周三郎はがしがしと盆の窪を掻いた。その眉間にははっきりと、鹿島屋の家内の騒動に巻き込まれるのを厭《いと》う表情が滲んでいた。

「その話、清兵衛さまはご存知なのかい」

「こちらから聞いたわけじゃねえが、手代の口ぶりじゃ内儀の勝手な差配みてえだな。亭主が店の金をさんざんつぎ込んだ写真館に、内儀も少しばかり口出ししたくなったってわけだろ」

なるほどそれであれば、周三郎に話が回ったのもよく分かる。ただこれまで乃婦は、清兵衛の放蕩にはすべて知らん顔を決め込んでいた。それがここに及んで何故、玄鹿館に関わろうとし始めたのかと、とよは内心、首をひねった。

「さて、そこでだ。おめえがそうまで言うんだったら、暁宴って女郎にこの仕事を譲ってやろうじゃねえか。それで俺を唸らせるほどの絵を仕上げたなら、親父の娘だと認めてやるさ」

「それはいくら何でも無理だよ。兄さんはそうまで、暁宴が嫌いなのかい」

「何を言いやがる。親父の娘を名乗るなら、それぐらい二つ返事で引き受けて当然だ。もし断るようなら、俺が寺崎広業のところに乗り込んで、おめえのところは束脩《そくしゅう》さえ納めりゃあどんな騙《かた》りでも弟子にするのかと騒ぎ立ててやらあ。そうすれば暁宴とやらも、うちの親父の名をそうそう使いはしねえだろうよ」

玄鹿館は蝶番《ちょうつがい》に似た形の二棟続きの建物で、正面入り口を入って右棟が写場。左棟が清兵衛が撮影した写真を焼き付けた雑貨類の販売所と、彼が買い集めた書画骨董類を陳列する美術品陳列館を兼ねている。

待合とは恐らく、その二棟を繋ぐ形で設えられた休憩室を指すのだろう。いずれにしても、そんな晴れがましい場に飾る絵を素人に近い女が描けるわけがない。

「もしそれで暁宴が嫌だと言って逃げちまったら、どうするんだい。その時は、兄さんがこの仕事を引き取ってくれるんだろうね」

「ふざけるな。一度他人に任せた仕事を、むざむざともらい受けられるものか。そのときはおめえが描きゃいいだろう」

目を見開いたとよに、周三郎はくくっと喉を鳴らした。

「それとも何か。おめえ、親父が死んだ時にあれだけの大口を叩いておきながら、やっぱり俺の代わりの仕事を引き受けるのは怖いってわけか」

――あたしなら、こうは描かないよ。

七年前、まさにこの画室で周三郎に叩き付けた己の言葉が、耳の底にこだました。あの時、周三郎から取り返した「遊女図」の仕事は、半年近くの苦心の末、無事に角海老に納められた。依頼主である楼主は、文を手に床柱にもたれかかる古風な唐輪髷《からわまげ》の遊女図をひどく喜び、翌年の夏、廓内に掛ける燈籠の絵をすべて任せてくれもした。だが周三郎であれば、とよが半年かかった絵をわずかひと月で仕上げたかもしれない。角海老の主はあえて古めかしく仕上げたとよの絵より、ありふれた周三郎の構図の方を喜んだかもしれない。

悔しいが、周三郎は腕がいい。二百人を超す暁斎の弟子の中で、その不羈《ふき》なる筆致をもっとも強く受け継いでいるのはこの兄だ。あくまで長年の精進によって画力を培ったとよは残念ながら、父譲りの腕を持つ周三郎には及ばない。

（だけど――）

衝立の如く上背のある周三郎を、とよは仰いだ。双の拳でどんと畳を突いて、その場に跳ね立った。

「わかったよ。その時は、あたしが引き受けるよ。けど、後でやっぱり仕事を返してくれと言い出すのは、よしとくれよ」

「ふん、馬鹿ぬかせ。まだ駆け出しのおめえとは違って、俺ァ忙しいんだ。鹿島屋の仕事だけにしがみつくほど、暇じゃねえ」

それはあながち、強がりではないのだろう。画室の隅には何十枚もの下絵が積み上げられ、傍らに並べられた大小様々な木枠にもすべて絵絹が張られている。

周三郎であればきっと、訪れたこともない異国の有様もありありと脳裏に思い浮かべ、戦場の勇ましさ雄々しさを易々と筆先から紡ぐのだろう。いや、画料の安い錦絵なんぞ、そもそも小馬鹿にして引き受けないのかもしれない。――だが。

（あたしだって、暁斎の娘だ）

五歳の春のあの日、とよは自ら望んで筆を執ったわけではない。しかし少なくとも暁斎は、自分を絵師とするべく育ててきた。父がとよを北斎の娘の如くに仕立てようとしていたかどうかは、今となっては確かめようもない。ただ兄と同じく絵筆を執ると決めた以上、転がり込んできた仕事に背を向けてなるものか。

そして暁宴が暁斎の娘であり、仮にも絵を学ぼうとしているのであれば、腕の巧拙はともかく、その思いはとよと同じはず。ならば、自分が彼女を支えるまでだ。

とよは無言で画室を飛び出した。そのけたたましい足音に驚いたのか、お絹がひょいと台所から顔を出した。

「おや、もうお帰りかい。じきに茶が入るから、ゆっくりしていけばいいのに」

「ありがとう。また今度来たときに頂戴しますよ」

忙しく下駄をつっかけるとよを、お絹が留めた。小さな紙袋を手に近づいてくると、「それ、口を開けな」と笑った。

戸惑いながらも開いた口の中に、ひんやりとした感触が落ちる。直後、舌の上に広がった強い甘さに、とよは虚を突かれてお絹を見た。

「到来物の金平糖さ。あの人には内緒だよ。あんな面をして、これで酒を飲むのが好きだってんだからおかしいよね」

一重の眼を細めて笑い、お絹はとよの肩を軽く叩いた。

口の中にまとわりつく甘さとともに路地へと踏み出せば、くぐもった鼓の音はすでに聞こえず、代わってごうと唸る北風が裾を乱す。雀が一羽、傾きかけた塀の上から羽ばたき、白い日差しを追って空高く飛び上がった。

勢い込んで大根畑の家を出たはいいが、いきなり寺崎広業の画室に押し掛けるわけにはいかない。まずは自分たち兄妹に敵意がないことを広業に告げ、師の同席のもと、暁宴に面会を乞うのが筋だろう。そうなると手土産の一つも持参する必要があり、身形《みなり》とて少しは改めねばならなかった。

ただ、あのお調子者の記六のことだ。もしかしたら、まだ家に居座っているとも考えられる。

湯島の坂下をぐるりと回って、万世橋を渡る。煉瓦造りの印刷局の傍らを通り過ぎながら、とよの足は永代橋ではなく、そのまま大勢の人々が行き交う銀座へと向けられた。

とよが幼い頃に大火に遭ったこの町筋は、現在では西洋風の商家が建ち並び、幅十五間の大通りの左右をガス灯と街路樹が彩る繁華街へと変貌している。その彼方にひときわ目立つ豪壮な西洋風建物は、昨年末に竣工した司法省。かたわらでまだ足場を巡らしたままの瓦葺きの官庁は、九年前に工事が始まった大審院だ。

江戸の昔から変わらぬ小家が軒を連ねる深川に比べれば、銀座は見知らぬ国に来たのかと疑うほどに晴れがましい。じゃらじゃらと鈴を鳴らして駆ける人力車を横目に、とよは道を東南へと折れた。

「さあさあ、せっかくの銀座へのお出かけだ。一枚、お写真はいかがでございます。玄鹿館の写真屋の腕は、日本一でございますよ」

けたたましい呼び声と笛太鼓の音が、道の先から流れてくる。色の濃い椿の花で飾り立てた玄鹿館の入り口に踏み込めば、囃子の音が待っていたとばかりいっそう高まる。揃いの絣《かすり》の着物を着た小僧が息せき切って駆けてきて、とよの手を取りかねぬほど大げさな笑みを浮かべた。

「お写真でございますか。それともお買い物ですか」

「どちらでもないんだよ。とりあえずちょいと休ませておくれ」

「へえ、どうぞごゆっくり」

小僧は慣れた様子で小腰を屈めた。とよを正面の休憩室へと案内し、すぐさま小走りに入り口へと戻って行った。

西洋風に土足のまま上がる板の間は、それだけで広さ二十畳あまりある。天鵞絨《ビロード》張りの長椅子が至るところに置かれ、見物に訪れたと思しき客たちが落ちつかぬ面持ちでそこに腰を下ろしていた。

清兵衛は玄鹿館の建造に際し、工部美術学校で教鞭を執っていたイタリア人の建築家を丸抱えし、壁紙や調度品は惜しげもなく舶来の品を用いたと聞く。壁際に佇む紅毛碧眼《こうもうへきがん》の娘たちは、外国人相手に雇われている通訳らしい。さすがにこちらにはお仕着せの着物とはいかなかったのか、ひらひらと揺れる洋装の裾が春の訪れを告げて飛ぶ蝶を思わせた。

休憩室の右手の壁には、麒麟《きりん》を描いた団扇《うちわ》を手にしたぽん太の巨大な額縁付きポスターが掲げられている。緋縮緬《ひぢりめん》のつまみ細工のついた簪《かんざし》を挿し、総絞りの振袖をまとったその姿は、豪奢極まりない写真館によく馴染んでいた。

そのポスターのちょうど正面、染み一つない真っ白な壁を、とよは仰いだ。

こんなに華やかなぽん太の写真と対峙させるとなれば、並の画題では難しい。顔料にしてもよほど上質のものを使わねば、玄鹿館の賑やかさに負けてしまうだろう。自分ですら逡巡するそんな仕事を、暁宴がこなせるわけがない。

(お父っつぁんなら、何をここに描いたんだろう)

絵で人を驚かすことにかけては、人後に落ちなかった暁斎だ。青ざめ、やつれ、ぎょろりと双眸を見開いた幽鬼図を下げて客を仰天させようと企むか、はたまた蛇をくわえたまま鮮麗な羽根を広げた孔雀を描き、ぽん太のポスターに張り合うか。いずれにしても、とよのように画題に思い悩みはしなかっただろう。

「ちょっと、そんなところに突っ立つなよ」

客の一人から剣突《けんつく》を食らわされ、自分が休憩室の真ん中に棒立ちになっていると気づく。詫びを入れて隅の柱に歩み寄り、とよはふと眼をしばたたいた。小柄な娘がその陰で、居心地悪げに身をすくめていたからだ。

とよの眼差しを避けるように、娘はくるりと背を向けた。日焼けしたうなじをさらして、その場にしゃがみこんだ、その時である。

「お照《てる》が来ているってのは、本当かい。見付けたら、さっさとつまみ出すんだよ」

写場の奥で不意に、忌々し気な声が起こった。見ればひょろりと背の高い洋装の男が、手代と思しき男を引き連れて、足早にこちらに近づいてくる。清兵衛の引き合わせでとよも幾度か顔を合わせたことがある、栄次郎《えいじろう》という玄鹿館の番頭であった。

「へえ、案内の小僧が見かけたっていうから、間違いありやせん。けどまた何を思って、わざわざやって来たんですかねえ」

「そんなこと、わたしが知るもんかい。聞けばお照は新川のご本家じゃ、末のお嬢さまの子守りを任され、お乃婦さまにもひどく可愛がられているそうじゃないか。こちらが淀君の守る淀城なら、あちらは北政所が暮らす大坂城。そんな敵方に寝返った奴となれば、おおかたろくな用じゃなかろうよ。――へえ、おいでなさいやし。毎度、ありがとうございます」

近くを通りかかった客に、栄次郎が小腰を屈める。あまりに見え透いた猫なで声につい苦笑いを浮かべてから、とよは傍らの娘に眼を落とした。

「どうかしたのかい。真っ青じゃないか」

娘の細い肩は小さくわななき、わずかにのぞく白い額にはうっすら汗が浮いている。嫌な予感が、とよの胸に兆した。

「だいたいわたしは最初っから、あんな融通の利かなそうな娘っ子を雇うのは反対だったんだ。それ見たことか、うちを辞めるだけならまだしも、新川のご本家にさっさと鞍替えしちまってよ」

娘の身体がいっそう大きく震え出す。とよはその傍らに膝をつき、「ここを出よう」と声をかけた。

「あたしが一緒に付いて行ってあげるから、心配いらないよ。さあ、お立ち」

娘がただでさえ丸い目をいっそう瞠《みは》って、顔を上げる。その手の中になぜか大ぶりな矢立てが握り締められているのが、視界の隅をよぎった。

「でも――」

娘は唇だけで呟いて、矢立てを握る手に力を込めた。香《かぐわ》しい墨の匂いが淡く漂ったかと思った刹那、視界の隅を栄次郎の顔が横切る。その口が大きく開かれ、「あッ、おまえは」との怒号が響くとともに、娘はとよを押しのけるようにして立ち上がった。

辺りの客をかき分け、ぽん太のポスターに駆け寄る。ああっという栄次郎の絶叫に背を押されたかのように、娘は壁に向かって矢立てを投げつけた。

墨の匂いがぱっと強くなり、甲高い悲鳴がそこここから上がった。

「お、お照ッ。おまえ、なにをするんだいッ」

栄次郎の怒号とともに、数人の手代がお照に飛びかかる。お照をその場にねじふせ、申し合わせたように壁を仰いだ。

つんと澄ましていたぽん太の顔は真っ黒な墨で汚され、矢立てが当たった際に裂けたのだろう。その肩口には大きな穴まで開いている。伝った墨が壁や床をべったりと汚し、長椅子の一部までが黒く染め上げられていた。

「こ、これはお内儀さまからのご命令かい。まったくとんだ白鼠だよ」

「違います。お乃婦さまは関係ありません」

客たちは人垣を築いて、床に押し伏せられたお照を怖々とうかがっている。栄次郎はそんな野次馬たちにちらりと目を走らせてから、ああ、と大げさに額に手を当てた。

「見えすいた嘘を。お内儀さまは、そこまでぽん太さんが憎くてらっしゃるのかね。ご正妻の座を狙っているわけでもなし、ただ写真がお好きな清兵衛さまの手助けをしてらっしゃるだけだってのに」

「誰に言われたわけでもないんです。あたしはただ、お乃婦さまたちがお気の毒で

「――」

「おだまりッ」

真っ黒な墨に汚されたポスターの中で、色鮮やかなつまみ細工が痛々しい。栄次郎は憎々し気に顔を歪め、お照の襟首を両手で摑んだ。

「おまえがどれだけかばおうが、黒幕が誰かってことは、皆よおく知っているんだよ。下手な言い逃れをしても、無駄だからね」

栄次郎はもともと鹿島屋の奉公人ではなく、清兵衛が最初に撮影を習った写真屋・光林堂の手代だったと聞いている。それだけに本家たる鹿島屋に思い入れが薄いのは分かるが、さすがにこれは言いすぎだ。

とよは墨に汚れた矢立てを素早く拾い上げ、懐の手ぬぐいでくるんだ。そのまま人垣をかき分け、栄次郎に駆け寄った。

「ちょいと。人目があるよ。ここでのご詮議は、止めたらどうだい」

「これはとよ先生。お越しでいらっしゃいましたか」

栄次郎は狼狽した面持ちで、お照の襟から手を放しかけた。だがすぐに思い返した様子できっと眉を吊り上げて、「いえ」と首を横に振った。

「如何に先生のお言葉でも、さすがにそれは承伏いたしかねます。このお照はもともと、うちの店の奉公人。それがたまたま玄鹿館に来られたお乃婦さまに気に入られ、ご本家に勤め替えになったんです」

いかに疎々《うとうと》しい仲とはいえ、清兵衛と乃婦はれっきとした夫婦。それだけに乃婦は時折、玄鹿館を訪れており、生真面目なお照を気に入って本家に連れ帰ったのだ、と栄次郎は付け加えた。

「それだけでもこっちとしては腹立たしいのに、こんな真似をされちゃあ黙っちゃいられません。このままご本家にこいつを連れてゆかせてもらいますよ」

「お内儀さんは本当に関係ないんですッ。あたしがただ、一人で決めたんですッ」

身をよじって叫ぶお照の頬には、いつしか光るものが伝わっていた。

「だって、お内儀さんは女の身で必死に店を切り盛りしているのに、旦那さまは知らん顔。それもこれもこの女狐のせいだと思うと、あたし、腹が立って腹が立って」

お照の言葉が、嗚咽《おえつ》でくぐもる。栄次郎はお照の襟を摑んだまま、唇をへの字に引き結んだ。

「け、警察に突き出してくれたって、あたしは構いません。けどあたしがどうしてこんな真似をしたのか、番頭さん、それは間違いなく旦那さまにお伝えくださいよ」

この数年の清兵衛の放蕩はことあるごとに新聞に書き立てられ、その名には「鹿島大尽」「今紀文」の語すら冠せられている。一方で、道楽者の夫をよそに店を切り盛りするお乃婦への称賛が日増しに高まる今、こんな一件が広まれば、世の人々はお照を忠義者の女中と褒め讃え、同時に清兵衛をますます謗《そし》るだろう。

さすがに風向きが悪いと悟ったのか、栄次郎はお照を押さえつける手代たちに目配せをした。「ちぇっ、なにを開き直っていやがる」と毒づくや、見物の衆から引き剝がすようにお照を立ち上がらせ、そのまま店の奥へと彼女を引きずり込んだ。

「待ちなよ。その娘をどこに連れて行くんだい」

「外に放り出すだけですよ。先生はどうぞご心配しねえでください」

追い返そうとする栄次郎の手をかいくぐり、とよは彼らの後を追った。

写場の裏には木箱が人の背丈ほども積み上げられ、薬剤の匂いが濃く漂っている。男たちは薄暗いその間を慣れた足取りで進み、裏口を蹴飛ばすように開いた。路地に面した扉の外にお照を放り出し、「二度と来るんじゃねえぞ」と罵った。

「次におめえを見かけたら、今度こそご本家にねじ込んでやる。それが嫌なら、金輪際、玄鹿館には近付くな」

栄次郎の目は吊り上がり、今にも塩を撒《ま》き始めかねぬ形相だ。そんな彼の横をすり抜け、とよはお照に駆け寄った。ひどい怪我こそ負っていない様子だが、助け起こせば髪にはべったりと泥がこびりつき、手のひらにも大きなすり傷が出来ている。

「とよ先生も、そんな女狐には関わらないほうが身のためですぜ。お内儀さまに下手な耳打ちをされりゃ、困るのは先生でしょう」

「うるさいね。あたしは別に、いつ深川のご別宅をお返ししたって構わないんだよ」

まったくどいつもこいつも、と舌打ちをし、とよは襦袢《じゅばん》の袂でお照の顔を拭った。矢立てを手ぬぐいごとその手に押し込んでやりながら、「歩けるかい」と声をかけた。

「それにしても、無茶をしたもんだ。あんな真似をしたって、お乃婦さまはお喜びにはなられないだろうに」

この恰好で表通りを歩けば、好奇の眼にさらされるのは明らかだ。とよは裏路地を選んで、お照と肩を並べた。

「でも……でも、しかたなかったんです。あまりにお内儀さんがお可哀想で」

袂の端を顔に押し当て、お照は盛大に洟を啜った。

「お内儀さんだけじゃないんです。あたしがお世話申し上げている末っ子のお才さまも、上のお時さまもお袖さまも、みんな旦那さまに戻ってきていただきたいと思ってらっしゃるんです。けど清兵衛さまはあんな小娘にうつつを抜かして、大番頭さまが出向こうが浅草の大叔父さまが足を運ぼうが知らん顔。そのたびに悲し気な顔をなさるご一家が、あたし、どうしても見ていられなくて」

「だからといって、ありゃやりすぎだよ。けどまあ、その恰好でご本家に戻っちゃ、お店の衆がびっくりなさるだろう。よかったら、うちで着替えてお行きな。もっともそれも、清兵衛さまの道楽でお貸しいただいている家だけどね」

とよの自嘲に、お照がきょとんとして顔を上げる。芝居茶屋の裏口が連なる新富町の路地裏を過ぎながら、とよは南八丁堀の果てに顎をしゃくった。

「あたしは河鍋とよという画家でね。親父が清兵衛さまの師匠だった縁で、鹿島屋さまの別宅に住まわせていただいているのさ。まあ、お乃婦さまからすれば、あたしも清兵衛さまの放蕩のおこぼれに与《あずか》っている身ってわけだけど、これも行きがかりってもんだからさ」

お照の足が、その場に縫い付けられたかのように止まった。河鍋、という呟きが、血の気を失った唇からこぼれた。

「じゃあ……河鍋暁翠ってのは」

「なんだ、お乃婦さまから聞いているのかい。それがあたしの画号だよ」

唇を半ば開いたままのお照の面上から、さっと血の気が引いた。あまりにあからさまな表情の変化に、とよが声をかける暇もない。お照は裾を乱して踵を返すや、表通りに向かって走り出した。

ちょうど、新富座の芝居が終わったところなのだろう。かたわらの辻からどっと流れ出てきた人波が、その小柄な姿を瞬くうちに飲み込んだ。

あまりに一瞬の出来事に、何が起こったのか理解できない。呆然とその場に突っ立つとよの目の前で、お照の頭は人込みの中に見えつ隠れつしながら遠ざかってゆく。それと引き替えに冷たいものが腰から背へと這い上がり、とよは両手を握り締めた。

もしかして新川の本家では、自分はぽん太同様、忌まわしい存在として扱われているのだろうか。七年前、別宅の世話になると決めて挨拶に出向いた時から、乃婦はとよを修業中の絵師ではなく、夫をたぶらかす女と見ていたのか。

自分は絵師だ。清兵衛との間に、隠すべきことなぞ何もない。だが周囲の人間は誰一人、そうは思ってくれていなかったわけか。

年に一、二度、とよが新川の本家を訪ねる際、乃婦はいつもふっくらとした頰に穏やかな笑みを絶やさなかった。あの面相の裏には般若《はんにゃ》の顔が隠れていたのかと思うと、彼女を勘違いさせた自分の至らなさと、要らぬ勘繰りをする本家の人々の愚かさに、大きな石が袂や懐にぎっしりと詰め込まれている気すら覚える。

急に重くなった足を引きずって、とよは永代橋を渡った。佐賀町まで戻って表戸を開ければ、家の奥から明るい笑いが響いてくる。まだ記六がいるのか、とうんざりしつつ門の内側に置かれたままの梅鉢を眺めたとき、「あ、姐《ねえ》さんかい」と聞きなれた声が耳を叩いた。二階に続く階段を駆け降りてきた八十五郎が、上がり框にさっと膝をついた。唐桟《とうざん》の袷《あわせ》に高貴織《こうきおり》の羽織をひっかけた、なかなか洒落た身ごしらえであった。

「なんだ。来ていたのかい、おまえ」

「何だとは、つれねえなあ。おいらが来たおかげで、記六さんはさっさと引き上げていったってのによ」

おかえりなさい、先生、と言いながら、りうが二階から降りてくる。漱《すす》ぎの水を盥《たらい》に汲んで運び、「八十五郎さんの言う通りなんですよ」と笑った。

「記六さんったら、八十五郎さんが顔を出した途端、急にそわそわし始めましてね。それまできくさんが疲れた顔をなさっても一向に気づかなかったのが、長居も悪いよななんぞと仰って、急いで飛び出して行かれましたよ」

「へん。どうだい。ちょっとはおいらを見直してくれよな」

誇らしげに胸を張る八十五郎は、この春で二十三歳になった。父親の八十吉の教えを受けて絵の修練を続ける一方で、一昨年は一人で京・大阪を巡ってほうぼうの寺宝を片っぱしから写生し、とよを羨ましがらせもした。

幸か不幸か、生家である質屋の商いが繁盛しているため、八十五郎は絵を生業とする必要はない。それにもかかわらず時折この家に顔を出しては、頼んでもいないのに顔料を砕いたり膠を煮る弟分に、とよの胸の閊《つか》えはわずかに軽くなった。

「それはお世話さまだったね。けど、いいのかい。いくら師走の忙しさが過ぎたからって、こんなところで油を売って」

改めて眺めれば、八十五郎の懐からは分厚い帳面が覗いている。おおかた店の用事で出かけたついでに、ここまで足を延ばしてきたに違いない。

「大丈夫さ。店の方は、まだまだ親父が元気だもの。おいらが出来ることなんぞ、数えるほどしかねえさ。それより姐さん。記六さん、いったい何の用事だったんだい」

足を漱いで画室に戻ったとよに従いながら、八十五郎は心配そうに眉をひそめた。その表情に周三郎の言葉が思い出され、とよはがばと弟分を振り返った。

「もしかして、記六の奴、八十吉おじさんにも金を借りているのかい」

墓穴を掘ったと気づいたと見え、八十五郎が大きく肩を引く。だがすぐに手近な座布団に勝手に尻を下ろし、観念した面持ちで一つうなずいた。

「なんてこったい。兄さんのところでもしばしば銭を借りているようだし、知らなかったのはあたしだけってわけかい」

「ごめんよ、姐さん。心配をかけるだけだからおとよ坊には伝えるなって、うちの親父が」

「お前に謝ってもらう話じゃないさ。悪いのはあの記六なんだから」

記六がとよにだけ借金を申し込まないのは、そんな真似をすれば間違いなく説教がついてくると承知しているためだろう。余計な口を叩かぬ相手ばかり選ぶ小狡《こずる》さが、実の弟ながら情けなかった。

「じゃあ、記六さん、とうとう姐さんのところにまで金をせびりに来たのかい」

「違うよ。うちに来たのは、まったく別の用事さ」

「それならよかった。安心したよ」

八十五郎は肩の力を抜いて、ほっと笑った。以前よりも精悍さの漂う丸顔が、その途端、急に少年じみた。

一本気な八十五郎のことだ。もし暁斎の娘を名乗る女が現れたなぞと教えれば、自らその女のもとに駆けて行き、真偽を検《あらた》めようとするだろう。この件だけは自分の胸に納めておかねば、ととよは己に言い聞かせた。

「そういやこの間、うちの親父が湯島の天神さまにお参りをしたらしいんだ。そうしたら社務所に、暁斎先生が描いた衝立が一対飾られていたらしいんだけど、姐さん、知ってたかい」

「へえ、それは初耳だよ。大根畑の家に住んでいた頃にでも、頼まれたのかもしれないね」

暁斎はなにせ筆が早く、水墨なぞはどんな大きさであろうとも、瞬く間に仕上げてしまっていた。ましてや一家が大根畑の家に住んでいたのは、とよがまだ少女だった頃。父が外でどんな仕事をしていたのか知らなくても、さして不思議ではなかった。

「龍と虎がそれぞれ描いてあったんだけど、裏が真っ白なままだったらしいよ。うちの親父は、おとよ坊が裏面を描けば、天神さまもさぞお喜びになられるだろうになあと言ってたぜ」

「あたしが描かせてもらうかはともかく、そんなところに親父どのの絵があるとは嬉しいね。もうじき湯島の梅も頃合いになるから、どれ一度、見に行くかね」

「じゃあその時は、おいらも誘っとくれよ。忘れちゃ嫌だぜ」

分かっているよ、ととよが応じたその時、りうが熾《おこ》した炭を運んできた。火消しの炭を火鉢に戻して火を立ててから、「そうそう、先生。あの梅ですけど」と、突き膝のままとよに向き直った。

「文は間違いなく、清兵衛さまにお渡ししました。けど清兵衛さまは一読なさるなり、それはいけないよ、梅は必ずとよ先生にもらっていただきなさい、と仰って。どうにも受け取ってくださらなそうなご様子でした」

「そりゃあ、困ったねえ」

普段《いぶか》、清兵衛はとよの言葉に、ほとんど否を言わない。それだけに彼には珍しい頑固を訝しみながら、とよはりうに勧められるまま、火鉢に両手をかざした。

「しかたがない。明日にでもあたしが築地に出向いて、お願いしてくるよ。早くしないと、梅がすっかり咲ききっちまうからね」

「お願いします。あたしがうかがった時、お客人でも来ていらっしゃるのか、築地のご別宅はちょっと慌ただしげでしてね。女中が離れに茶を持って行くのを見かけましたよ。それだけにあたしもゆっくりお話ができなかったので、とよ先生がお運びくだされば清兵衛さまも考え直してくださるかもしれません」

ついでに日本橋あたりで土産を買って、本郷の寺崎広業の画室にも足を延ばそう。すぐに暁宴とやらに会えなかったとしても、話の糸口だけでもつけておくに越すはない。

だが翌日、朝餉《あさげ》を取っていたとよは、りうから思いがけぬ客の来訪を告げられ、我が耳を疑った。

「本当に新川のご本宅からのお使いだったのかい」

「はい、間違いないです。ご足労をおかけしますが、お手が空き次第、ご本家までお越しくださいとの、お内儀さんからの言付けでした」

もしかしたら、お照が乃婦に昨日の顚末を打ち明けたのだろうか。だが、自ら店を切り盛りするほど気丈な乃婦のこと、そうだとすれば自らこの家に足を運んで礼を述べるだろう。一方的に自分を呼び立てるとなれば、それは別用と考えるべきだ。

「わかったよ。築地は急ぐ話でもなし、先に新川に回るとするよ」

鹿島屋の人々から向けられるであろう眼差しを思うと、それだけで気が重くなる。とはいえここで怖気づいては、かえって妙な勘繰りを受けるだけである。とよは精一杯胸を張って身形を整えると、大川をまたも西へ渡った。

掘割に沿って酒屋の蔵が建ち並ぶ新川は、永代橋のたもとから目と鼻の先。真冬にもかかわらず脛《すね》を剝き出しにした男たちが、荷船の酒樽を次々と陸に上げている。掘割を盛んに行き交う小舟の立てる波頭が朝日にきらめき、蔵の土塀に明るい弧を描いていた。

鹿島屋が店を構えるのは、新川の中でももっとも賑わう銀《しろがね》町。とよは潮風にはためく裾を気にしながら、小橋を渡った。荷車や人足たちの頭越しに鹿島屋の看板が見えたと思った、その時である。

「おい。ありゃあ、今紀文だぜ」

店の前に積み上げられた樽を数えていたお店者《たなもの》が、かたわらの朋輩を肘で突く。ついつられて彼らの眼差しの先を追えば、極毛万《ごくけまん》の袷を裾長に着た清兵衛が道の向こうからやって来る。

供も連れず、洒落者の清兵衛にしては、いささか地味とも見える身ごしらえをしたその姿に、往来の人足たちがたたらを踏む。あわてて左右に分かれて、清兵衛に道を譲った。

「えらく青ざめた顔をしていなさる。先だって、うちの番頭さんが漏らした噂は本当なのかねえ」

「ああ、鹿島屋さんが今紀文を勘当なさるって話だろう。この間から親類縁者と思しきご衆が時折店に出入りしていらしたが、ようやっと話がまとまったのかもしれねえなあ」

「なんですって、それ本当ですか」

我知らず話に割り込んだとよに、お店者たちはぎょっとした顔で一歩後じさった。だがあまりの剣幕に恐れをなしたのか、「俺たちから聞いたとは黙っていてくれよ。うちの店じゃあ、そんな評判があるってだけなんだ」と、清兵衛を目顔で指して声をひそめた。

「だってそら、鹿島屋ってのは、本来、身持ちの堅え店だ。奉公人の躾は厳しい、掛け売りは一切しねえ……そんな店の主が新聞に書き立てられるほどの放蕩者じゃ、店の信頼に関わるだろうがよ」

清兵衛の足取りは妙に重く、繁華で気忙しい往来とは全くそぐわない。新川の雑踏のただなかにあって、清兵衛のぐるりだけがぽっかりと切り取られたかの如く薄暗く見えた。

お店者たちによれば、清兵衛の廃嫡《はいちやく》話が最初に持ち上がったのは、去年の春。膨大な費用のもと、玄鹿館の開業が本決まりとなった直後だったという。

「うちの旦那さまは鹿島屋の先々代に暖簾《のれん》分けを許していただいたお人でさ。だから家内の話がよく聞こえてくるんだ。頼むから他所には漏らさねぇでくれよ。きっと鹿島屋の奉公人どもは、こんなこたぁ教えられちゃいねえからさ」

無言のとよに片手拝みをしてから、ただ、とお店者は言葉を継いだ。

「その時は鹿島屋のお内儀が親類を説得して、話は立ち消えになったらしい。けどそれを踏みつけ、三千円もの大枚をはたいてぽん太を落籍したのが、結局、悪かったんだろうなあ。少し前からうちの旦那さままでが、たびたび鹿島屋に出入りしているところを見るに、もはやいつ手切れになっても不思議じゃねえや」

「そりゃ、お内儀からすりゃ、面に泥を塗られたみてえなもんだからな。ただ今紀文が押し込め隠居となると、ぽん太はどうするんだろうな」

「所詮は銭目当ての女さ。さっさと見切りをつけ、また適当な金持ちを探すんだろ」

勝手な取り沙汰を始めた二人に背を向け、とよは人波をかき分けて足を速めた。奉公人や人足たちでにぎわう鹿島屋の暖簾を跳ね上げつつ顧みれば、清兵衛の姿はすでに雑踏に飲み込まれて見えない。ごめんください、と呼ばわる声が、自分でも驚くほどにひび割れていた。

「佐賀町の別宅にお世話になっている、河鍋とよです。お内儀さんより御用がおありだとうかがって、参りました」

「なんと、暁翠さんですか」

上がり框の端で折しも下駄を脱ごうとしていた男が、驚愕の表情で振り返る。塩瀬《しおせ》御召《おめし》に袷羽織の風体は、およそこの界隈の住人とは見えない。細い顎と秀でた額が目を惹く、静かな物腰の男であった。

　めったに画号で呼ばれることがないだけに、とよは面食らって男を仰いだ。それを待っていたかのように奥の間に続く暖簾がかき上げられ、一分の隙もなく髪を結いあげた三十がらみの女が顔をのぞかせた。この家の内儀である、鹿島乃婦であった。

「寺崎先生、暁翠先生。どうぞこちらへ」

　寺崎、の名にとよは男の横顔を凝視した。すると乃婦はそんなとよの名を再度呼び、「どうぞ」と声を強めた。

「そこにいらっしゃっては、店の者たちが商いが出来ません。仰りたいことは様々おありでしょうが、何卒こちらへ」

　渋々うなずいて店奥へと踏み込めば、廊下は塵一つなく拭き清められ、手入れの行き届いた庭に山茶花《さざんか》が慎ましやかに咲いている。

　乃婦は真っ白な足袋の裏をひらめかせ、離れと思しき一間に二人を案内した。ぎこちなく肩を並べたとよと寺崎広業を上座に据え、みずからは敷居の際に膝を折る。丁寧に白粉を塗りこめ、紅を差したその顔が、花鳥を描いた腰板障子を背に、ぼうと浮かび上がって見えた。

「あわただしくお呼び立てして、申し訳ありません。夫の隠居が内々に決まり、店の表も内もその支度でばたばたしておりまして」

おかみさん、と小さな声がして、襖に影が差す。茶の盆を手に現れたお照の姿に、広業があぁっと腰を浮かせた。

「お、おまえ。暁宴じゃないか」

「なんですって――」

肩をすぼめたお照と広業を、とよは忙しく見比べた。そんな中で乃婦だけが眉一筋動かさぬまま、膝の上に静かに白い手を揃えていた。

「驚かれるのは、ごもっともです。寺崎先生、このたびはうちのお照がとんだ騙りを働いていたそうで、大変失礼申し上げました」

「騙り、騙りですと。では、河鍋暁斎の娘御という名乗りは」

「はい。この娘のついた嘘でございます」

なんと、と呻いて、広業がすとんとその場に尻を下ろす。居心地悪げに身をすくめるお照に目を据えたまま、「ですがなぜまた、そんなとんでもない嘘を」と呟いた。

「それもこれもすべて、わたくしとうちの清兵衛が至らなかったゆえでございます。ご不快ではございましょうが、どうぞわたくしに免じてお許しください」

このお照は、と続けながら、乃婦は茶をとよと広業に勧めた。

「もともと、玄鹿館の通い女中でございました。ただそこで目にした清兵衛とぽん太の放蕩ぶりにあきれ返り、たまたま館を訪れたわたくしに鹿島屋に奉公替えしたいと願い出てきたのです」

玄鹿館の女主《おんなあるじ》然と振る舞うぽん太は、館の女中を顎先で使うとともに、鹿島屋の悪口を吹聴して憚らなかった。生真面目なお照は、そんな妾の気儘《きまま》を許す清兵衛に我慢がならず、新川の店で働くことを選んだのであった。

「この娘からすれば、清兵衛が目をかけているものはすべて、わたくしの敵と見えてしかたがなかったのでしょう。清兵衛が懇意の女絵師を深川に住まわせていると聞き、その評判をどうにか落としてやれと考えたそうです」

暁斎の娘を装って弟子入りした先で下手な作ばかり描けば、隠し子の噂と相まって、暁斎や暁翠の評判を落とし得る。場合によってはわざと大げんかを起こして広業のもとを去り、暁斎の娘の悪名を広めるつもりだったらしい、と乃婦は淡々と続けた。

「聞けばお照は昨日玄鹿館に行き、ぽん太の大写真に墨を浴びせかけたとか……そんな乱暴な真似をしなくとも、清兵衛をこの家から出そうとの話は、内々には随分前から持ち上がっておりました。奉公人たちを動揺させまいと、店内にはそれをひた隠しにしてきたわたくしが悪かったのです。結果、お二方にはご迷惑をおかけしてしまい、本当に申し訳ありません」

昨日、清兵衛の元を親類たちが訪れ、鹿島屋の親類一同の総意として、その廃嫡が正式に告げられた。それを受けて本日、清兵衛自身がこの家に暇乞《いとまご》いに来ると決まったため、その旨を店の者たちにも告げ知らせたところ、お照が進み出て、この一部始終を自分に打ち明けたと付け加え、乃婦は畳に額をこすりつけた。かたわらのお照が、「申し訳ありませんッ」と大声を上げて、あわててそれに倣《なら》った。

「いや、困りましたな。どうぞお手をお上げください」

広業は弱り切った面持ちで、広い額にかいた汗を手の甲で拭った。すでにぬるくなった茶をがぶりと飲み干してから、乃婦に向かって身を乗り出した。

「鹿島屋ご当主の放蕩ぶりは、風の噂に聞いております。かようなご夫君を持たれ、お内儀さまもさぞ忍従の日々を送って来られたことでしょう。清兵衛さまの仕打ちに腹を立てる奉公人たちが出るのも、当然。それもこれも忠義からと思えば、怒るわけにはまいりません。これからはどうぞ今までの憂さを忘れ、生まれ変わったお気持ちで日々をお送りください」

「はい。さようにさせていただきます。お気遣い、ありがとうございます。早くから思い定めていた廃嫡がいよいよ決まり、正直、肩の荷を降ろした気分でございます」

広業にうながされて身を起こした乃婦のたたずまいは沈着で、毛一筋ほどの乱れもないかに見える。

乃婦が鹿島屋の暖簾と蕩尽三昧の清兵衛を秤にかけ、店を取ったのは事実なのだろう。これからは幼い娘たちを抱えつつ、忠義者の奉公人たちとともに女だてらの商いを続ける覚悟なのに違いない。

だけど——と、とよは膝に重ねた手に力を込めた。

昨日、大根畑で見た重ね扇の紋が脳裏をよぎる。もし本当に乃婦自身が早くから清兵衛の廃嫡を決意していたなら、金ばかりを食らう写真館の内装になぞ、心を配りはしないはず。むしろどうやって玄鹿館を畳ませるかということを、真っ先に考えたのではないか。

「暁翠先生にもお詫び申し上げます。とはいえ清兵衛が隠居しましても、鹿島屋が暁斎先生にお世話になったことに変わりはありません。どうぞこれからも深川の別宅はご随意にお使いください」

とよに向き直った乃婦を、真っすぐに見つめる。いえ、という言葉が静かに口を衝いた。

「そういうわけには参りません。ご親族さまの手前、あたしもご別宅を失礼させていただきますよ」

もしかしたら乃婦は、親族がどれほどその放蕩に怒ろうとも、清兵衛と最後まで添い遂げるつもりだったのではあるまいか。清兵衛が愛する玄鹿館の壁の絵を自ら決めることで、少しでもその言動を理解しようとしていたのでは。

とはいえ、清兵衛は頭のいい男だ。乃婦からそう告げられたとて、己の放蕩ぶりをよくよく承知しているだけに、容易に信じはすまい。だからこそ乃婦は内々に周三郎に絵を頼み、それを壁に飾ることで、清兵衛の放蕩を受け入れる覚悟を知らせようとした。

しかし怒り心頭の親族たちはそんな乃婦の思いを踏みにじって清兵衛の別宅に押しか

け、早く鹿島屋から出ていけと責め立てた。その結果、清兵衛は本家を出ていかざるをえなくなり、今日の暇乞いとなったのではないか。

（そしてぽん太もまた――）

とよが深川の家を出た先ほど、清兵衛から届けられた梅の鉢植えは、辺りの潮の匂いを払い、清澄な香を漂わせていた。

幾ら酔っていたとしても、たかが鉢植え一つに、ぽん太があぁも怒るのは不可解だ。もしかしたらぽん太は清兵衛との華やかな日々が間もなく終わるであろうことを、敏感に感じ取っていたのではなかろうか。

ゆっくりと蕾を開かせる梅の盛りは長く、香散見草《かざみぐさ》の異名通り、その香は静かにいつまでもくゆり続ける。そう、ぽん太はその行く末まで見届けられぬと覚悟していればこそ、蒼く澄んだあの白梅を手元に置きたいと願ったのでは。

乃婦の面上には、波一つなく、その静けさがどこか冷たい風を受けてもなお花開く白梅を思わせる。返答に異を唱えるでもなく、無言のままの乃婦に、「ただ」ととよは続けた。

「家移りの前に、一枚だけ絵を描かせてください。うちの兄さんから、玄鹿館に飾る絵の仕事が回されてきたもので」

それまで感情のうかがえなかった乃婦の双眸が、わずかに光った。

「いったい、何を描かれるおつもりです」

「はい、梅を。びっしりと花をつけた老木を一本、それも墨で」

あれほど華やかな写真館には、どれほど高価な顔料も奇抜な画題も不釣り合いだ。ならばいっそ水墨で、淡雪に煙る梅の木を画幅いっぱいに描こう。

人も、鳥も描き込むつもりはない。だがそこに現れるしんと冷えた早春の大気の向こうには、もしかしたら築地の別宅を出て行く清兵衛の薄い背が隠れているかもしれない。そしてその傍らにはきっと、乳飲み子を抱いたぽん太が寄り添っている。そんな気がした。

「梅、梅ですか。言われてみれば、すぐに節分ですね」

「湯島の梅も、そろそろ咲き始めたようですよ。うちの弟子どもが、この間、写生に出かけていました」

何も知らぬ寺崎広業が、のんびりと相槌を打った。

「へえ、さようですか。けどうちには今、立派な梅の鉢植えがあるんでね。写生にはまったく、困りませんよ」

「それはうらやましい。下絵から仕上げまですべて馥郁《ふくいく》たる梅の香に囲まれ続ければ、さぞよい絵になりましょう」

とよが梅を描くと告げたなら、周三郎はどうするだろう。案外、負けてなるものかと意地を張り、広業の弟子同様、湯島天神で写生の一つもするのではないか。

（そしたら兄さんも天神さまで、親父どのの衝立を見付けちまうかも）

そう思うと俄然、白いままという衝立の裏が気になってくる。しかたがない。玄鹿館の仕事を譲ってもらったお礼だ。対の衝立のうち、片方は譲ってやってもいいだろう。

お見送りを、という乃婦を振り切って鹿島屋を後にすれば、頭上から降り注ぐ冬陽は、辺りの喧騒に揉み消されそうなほど弱い。

また新たな舟が入ってきたと見え、路傍に座り込んでいた人足たちが一斉に掘割へと押し寄せる。とよはその砂煙の果てに目を凝らした。清兵衛は、ぽん太は、どこかで白梅の香を嗅ぐだろうか。そうであって欲しいと願うとよの足元で、川風が小さな旋風《つむじ》を巻いた。

老龍

明治三十九年、初夏

ニコライ堂の華やかな鐘の音が、五月晴れの空にこだましている。およそ初夏らしからぬ厳しい陽射しを片頬に昌平坂を上がっていたとよは、坂下に覗くこんもり丸い聖堂とその傍らの尖塔を顧みた。

少女のとよがこの地に暮らしていた二十数年前は、あんなに目立つ堂舎は影も形もなく、聞こえてくるのはせいぜい家の裏に建つ霊雲寺の朝夕の鐘ぐらいであった。それが今や、お濠端《ほりばた》には電気鉄道が走り、行き交う人の数とてかつてとは比べ物にならない。若き日の暁斎がこの界隈に長く住み続けたのは、江戸の昔から続く町筋の静けさを好んだためである。それだけに父がこの有様を見たらさぞ腹を立てようと考えると、足の重さとは裏腹に、口元に小さな笑みがにじんだ。

「大丈夫かい、姐《ねえ》さん。やっぱり人力を使った方がよかったんじゃ」

先に坂を上っていた八十五郎がとよの傍らまで駆け戻り、心配そうに顔を覗き込む。

大げさだね、と言い返し、とよは再び歩き出した。

「湯島の変わりように、ちょいと驚いちまっただけさ。考えてみれば、ここのところ出かける先と言ったら、画室か学校のどちらかしかなかったからね」

「本当かい。工合が悪いんだったら、遠慮なく言っとくれよ。姐さんは今、一人の身体じゃないんだからさ」

気づかわしげに眉根を寄せる八十五郎は、今年三十三歳。すでに妻《めと》を娶り、二人の男児の父親となったにもかかわらず、昔馴染みのとよの前ではどうにもその口調には子どもっぽさがにじむ。心なしか父の八十吉に似てきたその顔を仰ぎ、とよはもう一度、「大げさだね」と繰り返した。

「腹帯こそまだだけど、週に二度は女子美で絵を教えているんだ。これしきで工合が悪くなるもんかい」

「それならいいんだけどさ。万一、姐さんの身に何かあったら、おいら、常吉《つねきち》さんに千度謝っても詫びたりないから」

一昨年の夏、とよは京橋の機械商・高田商会で働く高平《たかひら》常吉なる男と結婚し、それまで暮らしていた神田和泉町の借家を出て、上野池之端七軒町《しちけんちょう》に新居を構えた。とよより一歳年下の常吉は仙台の出で、芝の慶應義塾で理財学を学んだ後、アメリカ・スタンフォード大学に留学した優秀な人物である。謡や茶といった芸事はもちろん、絵画にすら皆目関心を持たぬ常吉ととよが結ばれたのは、ひとえに亡き暁斎の高弟である八十吉の尽力ゆえであった。

「なあ、おとよ坊。無粋な口利きだってのは、百も承知しているんだ。けどおめえもすでに、三十過ぎだろう。いつまでもおりうと二人暮らしってわけにもいくめえ」

病弱だった妹のきくは、とよが長らく世話になっていた鹿島屋の別邸から神田和泉町に転居した年の冬、急な高熱で三日ほど寝付いた末、二十歳の若さで亡くなった。

長らく薬餌《やくじ》と縁が切れなかった妹の死に、とよは激しく打ちのめされた。幾日も飯が喉を通らず、夜、床に臥していると、元気になったら絵を描きたいと語っていた妹の姿が思い出される。しかし一方でとよはその寂しさの中に、不思議な安堵を覚えずにはいられなかった。

自分が手を差し伸べねばならぬ相手は、これで誰もいなくなった。きくの薬代さえ要らぬのであれば、画料の多寡を気にして、絵を描く必要もない。八十五郎やりうに形見分けが行われ、きくの部屋が整理されてその気配が家内から消えてゆくのに従ってその思いはますます強くなった。

そんな矢先、かねて昵懇《じっこん》であった池之端茅町《かやちょう》の出版社・三眼社が浅草に転居すると知り、とよは是非にと乞うて、その跡地に家移りした。三眼社社長の旧居を三間続きの平屋に改築させると、そのもっとも日当たりのいい一間を画室と定めた。

思えば暁斎は父である以前に、とよにとっては師であった。周三郎は兄であるよりも前に、商売仇であった。そんな中で唯一、家族として過ごしてきたきくの死は、一人だ、という実感をとよに与えた。もしかしたら自分は、これで家族と呼ぶべきものを喪失したのかもしれないとすら感じた。

残る河鍋の家の者は、とよと周三郎の二人きり。およそ兄妹とは呼び難い自分たちに、河鍋の家はこれで家族の寄り集まる場ではなく、絵師の棲家と化した気がした。

一度そう考えてしまうと、妹を失った今、自分は絵師としての道を極めるしかないとの覚悟がこみ上げる。

とはいえ明治も三十年を過ぎた今、とよが学んできた本格的な狩野派・土佐派の絵は古臭いと見なされ、屏風や掛幅の依頼は滅多に来ない。代わりに持ち込まれるのは相変わらずの挿絵仕事が大半であったが、とよはせめて受ける仕事を厳選し、己の画技をすべてそれらに注ぐよう心を砕いた。

ただ、幼い頃からとよを知る八十吉からすれば、住み込み弟子であるりうととよの女二人暮らしはどうにも不安に映ったらしい。伝手を頼っては見合い話を次々ととよの元に持ち込み、そのたびとよはもちろん、息子の八十五郎までを呆れさせていた。

「もうやめなよ、お父っつぁん。姐さんが独り身でいたいと言っているんだ。無理やり、誰かに添わせるこたァねえだろう」

「馬鹿野郎。確かに親兄弟が息災なら、俺もこんな世話は焼かねえさ。けど、暁斎の野郎はすでに亡く、兄貴の周三郎はあの通り。他家に行った弟や姉だってとんと役に立たねえときちゃあ、放っておくわけにもいかねえじゃねえか」

止めようとする八十五郎の袖を振り払い、八十吉はとよに向かってぐいとひと膝詰め寄った。五十の坂を越えて以来、急に白くなりはじめた鬢《びん》が、折から差し込んだ夕陽を受けて光っていた。

「なあ、おとよ坊。とりあえず、一度ぐらい会ってみちゃどうだ。いま話が来ているのは、うちの女房の実家に間借りしている洋行帰りでな。絵とはとんと無縁らしいが、とにかく穏やかで、気立てのよさは請け合いなんだと。おめえぐらい何もかも違っている相手の方がよっぽど釣り合うかもしれねえと、あちらさんは乗り気らしい」

「けど、おじさん。あたしは今の暮らしに、何の不満もないんだよ」

「ああ、おめえがそう思っているのは、俺もよく分かっちゃいるさ。けどこのままおとよ坊を行かず後家にしちまったら、俺はあの世で暁斎の野郎になんて詫びりゃいいんだよ」

声を詰まらせた八十吉に、とよは八十五郎と顔を見合わせた。

実際のところ、これまでとよが独り身を続けてきたのは、確たる理由があってではない。十代の頃は暁斎の手伝いに追われ、父を送ってからは自分の仕事やきくの看病が忙しかったというだけだ。

それだけに八十吉の請願を無理に拒み続けることもしがたく、渋々、見合いをしたのが三年前の冬。すると先方は一目でとよを気に入ったと見えて、奇妙なほどとんとん拍子に話がまとまり、とうとう七軒町に新居を構える運びとなった。

郷里の仙台に老母と兄がいる常吉は仲人口以上の穏やかさで、画業に忙しいとよにも文句一つ言わない。四年前から教鞭を執っている女子美術学校での講義を続けさせてくれるばかりか、日中は茅町の家に通って絵を描けばいいとまで請け合ってくれた。当節、巷《ちまた》に流行る「女性は家に入って家庭を守るべし」との女性観からすれば、さばけ過ぎる計らいだった。

「私は絵なんぞまったく分からない不調法者だ。ただお前の掛かりを出してあげるぐらいは出来るから、好きにすればいいさ」

常吉の勤め先である高田商会は、工業機械や船舶、武器を主に扱う輸入販売業者。イギリスやアメリカの商会を主たる取引先としているだけに、留学経験のある常吉はまだ四十前の身ながらも、番頭格として忙しい日々を送っている。月々もらってくる五十円という給金も、挿絵でもたらされるとよの画料とは比べ物にならぬ高値《こうじき》であった。

とよたちの結婚と前後して、大陸では露西亜《ロシア》を相手取った戦争が始まり、常吉は新婚早々、あまり家に帰って来なくなった。日本の勝利で戦が終わった後もそれは続き、この春にとよの妊娠が判明しても、その事実を打ち明ける機会はなかなか訪れなかった。焦《じ》れたりうが京橋の店まで駆けて行き、無理やり常吉を七軒町まで引きずって来る有様であった。

さりながら正直なところ、夫を持ち、子を授かったという変化にも、とよはさしたる実感を抱けずにいた。画材の代金は自分の画料から出しているし、りうは留守番を兼ねて、茅町の画室に住み込み続けている。あえて大きな転遷を挙げれば、夫に迷惑をかけまいと考え、挿絵仕事の数を結婚前より増やした点ぐらいだろう。おかげできくが亡くなった直後の誓いはいつしか遠のき、一枚の挿絵への手間隙を減らし、なるべく多くの仕事をこなす多忙に陥っていたが、それもこれも一人の身ではないのだから仕方がない。八十吉を安堵させるのはこんな簡単なことでよかったのか、と拍子抜けすらしていた。

「それにしても、周三郎さんは相変わらずだなあ。百画会を開くなら開くで、もっと早くに教えてくれるのが筋だろう。姐さんだって、祝いならおりうさんに任せればいいのに、わざわざ自分で出向くなんて親切すぎるよ」

とよの足取りの軽さに安堵したのか、八十五郎が行く手に茂る神田明神の森を仰いで舌打ちする。とよはそれには答えぬまま、朱の色も鮮やかな一の鳥居を潜り、楼門の左に立ち並ぶ料理茶屋に目を配った。

――開花楼

と記された漆看板のかかる三階建ての料亭をそれと見定め、広い三和土に踏み込んだ。

「ごめんなさいよ。こちらで河鍋暁雲の百画会が開かれていると聞いたのですが」

下駄の歯を鳴らして飛び出してきた仲居が、とよの訪いに鼻白んだ顔になる。内暖簾の奥でのっそりと立ち上がった下足番の老爺に、「百画会のお客だってさ」と言い放ち、上階に続く階段を顎で指した。

「それだったら、二階の梅の間ですよ。──ああ、上がる時は静かに願いますよ。なにもうちの客はあんたたちだけじゃないんだから」

仲居の剣突に、八十五郎がむっと頬を膨らませる。とよはそれを目顔で制し、軋《きし》む階段を注意深く上がった。

まだ昼には間があるが、この後、宴席が開かれるらしい。薄暗い廊下では高く積み上げられた朱塗りの膳が鈍い光を湛えている。片襷《かただすき》姿の仲居たちが忙しく行き交う手前の広間とは裏腹に、襖で隔てられた廊下の奥はしんと静まり返っている。そちらが梅の間らしいと思いつつ襖をあければ、二十畳あまりの部屋の真ん中に、兄の周三郎が羽織袴姿で胡坐をかいていた。

階下から取り寄せたのか、銚子と肴の小皿が乗せられた盆がその膝先に置かれている。口に運びかけていた猪口《ちょこ》を手にしたまま、周三郎は薄い唇を片頬に引いた。

「よう、来たのか。腹ぼてじゃ動きづらかろうに、ご丁寧なこった」

「何言っているんだい。兄さんが来いって知らせて寄越したんじゃないか」

中身をぐいと干した猪口を、周三郎は音を立てて盆に置いた。どこか着つけぬ風の羽織の袖を意味もなく突き、「まあ、誰も来ねえよりはいいだろうと思ったんでな」と呟いた。

部屋の長押《なげし》にはいたるところに釘が打たれ、三十幅あまりの掛け軸が掛けられている。水墨の山水図に淡彩美人図、濃彩で描いた花鳥画とその画題は様々だが、いずれも父・

暁斎の画風を濃く受け継ぎ、洒脱ながらも狩野派の影響を強く受けた絵ばかりであった。

百画会とは書画会とも呼ばれ、絵師が料亭や寺社の離れなどを借り切って、自分の絵を展観するもの。大勢の門弟を抱える絵師が自身と弟子の絵を出陳して、親しい文人たちとの社交の場とする他、酒宴を兼ねたりもする。

会場探しや出陳する絵の選定が面倒なため、とよはこれまで一度も自分の名では百画会を開催していない。ただ真野暁柳の画号を持つ八十吉や知人の絵師の画会に行き、席画を描いた折は幾度もある。

それらがいずれも朝から晩まで知人や客が押し寄せ、立錐《りっすい》の余地もない賑わいだったのに比べれば、広間に今、とよと八十五郎以外の客はおらず、なまじ飾られている絵が多彩なだけに、かえって室内の寂しさが際立つ。外の上天気が嘘のような冷やっこさを覚えつつ、とよは用意の祝儀袋を周三郎に差し出した。

「ありがてえ。場所代の足しにさせてもらうぜ」

部屋の隅に置かれた芳名録は真っ白で、傍らに置かれた硯《すずり》の陸も乾き始めている。

返事に窮したとよに、周三郎は盃洗《はいせん》で濯《すす》いだ猪口を突き出した。首を横に振った妹に一つ舌打ちし、「まあ、こんなものだろうよ」と嘲笑う口調で言った。

「俺みてえなしゃちほこ張った絵は、最近はとんと流行らねえからな。おめえだって、ずいぶん仕事は減ってるだろう」

「そんなことはないよ。あたしの仕事はほら、今は挿絵や広告絵がほとんどだから」

「なんだ、ろくな絵を描いてねえのか。そんな詰まらねえ仕事ばかり引き受けているから、おめえはいつまで経ったってろくな絵師になれねえんだぞ」

掛けまわされた絵を眺めていた八十五郎が、凄まじい勢いで周三郎を振り返る。怒りの籠ったその眼差しをあからさまに無視して、周三郎は胡坐の膝を大きく揺すった。

「とはいえ、おめえがまともな絵を描いていたとしても、俺同様、まったく売れねえだろうけどよ。親父が生きていたら、さぞかし嘆いたに違えねえぜ。この間も谷中の美術院で展覧会があったんでちょいと覗いてきたんだが、狩野家の教えを受けたはずの奴らがあんなぼやぼやした絵を描いているってんだから、まったくわけがわからねえ」

「ああ、確かに挿絵を頼みに来る出版社の番頭たちも、あまり線を強くするなってよく言うよ。没骨《もっこつ》の描き方もそりゃあ悪くはないけど、ねえ」

話の矛先が自分から逸れたことに安堵しながら、とよは相槌を打った。

没骨とは輪郭線を引かず、水墨や彩色の広がりによって対象を捉える技法である。肥《ひ》瘦《そう》のない鉄線描や抑揚のある肥瘦線で輪郭を取る鉤勒法《こうろくほう》とは対極にあり、俵屋宗達《たわらやそうたつ》や尾《お》形光琳《がたこうりん》などかつて琳派の絵師が頻繁に用いていた。

世が明治と改まって以来、日本の絵画界は大きな変革を続けている。なにせ御一新に伴い、幕府の御用絵師であった狩野家とその弟子たちは、禄を召し上げられて四散の憂き目に遭った。開国とともに西洋から流入した油絵がもてはやされ、旧態依然とした狩野派の絵画が黴《かび》臭いものと見なされたため、彼らの多くは新政府の各役所で製図掛や事務掛として雇われることで口を糊《のり》し、絵筆で生計を立てられる者はごくわずかとなった。

維新から十数年が経った頃には、あまりに過激な欧化主義への反発から古い日本画を見直す動きが始まったが、一度不遇を味わった絵師たちは自ら西洋画法に見られる鮮明な色彩や遠近法をどう導入するかを試行錯誤し、今日では申し合わせたように新しい日本画の模索を始めている。それゆえ、とよや周三郎のような古典的な狩野派・土佐派の絵を描く者は、国内にはもはや皆無に近かった。

父の暁斎の画風は一見、幅広かったが、もとが駿河台狩野家の弟子だっただけに、その不羈《ふき》なる筆の根幹には狩野派の技術が巌の如く存在した。そんな暁斎の影響を強く受けた周三郎の絵もまた当然、画題にしても手法にしても当節では古めかしいとされるものが多い。広間に飾られた絵だけを取っても、剣を構えた鍾馗図は悪鬼を踏まえて厳《いか》めしく、琴を弾く隠士《いんし》を配した山水図は峨々たる山塊の深い墨色が目を惹く。

久方ぶりに見た兄の作が暁斎の没後から皆目変化していないことに、とよは感嘆した。ただ一方で、この分では周三郎への絵の依頼は相当激減しているのではないかとも案じられた。

横目でうかがえば、周三郎のひっかけている羽織は借り物と見え、染め抜かれている紋も河鍋家のそれとは異なる。四十の坂をとうに越えた横顔に、老いの陰が隠しきれず落ちていた。

「兄さん、今日はお絹さんは」

「ああ、あいつは最近、昼間は明神下の洋食屋に働きに行っててな。夕刻までは顔を出さねえよ」

そう、とうなずきながら、とよは祝儀袋に収めた五円札について思い巡らしていた。念のためにと用意したものの、とよは正直、周三郎は祝儀なぞ受け取るまいと考えていた。それをまったく拒まなかったところから推すに、兄は今日の費《つい》えを集めるため、随分な苦労をしたのだろう。

欧化の波は、確実に暁斎門下にも押し寄せており、真野八十吉・八十五郎親子にしたところで、最近の筆にはかつて含まれていなかった遠近法が目立つ。それに比べれば周三郎の筆は、まるでいまなお暁斎の教えを受けているかの如く謹厳で、一分の揺らぎもない。その事実をひどく心強く――同時に案じずにはいられぬ己が、我ながら不思議であった。

「そういや、幾月になるんだ」

突然の問いに、とよはきょとんと周三郎の顔を見た。

「あ、ああ。まだようやく四月だよ」

「ふうん。おめえが母親になるなんぞ、奇妙な気分だな。亭主とはうまく行っているのかよ」

豆腐料理屋・笹乃雪で挙げたとよたちの祝言に、周三郎は腹を下したと言って顔を出さなかった。このため常吉と周三郎の顔合わせは、その半年後、谷中の瑞輪寺で行われた暁斎の十七回忌の席となったが、誰に対しても棘《とげ》のある周三郎に常吉はすっかり面食らったらしい。その夜は珍しく、「ああいった兄さんを持って、おとよさんも苦労だろうねえ」と述懐していた。

「心配してもらうようなこっちゃないよ。うちの人は兄さんと違って優しいし、あたしの好きにさせてくれるからさ」

「けっ、ふざけるな。そんな優しさってのは、それだけおめえのことをちゃんと見てねえって話だろう」

周三郎の罵詈《ばり》には慣れている。無言で立ち上がったとよの背を、「ちゃんとした絵を描けよ」との声が叩いた。

「まったく、お手軽な挿絵ばかり手がけやがって。おめえまでがつまらねえ絵を描くようになっちまったら、こっちは張り合いがねえだろう」

「別に兄さんのために仕事をしているんじゃないさ。あたしにはあたしなりのやり方があるのさ。頼まれもせず、銭にもならない掛幅や屏風ばかり描いて、うちの人に迷惑をかけるわけにはいかないしね」

「ふん。利いた風な口を叩きやがる」

悪態を背後に聞き捨て、とよはもっとも手近に掛けられていた龍虎図の前に膝をついた。

くっきりとした鉄線描で輪郭を取った龍虎は雲をはさんで睨み合い、地上の虎の丸まった背と虚空の龍のもたげられた鎌首が、互いに呼応して弧を描いている。二十年近く前、帝室博物館付属動物園に虎がやってきて以来、画家たちはみな申し合わせたように写実的な虎を描き始めたが、周三郎はあえて雪村《せっそん》以来の水墨画の虎を模倣したのだろう。吊り上がった眼に丸い耳、しなやかな手足には愛嬌すらにじんでいる。

（どうして兄さんは、こんなにうまいんだろう）

苦いため息が、喉元にこみ上げる。とよは奥歯を食いしばり、それを無理やり飲み下した。

画会では売約済の絵の軸端に赤い紙縒《こより》を結わえるものだが、梅の間の絵には一本たりともそれが見えない。にもかかわらず周三郎が世の中の隆盛に流されぬ絵を描き続けられるのは、それだけ自らの筆に自信があればこそだ。そんな兄に比べれば、自分はどうだろう。きくが没した時の覚悟はいつしか忘れ、結局は求められるまま挿絵仕事に追われている。

周三郎はきっとこの百画会が失敗しても、「世の中の奴らの見る眼がねえのさ」と平然と嘯《うそぶ》くのだろう。その強さと不器用さが、憎らしいほどうらやましい。跳ね立った足元が自分でも驚くほど大きな音を立て、傍らの八十五郎がぎょっとこちらを見た、その時である。

「河鍋暁雲の百画会とは、ここかッ」

落雷かと疑うほどの怒号が、階下で響いた。一瞬遅れて聞こえてきた「ちょっとお客さん」という文句は、先ほどの仲居のものらしい。だがその声は階段を駆け上がる荒々しい足音にかき消され、建て付けの悪い襖ががばと開いた。

片手に杖を握り締めた禿頭《とくとう》の老爺《ろうや》が一人、丸い眼を血走らせて仁王立ちになっている。仕立てのいい羽二重の裾を乱して広間に駆け入り、うっそりと頭を巡らせた周三郎を睨み下ろした。

「なんでえ、行儀の悪い。百画会ってのは、画家じゃなくって絵を見るもんだって知らねえのかよ」

「うるさいッ。おぬしがあのあばずれの義兄かッ」

なんだと、と周三郎が眉をひそめる。それと共にまたもばたばたと階段を駆け上がる足音がして、今度は片襷姿の女が一人、眼を吊り上げて駆け込んできた。周三郎の女房のお絹であった。

「勘弁しておくれよ。うちの人は関係ないだろうッ」

激しく肩を上下させながら、お絹は周三郎と老爺の間に割って入った。周三郎を老人からかばうように、がばと両手を広げた。

「いいや、勘弁ならん。おい、暁雲とやら。おぬし、この女の妹がどれほど悪辣《あくらつ》だったか、存じているのか」

老爺の身体はわななき、今にも杖を振り上げそうな形相であった。宴席の支度をする仲居たちが廊下の向こうからこちらをうかがっているのが、翁の肩越しにちらりと見える。八十五郎が急いで駆け寄り、「見せ物じゃねえぞ」と怒鳴って襖を閉めた。

「どういうことだ。あんた、おこまの知り合いか」

お絹が泣き出しそうな顔で、周三郎と老爺を見比べる。周三郎はそんなお絹を引き寄せて、その背で匿《かくま》った。

「あいつなら一昨年の冬、流行り風邪をこじらせて亡くなったぜ。仮にもうちの義妹《いもうと》を悪辣だのあばずれだのと謗《そし》るたァ、ちょいと聞き捨てならねえな」

「死んだ、死んだだと。あの尻軽がか」

老爺の双眸《そうぼう》がかっと見開かれる。隠しきれぬ喜悦がその頬に刷《は》かれ、くくという笑いが喉から漏れた。

「そうか。くたばったか。それはまさに天罰というものじゃな」

「ふざけるなよ、じじい。おこまが逃げた亭主の借金を抱え、どれだけ苦労していたのか知っているのか」

「ふん。よく存じておるわい。浅草の酒場でうちの婿をひっかけた上、ずいぶんと金を搾り取ってくれたのもその末じゃろうでなあ」

おかげで、と続けながら、老爺はまるでそこに憎い女がいるかのように虚空を睨み据えた。

「あれほど画家として将来を嘱望《しよくぼう》されていたにもかかわらず、悪い遊びを覚えた婿の筆は、別人かと疑うほど荒れてしもうた。夫をどうにか真っ当な道に戻そうとした娘は、反対に罵詈雑言を浴びせ付けられて我が家に戻り、そのまま破鏡。今も日夜泣き暮らしておる」

画家との言葉にとよは老爺の顔を凝視した。周三郎もまたまじまじと老爺を見つめ、

「あんた、何者だ」と呟いた。

「わしか。わしは橋本雅邦《はしもとがほう》と申す絵描きじゃ。あの忌々しい売女の姉が、河鍋暁斎の倅の連れ合いに収まり、神田の洋食屋で働いておると仄聞《そくぶん》したでな。一言、おぬしらに文句を言ってやらねばと思い、こうして出かけてきたのじゃ」

「雅邦……この間の美術院の展覧会に花鳥図を出していた、あの雅邦か」

ほお、とばかり、老爺の眉が撥ね上がる。「少しはものを知っておるようじゃな」と
あざ笑った雅邦に、周三郎は乱暴に頤《おとがい》を引いた。

「ああ、よく知っているぜ。もとは狩野家の門人の癖に、西洋かぶれした朦朧体画家どもの師を気取っている男だってこともな」

「ちょっと、兄さん」

朦朧体とは旧来の日本画の根幹をなす筆線を否定し、没線と西洋風陰影によって立体感を生み出そうとする若手画家の筆致の蔑称である。

思わず割って入りかけたとよを、周三郎は険しい目で一瞥した。

「とよ、おめえは黙ってろ。俺ァ、こういう腹の据わらねえ絵描きが一番嫌いなんだ。新しもの好きの世間にふわふわと流され、雑種《あいのこ》の絵なんぞ描きやがって」

とよの記憶が正しければ、橋本雅邦は亡き暁斎より四歳年下のはずである。若い頃は木挽町狩野家に学ぶも御一新に遭い、潜龍の時期は洋画まで学習していたと聞く。お雇い外国人として東京大学で教鞭を執ったアーネスト・フェノロサの影響のもと、暁斎が没した年に開校した東京美術学校では絵画科の主任に任ぜられ、現在は谷中に本拠地を置く美術団体・日本美術院の重鎮として後進の指導に当たっている。

西洋画の遠近法が多用された雅邦の作は、国内はもちろん外国でも評判が高く、六年前にパリで開催された万国博覧会では銀賞を受賞している。名実ともに、昨今の画壇の頂点に君臨する画人であった。

「あ、雑種じゃと。かような黴《かび》の生えたが如き絵を描きながら、よくもまあそうも吼《ほ》えられるものじゃ」

広い額を怒りに紅潮させ、雅邦は広間を見回した。

「おぬしの父御のことは、よう覚えておるよ。狂画やら雑絵やらまで幅広く手掛ける男じゃったが、小器用な奴ほど大成はできぬ。昨今の画壇で暁斎に学ぼうとする者なぞ一人もおらぬのが、その何よりの証拠じゃろう」

「なんだと」

暁斎がたぐい稀なる上手であった事実を、とよは疑っていない。しかしこと欧化の進む当節にあっては、暁斎が余技の如く描いた浮世絵は「猥雑戯狂《わいざつぎきょう》」と見なされ、その技法の根幹をなした狩野派風の絵もまた、古臭いと嫌われる。雅邦の侮蔑は、間違いなく真実であった。

「おぬしがわしの絵を、雑種と謗るのは勝手じゃ。されどおぬしがどれだけ喚《わめ》こうとも、世間が今もてはやすのは、わしらが描くような新しい作じゃろうよ。それにも気づかずに得意の絵ばかり手がけ、女房を働かせるとは、結局はおぬしもあの売女同様、他人の迷惑に気づかぬ愚か者というわけじゃ」

雅邦は杖をつきつき、とよが眺めていた龍虎図に近づいた。杖の先で自在から器用に掛緒を外すや、片手で素早く軸を巻く。紙入れから五円札を二枚抜いて丸め、周三郎の膝先に投げつけた。

「あまりの閑古鳥の啼きぶりに免じて、この絵、わしが買うてやる。風呂の焚き付けにちょうどよいわい」

「ふざけるな。みすみす焼かれると分かりながら、てめえなんぞに売るものか」

眉を吊り上げて雅邦に詰め寄ろうとした周三郎を、お絹が制した。這いつくばるようにして雅邦に近づき、「待っておくれ」と白い顔を強張らせた。

「絵は売るよ。ありがたくおあしもいただくさ。その代わり、うちの人への嫌がらせは金輪際、やめておくれ」

尖った顎を軽く上げ、雅邦は突っ立ったまま、お絹を見下ろした。まるで汚物を眺めるに似たその目つきにもひるまず、お絹は語を継いだ。

「おこまがあんたの家に迷惑をかけたのは、謝るよ。けどあの子はもう死んだし、あんたの婿だってもはや橋本の家とは他人なんだろう。だったら、うちの人にはなんの関わりもないじゃないか」

雅邦はしばらくの間、無言であった。しかしやがて掛緒が半端に巻かれたままの掛幅を小脇にひっ抱え、「ふん、嫌がらせか」と吐き捨てた。

「嫌がらせとは、やる価値のある相手に対して行うものじゃ。こんな黴の生えた絵で独り相撲を取っておる男なぞ、もはやそれほどの値打ちもない。心配するな」

畳を激しく杖で突き、雅邦が襖を引き開ける。廊下で聞き耳を立てていた仲居たちがわっと飛びしさるのには目もくれず、乱暴な足取りで階段を下りて行った。

顧みれば、周三郎は五円札に眼を据えたまま、小さく身体を震わせている。その肩にすがりついたお絹の頬を伝わった涙が、ぱたりと畳を叩く。

風に乗って響いてくるニコライ堂の鐘の音が、腹立たしいほど長閑《のどか》であった。

居心地の悪さにたまりかね、別辞もそこそこに開花楼を飛び出したものの、日はようやく頭上に差しかかったばかりである。

唇を引き結んで坂を下るとよと肩を並べながら、「あのさ。これはいつだったか、風の噂に聞いたんだけど」と八十五郎がぼそぼそと声を落とした。

「橋本雅邦ってのは子福長者で、娘だけで四、五人もいるらしいんだ。それで気に入った弟子には娘を嫁がせて自分の身内にしているんだけど、五年ほど前、そんな婿の一人が目に余る遊蕩の挙句に女房と別れ、ちょっとした騒ぎになったらしいぜ」

「じゃあ、その遊蕩の相手がお絹さんの妹ってわけかい。それにしても、八十五郎。おまえ、よそ様のお宅の話をよくもまあそんなに覚えておいでだね」

「追い出された婿は、西郷孤月《さいごうこげつ》って名でよ。おいらとさして年の変わらねえ奴だったから、昔からあちこちの画会や展覧会で絵だけはよく見ていたんだ。ただこの四、五年はめっきりそれも目にしなくなっちまったなあ」

八十五郎によれば、孤月はもとは将軍家最後の奥絵師の一人であった狩野友信《とものぶ》の弟子という。友信が一時期、橋本雅邦と相弟子だった縁からその門に加わり、横山大観《よこやまたいかん》・菱《ひし》田春草《だしゅんそう》・下村観山《しもむらかんざん》と並んで、雅邦門下の四天王と呼ばれていた。だがその柔和な画風から、かつては毎年のようにあちこちの展覧会で受賞を続けていた孤月は、雅邦の娘と離婚すると同時に、画壇から姿を消した。日本美術院からも籍を抜き、放浪の日々を送っていると噂されているという。

先ほどの雅邦の口ぶりからも、彼が孤月の才能を買っていたことはありありと分かる。それを酒家の女ゆえに壊された悔しさは理解できぬでもないが、最前の所業はいささか度を越している。憎い女の姉だけではなく、その連れ合いにも恨みがあるかの如き態度だったと思い巡らすとよを、八十五郎は横目でうかがった。

「それとさ、姐さん。もう一つ、話があるんだ」

言いざま八十五郎が蹴った路傍の石が、長い坂を真っすぐに転がっていく。お濠端に停められていた人力車の車輪に当たり、ようやく止まった。

「以前から探してくれと頼まれていた、暁斎先生のご遺品なんだけどさ。どうやらそのうち観音さまの御像はいま、浅草の伝法院さまに納まっているみたいだぜ。本当は周三郎さんの前でぶちまけてやるつもりだったんだけど、すっかりそれどころじゃなくなっちまった」

「なんだって、それは本当かい」

「ああ。うちの親父が、伝法院さまの寺男に銭を握らせて聞き出したんだ。間違いないはずさ」

暁斎の死没後、彼が集めていた古画古物の類は、新川の豪商・鹿島清兵衛のもとに引き取られた。だがその清兵衛は十年前、度重なる放蕩ゆえに鹿島家から廃嫡され、蔵に保管されていた暁斎の遺品類はすべて、一族の者たちによって売却されたという。それだけにとよは散逸した品を一点でも買い戻せまいかと、質屋を営む八十吉・八十五郎親子に相談を持ちかけていたのであった。

「あの観音像に暁斎先生が朝な夕な手を合わせていらしたのは、おいらも覚えているからさ。あれを姐さんが引き取れれば、暁斎先生はもちろん、もとの持ち主でいらした狩野家のご歴代もさぞ喜ばれるだろうなあ」

「とはいえよりによって、伝法院さまとはねえ。決して金に困っているお寺でもなし、これはちょいと厄介だね」

なにせ浅草寺伝法院といえば、当の観音像が最初に祀られていたとの伝承がある寺だ。そうでなくとも寺が御像を売り払うのは外聞が悪いため、よほどの大枚と引き換えでなければ、院主は観音像を買い戻させてはくれぬだろう。

「もっと早く探すことができればよかったのかもな。すまねえ、姐さん」

「いいや、見付けてくれただけでもありがたいよ。手間をかけたね」

八十吉への礼を託《ことづ》けると、とよは八十五郎と別れて七軒町の家に戻った。

本当は開花楼からそのまま茅町の画室に出かけ、先月、洲崎の遊廓から頼まれた広告絵を描くつもりだった。だが雅邦の口汚い罵声に当てられたのか、それとも久々の遠出が悪かったのか、どうにも足がむくんでならない。

誰もいないのをいいことに、とよは庭に面した縁先に足を投げ出して座った。だがすぐに立ち上がると硯に墨を磨り、ありあう筆や紙とともに縁側に運んだ。左を下にして寝そべりながら、一匹の狼を描き始めた。

たっぷりと墨を含ませた筆で長い尾を描き、牙と髭は勢いをつけて斜め上へと撥ね上げる。このところ描線のみで対象を描く挿絵仕事が多かっただけに、筆の運びは遅く、時に戸惑いがちとなる。しかしそのたび、周三郎の龍虎図が不思議に脳裏をよぎり、とよの手を励ました。

狼の足元には破墨《はぼく》を用いた岩塊を配し、遠景に雪を抱いた陋屋《ろうおく》を二軒描き込む。ほんのわずかな朱で灯火を表し、最後にごく淡い墨で繊月《せんげつ》を加えた頃には、西空の雲には薄い茜が刷かれ始めていた。

何の粉本《ふんぽん》もなかったため、正直、狼の目は大きすぎるし、月の位置ももう少し上部に配するべきだったかもしれない。それでも久方ぶりに自分の意志で描いた絵と思うと、湯に足を浸すに似た嬉しさがじわじわと胸の底に滲んできた。

挿絵や広告の仕事が嫌いなわけではない。常吉に迷惑をかけず、自分の画材のかかりを稼ぐためには、それがもっとも手っ取り早い手立てであるのも事実だ。数をこなせばこなすほどその筆は器用となり、最近では簡単な花鳥程度であれば、一日に四、五枚を完成させることもできる。だが今、こうしてひと筆ずつ考え考え描いてみれば、自分の意志で画題を決め、好きな絵を仕上げるとはなんと面白いことだろう。

（あたしは——）

まだ膨らみの目立たぬ腹に、とよは片手を当てた。ぎょろりと大きな狼の眼をじっと見つめた末、乾いた紙面を四つ折りにして、懐の奥深くに納めた。

急に冷たさを増し始めた夕風が、わずかに墨の残った硯の海をさざめかせた。

蟬の声が喧《かまびす》しく耳をつんざく季節になると、とよの腹は西瓜を詰めたかと思うほどに大きく膨れ上がった。

「まだ七月だってのに、こりゃあ双子かもしれないねえ。歩くのは腹の子のためにも結構だけど、くれぐれも足元には注意するんだよ」

産婆に注意されるまでもなく、一足歩むたびに腹は揺れ、どうにも息が切れる。ただ、冬と予定されている出産に先立ち、とよはこの夏で女子美術学校の教師の職を辞することになっており、残した仕事を片付けるためにも、暑中休暇（夏休み）の間に幾度か学校に出かける必要があった。

女子美術学校は熊本洋学校で学んだ女子教育者・横井《よこい》玉子《たまこ》を中心に、六年前、女性の自立を理想に掲げて開校した私立校。木造二階建ての校舎には日本画・西洋画・彫塑・蒔絵・編物・造花・刺繍の各科を備え、予科・本科合わせて六百五十名が学ぶ学舎は、娘たちの笑い声のために、いつも初夏の日差しに照らされているかの如き輝きに満ちている。物心ついた頃から、薄暗い暁斎の画室で手伝いを続けてきたとよには、その明るさが時に眩しく映った。

「それは、とよ先生じゃなきゃ駄目なんですか。片付け程度だったら、あたしが行ってきますよ」

内弟子のりうはそう申し出てくれたが、ただの代稽古であればともかく、提出された生徒の作品の添削や採点までは任せられない。

「大丈夫だよ。少しぐらい歩かないと、足が鈍っちまうからさ」

百画会に出かけたあの日から、とよは縁側で描いた狼図を肌守りの中に納める一方、外出ごとに帖面を持ち歩き、路傍の花や道行く人の姿を努めて写生するようにしていた。

暁斎の口癖を引くまでもなく、古くより、生写（写生）は絵の修練の基本である。暁斎は幼くして川岸で拾った生首を写生し、若い頃に一時期養子に入っていたお抱え絵師の家では、女中の締めた帯の斬新な紋様を写そうとしてその後を追い回した挙句、不行跡と勘違いされて勘当されている。

昨今、橋本雅邦を筆頭とする日本美術院の絵師たちは、実物に囚われるよりも自然を離れる絵を描くべきと主張していると仄聞するが、とよはそれを知りつつもなお、外出のたび写生を続けずにはいられなかった。

とはいえ、相変わらず挿絵の注文は次から次へと持ち込まれ、一枚の絵絹にじっくり向かい合う時間はなかなか取れない。二冊、三冊と確実に溜まる写生帖の数に、とよはなぜか激しい焦燥を抱いていた。

女子美術学校のある本郷弓町二丁目は、池之端七軒町から不忍池を右に眺めながらたらたらと坂を下り、湯島坂下の辻を折れれば目と鼻の先である。

常吉は昨夜も、帰ってこなかった。一人で朝餉を済ませてから家を出れば、炒りつける日差しが往来を白く輝かせている。なるべく日陰を選びながら、とよが壱岐坂へと差しかかった時、「あれえ、河鍋先生じゃないですか」と明るい声が背後から投げかけられた。

振り返れば化粧っけのない若い娘が二人、寄り添うように佇んでいる。そのうちの一方が首をひねったとよに、「あたし、女子美普通科三年の鈴木《すずき》けん子です」とぺこりと頭を下げた。

「こっちは来月の第二学期から、寄宿舎であたしと同室になる栗原《くりはら》あや子さんです。入学の手続きにお越しになったんで、いま学校界隈をご案内していたんです」

女子美術学校の課程は、普通科三年、高等科二年と定められており、とよが講義を受け持つのは高等科のみである。それだけに鈴木けん子と名乗った学生に見覚えはなかったが、けん子の側はとよをよく知っているのだろう。浅黒くふくよかな頰に人好きのする笑みを浮かべた。

「栗原さんはすごいんですよ。長崎の梅香崎《うめがさき》女学校を卒業なさって、すでにあちらの展覧会に日本画を出品なさったこともあるんですって」

けん子のにぎやかなおしゃべりに、あや子は照れた様子で身をすくめた。年は二十三、四歳だろう。瓜実の面差しに一重の目が、ぽってりと重たげな芥子《けし》の花を思わせる娘であった。

「おや。じゃあ、日本画科に入るため、わざわざ東京に出てきたのかい」

「は、はい」

あや子は応じながら、白い頰をぱっと赤く染めた。決して豊かな家の出ではないと見え、麻の葉を刺繡した紅の半襟は、ところどころ糸目が浮いている。

寄宿舎が備えられ、舎監が二名も配されているにもかかわらず、女子美術学校の学生は東京近郊の子女が大半で、寮に入る者は滅多にいない。それだけにけん子は新しい仲間があまりに嬉しく、自ら案内役を買って出た模様であった。

「それは先が楽しみだね。残念ながらあたしはこの夏いっぱいで女子美を辞めるけど、日本画科には端館紫川《はしだてしせん》先生、新田雪子《にたゆきこ》先生のお二人がいらっしゃるから、さぞ素晴らしい手ほどきが受けられるだろうよ」

「えっ、河鍋先生、お辞めになられちゃうんですか」

けん子がとよの言葉を、途中で遮る。すぐにその理由に思い至ったと見えて、とよの膨らんだ腹にさっと目を走らせた。

「それはあたし、残念です。女子美で絵を習おうと思ったのも、石鹼のポスターで見た先生の絵に憧れたのがきっかけだったのに」

「それはすまないね。ただ、学校にはあたしが描いた絵が何枚もあるはずだから。せめてそれを手本にしておくれ」

けん子が憧れたポスターはおそらく、リーバという石鹼会社の広告のために描いたものだろう。七福神が風呂屋で緑色のベルベット石鹼を使う図柄で、足の爪を摘む福禄寿や唐子に背を流させる布袋が評判となった一枚だ。

「でも、先生に直に教えていただけはしないんでしょう。つまらないわ」

唇を尖らせたけん子の傍らから、「あの」とあや子が遠慮がちに口をはさんだ。

「お辞めになられたら、もう学校にはお越しになられないんですか」

「そりゃ、当然だよ。辞めた者がうろうろしちゃあ、他の先生もやりにくいからさ」

そうですか、と俯きかけてから、あや子は思い切ったように顔を上げた。

「あの……あたし、小さいものや愛らしいものが好きなんです。もしご迷惑でなければ、いつか先生のお子さんを写生させていただけませんか」

子どもを、ととよは意外な思いで呟いた。

狩野派や土佐派など旧来の画派では、幼子が絵の主題となることはさして多くない。金太郎図、唐子図など、子どもが登場する絵は確かにあるが、前者は金太郎の勇猛果敢ぶりを際立たせるための表現であり、後者は異国の理想郷を描くべく、無垢・無邪気といった美徳を唐子に仮託しているだけだ。ととよはもちろん周三郎も暁斎も、子どもそのものを描こうなぞと考えた折は一度とてないだろう。

「栗原さんだっけ。あんた、長崎にいた頃から、子どもをよく描いていたのかい」

あや子は一瞬眼を泳がせたが、すぐに覚悟を決めた面持ちで首肯した。

「はい。いけないことでしょうか」

「いけないってことはないよ。お江戸の昔とは違い、最近の画家はみんな、自分の好きな画題を描いているからね。あんたも思うままにすりゃあいい。――鈴木さんはどんな絵を描きたいんだい」

名指しされたけん子は、怖じる風もなくぐいと身を乗り出した。

「あたしはやっぱり、美人画ですね。この間、日本美術倶楽部で横山大観先生や菱田春草先生の御作を拝見したんです。どれもすばらしかったんですけど、特に春草先生の『唐美人図』がそれはそれは美しくって。あたしもあんな嫋《たお》やかで綺麗な絵が描きたいです」

女子美の学生たちには、楚々とした美人画を好む者が多い。この娘も御多分に洩れず、その例と見える。

明治元年に生まれたとよからすれば、女子美の生徒は実の娘に近い年頃である。そしてとよの眼にそんな彼女たちは、自分よりはるかに大人しく、どこか引っ込み思案と映っていた。

なにせ江戸の昔に比べると、明治の世ではとにかく男性が威張り散らし、女性は家の中で良妻賢母たれと求められている。そしてそんな世相を反映してか、近年、もてはやされる美人画はいずれも嫋やかで、大きな目に色白の頰、夢見るが如き表情を捉えた作が多かった。

かつて狩野派の絵師たちは、文読む遊女の姿に文筆に長けた人間の理想像を見、琴を奏する美人に幽境に遊ぶ仙人の姿を重ねた。しかしどうも最近の美人図はそういった精神性を離れ、ただ女性の美しさや優しさを描くことに主眼が置かれているようだ。

あや子が子どもの絵を描いて来たのも、彼らの無垢さや優しさを捉えんとしてだろう。古いものが万事素晴らしく、新しいものが悪いと言う気はない。だが昨今の絵画の風潮はやはり、とよが学んできたものとはずいぶん異なる方向に向いているようだ。

（とはいえ——）

世の流行とは変わるもの。そしてその一方で、絵とはいったん描いてしまえば、末代まで残り続けるものである。

変貌する世相の中で絵を学ばねばならぬあや子たちに、とよは軽い不安を覚えた。さりながら古い画風しか学んでおらぬ上、もはや職を辞す自分が、彼女たちに何を教えられるわけでもない。

「好きな画があるのは、いいことだよ。とにかく二人とも懸命に学んで、出来れば学校を出た後も描き続けな。画家にならないとしたって、構やしないからさ」

これから寄宿舎を案内するというけん子とあや子と正門の脇で別れ、とよは教員室に向かった。

休暇中のこととて、木机の並んだ教員室はがらんとして、編物科の女教員が一人、片隅で書き物をしているばかりである。とよは引き出しから帳面を取り出すと、暑中休暇に先立って提出された学生の絵の採点を始めた。一作一作に注意書きの短冊を付すと、小使の老爺を呼んで、それらを奥の倉庫に運ばせる。入れ替わりに、講義に用いるために自宅から少しずつ学校に持ち込んでいた顔料や絵筆に絵皿、更には木枠や乗り板といった道具類を廊下に出させた。

「河鍋先生、こりゃあ、到底お一人で運べませんぜ。荷車と人夫をどこかで借りてきなさったらいかがです」

「本当だねえ。いつの間にかこんなに道具を持ち込んでいたとは、あたしも知らなかったよ」

つくづくと眺めれば、積み上げられた画材の中には礬水《どうさ》を引いたっきりになっている絵絹や使いかけの三千本膠《にかわ》の袋まで混じっている。岩絵の具を詰め込んだ顔料箱だけでも、足元がふらつくほどの重さである。仕方なく、小使に「あと数日、置かせておくれ」と頼み込み、とよはその足で茅町の画室に向かった。

甘酒を拵えていたりうを前に、

「挿絵仕事は彩色が要らぬせいで、いつしか顔料箱まで学校に置いていたのだもの。ありゃあ、おまえとあたしだけでは到底無理だよ。どこからか、男手を借りてこないと」

と、ため息をついた。

「そうですねえ。常吉さんのお店なら若い衆はたくさんおいででしょうが、さすがにみなお忙しいでしょうし」

「八十五郎に頼んでもいいのだけど、そのために江戸川橋から呼びつけるのもねえ」

「だったら、記六さんにお願いすればいいじゃないですか。あのお人だったら、重い荷物を運ぶのに、荷車のあてがあるでしょう」

弟の記六はとっくに三十歳を過ぎたものの、彫刻家として一本立ちする気はないのだろう。石川光明の弟子として修業を続けるかたわら、いまだに時々周三郎の元を訪れては、小銭をせびっている様子であった。

眉をひそめたとよに、りうは「別にいいじゃないですか」と笑った。

「先生のお身内なのに申し訳ないけど、こんなときぐらいしか役に立たないお人ですもの。せいぜい手伝ってもらいましょうよ」

石川光明は近年、帝室技芸員や東京美術学校の教員を歴任し、仏師・高村光雲《たかむらこううん》と並ぶ彫刻家の二大巨頭として名を馳せている。象牙のみならず、木や石を主たる材料とする石川家であれば、確かに資材運搬のため、荷車の一、二輛置いているはずだ。

しかしながら、背に腹は代えられぬと根岸の赤羽家を訪ったとよに、

「すまねえなあ。今ちょっと、先生のところには無沙汰を続けているんだよ」

と、記六は太い眉の両端をわざとらしく下げた。

「あと三月、いやひと月もすりゃあ、ご勘気も解けると思うんだ。ただそれまでは俺が直接、荷車を借りるのはちょっとなあ」

「ご勘気って、おまえ、いったい何をしでかしたんだい」

石川光明はもともと、暁斎の旧友。暁斎から直々に頼まれて記六を弟子に加えただけに、ちょっとやそっとの不始末で記六を叱りはしないはずだ。

声を尖らせたとよに、記六はちらりと上目を遣った。

「いや、元はと言えば先生が早とちりをなさっているんだよ。出入りの石屋に支払ってこいと預かった銭を、俺がうっかり預かったままにしちまったんだ。それをこちらの言い分も聞かずにいきなり怒り出して、もはや弟子ではないとまで仰るんだから、先生も耄碌《もうろく》が始まっちまったのかもなあ」

とよは思わず舌打ちをした。自堕落な癖にはしっこい弟が、そんな馬鹿馬鹿しい失態

を犯すはずがない。おおかた預かった銭をそのまま使い込み、それが露見して、破門を食らったのに違いなかった。

「もちろん先生から怒られた後、すぐに銭は全額、石屋に支払ったんだぜ。けど先生と来たら、まさに生業通りの石頭でさ。俺がどれだけ謝っても、今度という今度は許さぬとお冠で――」

「ああ、もう。わかったよ。おまえに頼むのが間違いだったさ」

湿った座布団を蹴立てて立ち上がったとよに、「待っておくれよ」と記六はあわててにじり寄った。

「人の話は最後まで聞いとくれよ。俺は役には立てないけれど、先生の元にはまだ幾人も弟弟子たちが詰めているんだ。あいつらなら、俺が一言命じりゃあ、喜んで姉さんの手伝いをするはずさ」

「馬鹿も休み休みお言い。おまえが誤ちをした石川先生のご門下に、姉のあたしが頼み事なんぞできるかい」

とはいえ記六からすれば、姉が人手を募っているとの口実のもと、師匠のご機嫌うかがいができるまたとない好機だったのだろう。懸命にとよをなだめるや、すぐに女房を下谷竹町の光明の家に走らせ、あっという間に弟弟子と荷車を借り受ける算段をつけてきた。

「とにかく明日の朝、女子美の正門前で待っていてくれよ。悪いようには計らやしねえからさ」

調子者の記六は、同門の間ではさぞ兄貴風を吹かしているのだろう。そう思うと弟の顔をつぶすのも忍びない。翌朝、とよは渋々、またも女子美術学校に向かった。

足元に伸びる影はまだ往来の向こうに至るほど長いにもかかわらず、すでに煉瓦造りの門の脇にしゃがみこむ男がいる。とよの足音に、髭に覆われた四角い顔を上げ、「おはようござんす」と訛《なま》りのある口調で言った。

「記六さんのお姉さんでいらっしゃいますか。俺は光明先生の門下で石彫をやっている、北村《きたむら》直次郎と申します」

弟弟子と聞いていたが、年の頃は記六とさして変わらぬだろう。体つきこそ厳ついものの、睫毛の濃い黒目勝ちな目に稚気を留めた三十男であった。

「力仕事には慣れているんで、何でも運びますよ。遠慮なく仰ってください」

立ち上がれば、直次郎と名乗った男の背丈は優に六尺を超える。その癖、巨体に似合わぬ繊細な気質と見えて、顔料の木箱は割れぬよう他の荷の上に置き、絵皿は持参した反故《ほご》に一枚ずつ包んでほしい、というとよの細かな指示にも嫌な顔一つしなかった。雪駄履きの足を鳴らしながら、素早くも丁寧な動きで荷を車に積み込み、最後に荷台全体を筵《むしろ》で覆って縄をかけた。

ほんの一時間もかからぬ敏速な仕事ぶりに、小使の老爺などは使丁《してい》室の戸口で呆気に取られている。それに軽く手を振り、直次郎は梶棒を引いてさっさと歩き出した。

「さてと、あとはこれを茅町まで届けりゃいいんですよね」

「すまないねえ。本当に助かるよ」

記六に手伝いを頼んだなら、こんな早くには片付くまい。頭を下げたとよに、直次郎は四角い顔をほころばせた。

「気にしないでください。うちの先生のところには牙彫《げちょう》、木彫、石彫と色々なことをやる奴が集まってますが、中でも俺は寒水石（大理石）彫が得意なもんで。つい先だっても、この荷車に収まらないほどでっかい石を、茨城の山から一人で切り出して来たんです。それに比べりゃあ、大した苦労じゃありません」

「あたしは彫刻はよくわからないんだけどさ。元の材料はそれほど大きくても、やっぱり使えるのはほんの一部なのかい」

そりゃあもう、と直次郎はわが意を得たりとばかりに笑った。

「こないだ切り出した石は、等尺の佐保姫像を彫るつもりで探したんですけどね。多分、六割……いや、七割は石の目が合わないだろうから、下手をすると像を少し小さくしなきゃならないかもしれません」

石にはおしなべて彫成に適した向きがあり、その目が合わない方角にはどれだけ鑿《のみ》を振るってもなだらかな面が現れない、と直次郎は語った。

春の女神として崇《あが》められる佐保姫は、秋の女神たる龍田姫と対を成す神霊。このむくつけき男がそんな美しい女神を彫るかと思うと、ほほえましい気がした。

「本当は秋の太平洋画会展に出展したいんですけど、どうにも間に合いそうにないんだよなあ。せめて、来年春の東京勧業博覧会には出せればと目論んでいるんですが」

「そりゃ、すごい。ずいぶんな意気込みだね」

勧業博覧会は明治十年に開催された第一回時から、国内の産業発展や輸出品育成を主たる目的としている。そのため展示品目はもともと水産・化学工業・土木など多種多様に亘《わた》っていたが、来年三月に上野公園一帯で開催されるそれは、ことに美術に主眼を置き、専用の「美術館」まで拵える力の入れようと聞いている。

「いやいや、間に合うかは分かりませんよ。けどもしちゃんと出陣が出来れば、その時はお姉さんも是非見に来てください」

照れた口調で言いながらも、直次郎の大きな唇は嬉しげに緩んでいる。自らが作るものを鮮明に脳裏に思い描いている者だけが浮かべる自信溢れる笑みに、とよは眩しさと羨ましさが入り混じった目を向けずにはいられなかった。

とよとて二十代の頃は、内国勧業博覧会や日本美術協会の展覧会に幾度も絵を出してきた。だがこっそり指折り数えれば、舞い込む挿絵の依頼に追われるままにそれらの展覧会に背を向け、もう十四、五年が経つ。

来年度の東京勧業博覧会は東京府が主催のため、とよとてその気になれば、掛幅や屏風を出陣出来る。とはいえ昨今隆盛の日本画とは大きく異なる自分の画風を考えると、一等二等の誉れはおろか、三等の中でも第何座を占められるか怪しい限りだ。

「石川先生のご門下から出陣するのは、あんただけかい」

「いえいえ。多分、俺以外にもあと六、七人は申し込むんじゃないですかねえ。なにせ勧業博覧会の審査には、光明先生も名を連ねていらっしゃるんで。ご自分の弟子がほんのわずかしか作品を出さないとあっちゃあ、先生のお立場がないでしょう」

それまで快活だった直次郎の物言いが、この時、わずかに陰った。一瞬、その理由を考えてから、「ああ、そういうわけかい」ととよは小さくうなずいた。

「うちの記六は、作品を出すつもりがないんだね。まったく、あいつはいつまでも甘ったれなんだから」

「そ、そんなことはないと思いますよ。俺が知らないだけで、もしかしたらご自宅で俺たちが仰天するようなものを作っていらっしゃるのかもしれないし」

同じ弟子同士である以上、直次郎とて記六の自堕落さは承知しているはずだ。それにもかかわらず兄弟子を庇う優しさが、かえって弟の情けなさを際立たせた。

絵を描けば顔料や墨が手指にこびりつくように、物を作る人間は必ず身体のどこかにその痕跡を残す。しかし昨日顔を合わせた弟は、木くずや牙、石の欠片一つすら、裾にまとわりつかせていなかった。師の叱責を食らうや否や鑿を投げ捨て、酒浸りの毎日を送っていることは想像するまでもない。

そもそも勧業博覧会に作品を出そうとするだけの気構えが記六にあれば、預かった銭をくすねなぞすまい。結局、入門から二十年近くを経ながらも、記六は彫刻家としてやっていくつもりなぞ、さらさらないのだ。——いや。

唇の端が急にわななく。ぐいと口を引き結んでそれを押さえつけ、自分とて弟のことは言えまい、ととよは思った。

周三郎は己の絵が時代遅れと知りながら、節を枉《ま》げない。八十吉や八十五郎は画風こそ暁斎のそれと異なりつつあるものの、それでも家業のかたわら絵を描き続け、展覧会にも出陣を繰り返している。

それに比べれば、自分はどうだ。ちゃんとした絵を描きたいと願いながらも日々の仕事に追われ、結局は今なお安易な挿絵ばかり手がけている。きくが没した際の覚悟も、今ではずいぶん昔のことのようだ。そんな己に、弟を怠惰と思う資格があるのだろうか。ただ写生を繰り返すことで、己の絵を描いているが如く錯覚しているのではないか。

（違う。あたしは——）

がらがらと鳴る荷車の音が、急に耳に障る。道に落ちる己の影が、吸い込まれるように黒かった。

季節が夏から秋へと移り変わるにつれ、とよの腹は更にせり出し、ついには立ち居にすら不自由し始めた。

乗り板の上での描絵はもちろん、かねて約束の挿絵すら思うように仕上げられない。出入りの出版社がみな、とよが出産を終えるまではと期日を延ばしてくれたにもかかわも、とよは激しい焦燥を抱いた。

産婆から告げられた臨月は十一月末であったが、庭先の紅葉が一枚残らず散り果てても、産の兆しは一向に訪れない。たまりかねて重い腹を抱えて庭の芒《すすき》を写生するとよを、りうが無理やり家内に引き戻すことも頻繁だった。

「まあ、しかたがないよ。初産ってのはとかく、遅くなるもんだ。むしろ早まっちまわれると、こちらはひと騒動さね」

腰の屈まった産婆が笑った通り、とよがいよいよ産気づいたのは、年の瀬も押し迫った師走二十日。半日あまりの七転八倒の末に産み落としたのは、赤子にしては髪の多い女児であった。

昨年の日露戦争終結以来、戦勝国にもかかわらず日本国内には不況が押し寄せ、鉄鋼や製糸、運輸といった各商工界は軒並み低迷が続いている。輸入業者である高田商会とてそれは例外ではなく、最近の常吉はかつてとは逆に、株価の低下や取引先の相次ぐ倒産に追われて、ろくに池之端七軒町の家に帰れぬ日々が続いている。

それだけにとよは早朝から始まった陣痛に呻きながらも、

「あの人には知らせるんじゃないよ。どうせ店を空けられないに決まっているんだからね」

と、りうに切れ切れに命じた。

だがどうにかこうにか産を終え、深い淵に陥るに似たまどろみから目を覚ませば、夕暮れの色に染まった部屋の隅で、常吉が胡坐をかいて居眠りしている。

取るものもとりあえず店から駆け付けてきたのだろう。とよにはどうしても窮屈に映るハイカラーの襟を喉元まで締め、帽子と上着をひとまとめにして腹に抱えている。

おまえさん、というとよのかすれ声にがばと顔を上げ、常吉は肉付きのいい身体を四つん這いにして床に近づいてきた。斜視気味の双眸に心配そうな光を浮かべ、汗で額に張り付いたとよの後れ毛をつまみ上げた。

「おとよさん、お手柄だったねえ。さっき、おりうさんに見せてもらったけど、目鼻立ちのちんまりとした女の子だったよ」

隣室からりうと産婆の声が漏れ聞こえるところから推すに、赤子はいま二人が面倒を見てくれているらしい。

起き直ろうとするとよを制して、常吉は枕元の信楽焼の吸い口を取り上げた。とよに一口、水を含ませてから、「ああ、暮れてきちまった」と茜色に染まった障子に目を移した。

「それにしても、可愛い女の子で安心したよ。なかなか腹から出て来てくれないから、坂田金時みたいな鬼っ子だったらどうしようと、こっそり気を揉んでいたんだ」

仕事柄、外国からの客とよく会う常吉は、一つ一つの仕草がいささか大げさである。おどけた仕草で胸を撫でおろす常吉に、とよはほっと頰を緩めた。

なかなか生まれぬ子に不安を抱いていたのは、とよも同じである。勤めが忙しく、滅多に顔を合わせぬ夫婦ではあるが、それでも一つの心配を分かち合っていたと知ると、胸の奥に小さな灯が点った。

「さてと、おとよさんと赤子にも会えたし、私は店に戻るよ。今夜は旦那さまのお供で、これから大蔵省のお役人さまにお目にかかるんだ。すまないね、ゆっくりできなくて」

「大丈夫だよ。りうもいてくれるから。ただ、おまえさん。名前は何てつければいいだろう」

ああ、と額を軽く叩いて、常吉は上げかけた尻を元に戻した。

「そうだった。道々、色々考えてきたのに、いざ子どもの顔を見たら綺麗さっぱり忘れてしまったよ。ええと、おとよさんの名前はどういう謂れがあるんだっけ」

「あたしは親父さまのおっ母さんの名をいただいたんだよ。同じようにつけるなら、あたしのおっ母さんの名をもらって、ちかってことになるね」

言いながらとよはその時、二十歳で亡くなった妹のきくのことを思い出していた。ただ仲が良かったとはいえ、病弱ゆえに早世した叔母の名を与えるのは、いくら何でもわが子が可哀そうだ。

「ちか。高平ちか、か。いずれ嫁ぐ身にしても、ちょっと音が悪いなあ。もう少し考えてから、また相談に来るよ」

鼠を思わせるひそやかな常吉の足音に、「おや、もうお帰りですか」というりうの呼びかけが重なる。それと同時に重い疲れと安堵が、とよの全身をひたひたと浸し始めた。

（これで……これでやっと仕事に戻れる——）

そう安堵する端から、この先、自分が仕事をするとはすなわち、絵を描く姿を娘に見せることだと気づき、とよは床の中で身体を堅くした。それは画鬼たる父を目の当たりにし、促されるまま筆を執ったとよとよく似た道が、娘の前に延べられつつあることを意味せぬか。

冷ややかな周三郎の横顔が、刻々と黒くなる天井に浮かんだ。

——親父どのはただ、葛飾応為みてえな女絵師を自分の娘に持ってみてえと思っただけさ。

兄の悪態の真偽は、もはや検めようがない。ただ自分と父が、そして兄が、血縁以上に画技によって結ばれ、だからこそ暁斎の死後もなお互いを憎み、嫉《ねた》まずにいられぬのは、まぎれもない事実だ。

駄目だ、ととよは呻いた。

わが子までを、絵の道に巻き込んではならない。あんな画鬼の棲家の住人となるのは、自分一人で十分だ。

とよが今なお折に触れてきくのことを思い出すのは、妹がその虚弱ゆえに、絵を生業にしなかったためだ。そうでなくとも真っ白な紙の上に線を引き、そこに草木を鳥獣を——命あるものの世を作り出す技は、古今東西の画人と自らを競わせ、呻吟《しんぎん》と苦悩を伴う修羅の道。五歳で暁斎から手本と筆を与えられたとよには、結局、絵を描く以外に生きる術はない。だが思う通りの絵を描けぬ苦しみ、己の内側にあるものを形に成す辛い道を――そして実の親兄弟と筆を通じてのみ接するような道を、わが子にだけは歩ませたくない。まだこの世に生まれ落ちたばかりの娘の前には、幸多き佳き日々が延べられねばならぬのだ。

ぼんやりと仰いだ天井の染みが、巨大な川の流れそっくりに見えてくる。常吉の妻であることと描きやすく銭になりやすい挿絵を多く手がけることの二点には、これまで何の矛盾も生じはしなかった。しかしそこに母親としての今後を加えようとすると、途端に絵師としての生き方が弾き出されてしまう。

「先生、ちょっといいですか。産婆さんが乳の与え方を教えたいと仰っているんですけど」

「ああ、構わないよ」

褪越しにりうに応じながら、とよは急に張り始めた乳に片手を当てた。子を産み、軽くなったはずの身体の中に、幾つもの冷たい石が積み上げられ始めたように思われた。

五日、七日と日が経っても、常吉から赤子の名前を決めたとの知らせは届かなかった。元旦の雑煮こそ、家族水入らずで祝ったものの、忙しい常吉は翌日には年始廻りがあると店に戻ってしまったため、名付けについて問うこともできなかった。

子どもの出生届が半年や一年遅れることは、当節さして珍しくない。とはいえ朝な夕な添い臥しをし、乳を飲ませながらも、呼ぶ名がないのは面倒この上ない。

一家を手伝うべく、茅町の画室から池之端へと引き移ってきたりうは、赤子を呼ぶに呼べぬままあやすとよに、時折、大げさなため息をついた。

「もう、いいじゃないですか、先生が決めちまえば。犬猫じゃなし、いつまでも名なしは可哀想ですよ。このままじゃ暁斎先生のご墓前にお知らせに行こうにも、なんとお伝えすりゃいいのか分からないですよ」

暁斎と周三郎という喜怒哀楽の激しい男たちを間近にしてきただけに、常吉はとよの目におよそ信じがたいほど穏やかな気性と映る。誰が相手であっても声を荒らげず、とよにも決して亭主風を吹かさぬ常吉は、間違いなくもったいないほどの夫だ。

そんな彼を等閑《なおざり》にするのはどうにも憚られたが、一方でりうがしきりにせっつく気持ちもよく分かる。まだおっかなびっくりの手つきで赤子に乳をふくませながら、とよは寝間を見回した。

枕上では、一昨日、真野八十吉と八十五郎が持参した犬筥《いぬばこ》が一対、差し入る新春の日差しに濡れ濡れと金泥を光らせている。父子がもう半年も前から親しい塗師に拵えさせていた、犬を象《かたど》った箱型の玩具であった。

「女の子ならちょうどいいや。嫁ぐ時には、婚礼調度に持って行けるからな。それにしてもこのちんまりした鼻なんぞ、小さい頃のおとよ坊にそっくりじゃねえか。暁斎の野郎が生きていたら、さぞ喜んだだろうなあ」

赤子を恐る恐る抱きながら、八十吉が笑み崩れる。その相好《そうごう》に、とよの胸に冷たい風が吹き入った。

八十吉にとって、暁斎は古い友人である。それだけに八十吉は同じ人の親としての感慨を抱いたのだろうが、とよが知る暁斎はそんな単純な男ではなかった。

仮に父が孫の誕生を喜んだとしたら、それは絵を仕込む人間が増えたと考えた場合だったのではないか。だとすれば娘だけは絵師にすまいというとよの誓いを知れば、暁斎はどれほど腹を立てたことか。

周三郎からは開花楼での百画会の翌日、殴り書きに近い礼状とともに塩瀬の饅頭切手が一枚送られてきた。そっけなさと折り目正しさが入り混じったその態度はいかにも周三郎らしかったが、もし兄が本当に自分を妹だと思っていれば、あんな気遣いをしたものか。

かろうじて絵という軛《くびき》によってつながれているだけで、畢竟《ひっきょう》、河鍋の家の者たちは互いに親子でも兄妹でもないのだ。それが証拠にとよ自身とて、ついに絵筆を仕事としなかった亡ききくへの心持ちと、周三郎や暁斎に対する感情はまるで異なる。そう考えると何かと厄介ばかり起こす記六だけが肉親らしい肉親と感じられてくるのが、どうにも情けなかった。

腹がくちくなったのだろう。赤子がけふっと小さな息を吐いて、乳首を放す。寛《くつろ》げた浴衣の胸元を片手で整えながら、とよはまたも犬筥に目をやった。

思えばとよは犬筥も雛道具も、暁斎から与えてもらったことがない。それは早くに養子にやられた周三郎や記六とて同様とみえ、武者飾りや鯉のぼりなどを家で目にした覚えはなかった。

赤子は桃の花びらと見まごう薄い瞼を閉じ、小さな寝息を立て始めた。その身体をゆっくりと横たえてから、とよは指先で娘の頬をつついた。

間もなく冬は去り、春が来る。初めて目にする爛漫《らんまん》の季節を、この子はどんな驚きをもって迎えるのだろう。

「雛を買ってあげなきゃねえ」

筆ではなく、雛を。紙ではなく、人形を。画鬼の棲家に住むのは、自分たちだけで十分だ。この子にはただ苦しみのない良き日々を送ってほしい。

「りうに頼んで、浅草の雛市で見つくろってもらおうか。ねえ、楽しみだね。――およし坊よ」

ただ、よき日々を。そんな願いとともに唇に初めて乗せた名は、とよ自身が戸惑うほどに甘い。

早くも伸び始めた娘の髪を梳《す》く指先が、わずかに震えた。

商会に泊まり切りの常吉は、着替えを届けに行ったりうから聞いた娘の名に、「そりゃいい名だ。私が付けるより、よっぽどいい」と恬淡《てんたん》と笑ったという。

りうによれば、英語が堪能な常吉は店では席の暖まる暇もない忙しさ。番頭とともに横浜の出店に出かけ、そのままあちらに数日詰めっきりになることも珍しくないとの話であった。

「勝手口で失礼するつもりが、お店の座敷に引っ張り上げられましてね。高田商会の旦那さま直々に、子が出来たばかりだってのになかなか家に帰してやれなくて済まないとお詫びいただいちまいましたよ。ああ、びっくりした」

並みの女であれば、これほど自宅に戻って来ない亭主に対し、隠し女の一人でもいるのではと疑うところだろう。

だが家にいる間はほとんど画室に籠り、たまに出かけたかと思えば五日、十日も音信のない暁斎を間近にしてきたとよからすれば、勤め先にいると分かっている常吉に対しては、爪の先ほども不安が湧かない。そして常吉が家にいなければ、その分、彼の世話を焼く手間が省けるのも事実だ。

大晦日に床上げして以来、とよは身重だった頃の遅れを取り戻す勢いで挿絵仕事に励んできた。よしの子守りをりうに任せて絵を描けるのも、ひとえに常吉が不在であればこそ。それだけに商会の主が常吉の多忙ぶりを詫びていると知らされ、「あたしは冷たい女房なんだろうか」と不安を抱きすらした。

ただその一方でとよはこのところ、手が空くと描き溜めた写生帖を広げ、そこに写し取られた人物や花鳥を組み合わせて、あれこれ下絵の工夫を始めてもいた。本格的な彩色画を描かなくなってすでに十年近くが経っているだけに勘は鈍り、ともすれば構図には弛《ゆる》みが出る。そのたびにとよの脳裏をよぎるのは、半年余り前に神田明神下で目にした周三郎のおびただしい絵であった。

厳めしい鍾馗図に、墨色も濡れ濡れと冴えた山水図、獣の吐息が聞こえてきそうな龍虎図。明治も四十年を迎えた今となっては古めかしさしか感じさせぬあの絵は、暁斎が常に手本にしてきた狩野派の精髄そのものだ。

とはいえ兄が暁斎の息子であれば、とよもまた暁斎の娘。周三郎には及ばぬとしても、暁斎から叩き込まれたその画技を、むざむざ手放してなるものか。

水辺で遊ぶ五人の童男童女を描いた下絵は、よしを産み落とした直後から、想を練っていた一枚である。ただ童たちが抱く狆《ちん》の毛並みや手にした鼓一つとってもなかなか満足がいかず、下絵だけでもう十枚以上描き直している。

下絵で悩んだその分、本絵は素晴らしいものになるはず。しかしそう己に言い聞かせるとよをあざ笑うかのように、下絵の線は描けば描くほど生硬となり、遂には太い首輪をした狆のご面相は、犬やら猫やら分からぬものとなった。

「ああ、もう」

見る者がいないのをいいことに、描きかけの下絵をぐしゃぐしゃに丸めて壁に投げつける。喉を突きかかる罵声を堪えて二の腕を掻きむしった時、襖の向こうに膝をつく音がした。

「ちょいといいですか、先生」

りうには見えていないと知りながらも、とよは丸めた反故を懐に突っ込んで居住まいを正した。

「なんだい」

「いまさっき、えらく大きな男衆さんが来られましてね。先生にと言って、引札（広告）を一枚置いて行かれたんですよ。なんでも、お渡しすればお分かりになるって話だったんですけど」

「引札ねえ。どこぞの店に頼み事でもしていたっけ」

首をひねりながら襖を開けたとよに、敷居際のりうは首を横に振った。「そういうわけじゃなさそうでしたよ」と応じながら、四つ折りの紙を差し出した。

「お店の奉公人にしちゃあ髪も髭も乱れていましたし、袴なんぞ擦り切れて熨斗目《のしめ》がてらてら光ってましたもの。あれは先生とご同業じゃないですかねえ」

怪訝に思いながら紙を開けば、そこには鮮やかな多色刷りで不忍池と上野のお山が刷られ、「東京勧業博覧会」の文字が右肩に麗々しく記されている。上野山のそこここには大小の建物が描き込まれ、そのもっとも東端、「美術館」と添え書きされている場所に墨で大きな丸が付けられていた。

ああ、ととよは膝を打った。

「少々、北国の訛りのあるお人だろう。北村さんという、記六の同門だよ。そういえば勧業博覧会に作品を出すかもと話していたっけ」

「へええ。じゃあ、石川光明先生のお弟子さんですか。けどあんなでっかい図体をして、細かな彫り物ができるんですかねえ」

引札によれば、東京勧業博覧会の会期は三月二十日から七月三十一日。上野山内各所を第一会場、不忍池近辺を第二会場とし、美術館は第一会場内に建てられているという。

こういった博覧会の場合、制作が遅れがちな作者の中には、会期の途中に作品を搬入し、他の出品者の顰蹙《ひんしゅく》を買う者も珍しくないが、わざわざとよの元に引札を届けに来たのだ。北村直次郎はすでに万全を期して、作品を仕上げているに違いない。

過去の博覧会では会期の末期に至って、美術はもちろん、農業林業や科学技術、染織や運輸、土木など各分野の出陳物が審査され、それぞれ褒賞が行われた。早々に引札を持ってきた直次郎には悪いが、どうせであれば混雑する三月、四月よりも、審査が終わった会期終盤の方が人も少なく、のんびり観覧できるはずだ。

そんなことを考えながら、とよが引札を画室の隅の手箱にしまい込んだ翌朝、八十五郎が珍しく顔を強張らせて、七軒町の家に飛び込んできた。

昨夜、周三郎が血を吐いて倒れたとまくし立て、まだ掃除の終わらぬ上がり框にどさっと尻を下ろした。

「なんだって、兄さんが」

八十五郎によれば、払暁《ふつぎょう》、その知らせを真野家にもたらしたのは、周三郎の女房のお絹であった。

周三郎を医者に診せようにも、貧乏暮らしで薬代が足りない。ついてはこれを質草に金を貸して欲しいと、周三郎の手になる軸を四、五本抱え、江戸川橋の八十吉の店に飛び込んできたという。

「親父はなにを水臭いと叱りつけ、すぐさま出入りの医者を大根畑に遣わしたんだけどさ。お絹さんとの話を漏れ聞くに、どうも工合はよくねえみたいだ」

周三郎はこの春、四十七歳になった。暁斎譲りの酒豪にくわえ、金平糖を肴にするような呑みっぷりとあれば、身体を壊さぬ方が奇妙というものだ。

「知らせてくれて、ありがとうよ。早速これから、様子を見てくるよ」

思えば頑健を誇っていた暁斎が死の床に臥したのも、まだ風の冷たい春先の朝、真っ赤な血を二合あまりも吐いたのが始まりだった。それだけに忙しく立ち上がりかけたとよに、「それからもう一つ、話があるんだ」と八十五郎は遠慮がちに切り出した。

「以前話した、例の観音像なんだけどさ。知り合いの伝手をたどって、伝法院のご住持にお話を聞けたんだ。そうしたら、驚くじゃねえか。あのお像は鹿島屋さまから売り飛ばされたわけじゃないんだと。一昨年の暮れ、清兵衛さまが直々に伝法院に運び込み、この御像でどうか六十円を貸して欲しいとご住持に頼まれたそうだ」

住持によれば、羽織にくるんだ観音像を抱えた清兵衛は、以前のりゅうとした男ぶりが嘘のようにやつれていたという。

暁斎旧蔵の観音像は、かつて浅草寺に安置されていたものを輪王寺宮が駿河台狩野家に下賜し、流れ流れて暁斎のもとに落ち着いた経緯がある。それをよく知る住持は、清兵衛の落魄《らくはく》ぶりに驚きながらも、求められるがままに銭を渡したという。

役所勤めの初任給が月に五十円と決まっている昨今、六十円はあの清兵衛からすれば本来、大した額ではない。だがそのささやかさがかえって、とよの心をざわつかせた。

「それというのもさ。姐さんは最近、清兵衛さまの噂を聞いたかい」

いいや、ととよは首を横に振った。

「鹿島屋を出された翌年、ぽん太と一緒に大阪に家移りなさったとか聞いたけど、それから後はさっぱりだね。一昨年の暮れということは、また東京に戻っていらっしゃるのかね」

清兵衛はもともと大阪・天満に店を構える鹿島屋分家の生まれである。それだけに養子先を放逐された彼が郷里に戻ったと聞いて安堵したものだ、ととよはひどく遠いことのように思い出した。

「ああ、そうらしい。一昨年の夏に本郷春木町に小さな写真館を構えて、本郷座やあちこちの舞台装置の勘案なんぞして暮らしていらっしゃるんだと。ぽん太との間に、子どもも四、五人おいでらしいぜ」

「そうだったのかい」

「とはいえ、東京に戻ってきても姐さんに一言の挨拶もないばかりか、鹿島屋からこっそり持ち出していらした御像をついに手放されたわけだろう。暮らし向きは相当、厳しくていらっしゃるんだろうなあ」

本郷春木町と言えば、女子美術学校の目と鼻の先。とよ自身、七軒町の家からの往還に幾度となく通った往来だ。

ただ春木町は商店と芝居小屋などが入り混じった雑然とした町筋で、同じ写真館と言っても、かつて清兵衛が銀座に構えていた玄鹿館からは格段に品下《しな》ることは疑うべくもない。

加えて大勢の子どもを育てているとなれば、今後、借金を更に抱えこそすれ、寺に預けた観音像を請け出すことなぞ到底叶うまい。ならばいっそ自分が伝法院から御像を引き取り、清兵衛の借財をわずかなりとも軽くした方が、三方丸く収まるのでは。

とはいえ、いくら恩返しのつもりでも、鶴の如く折り目正しかったあの清兵衛が、自分の施しを受けるだろうか。それに幾ら挿絵で小銭を稼いでいても、結局のところ、とよは常吉に養われている身に過ぎない。六十円もの金を、すぐに工面出来るわけではなかった。

「姐さんや暁斎先生のためとなりゃあ、親父はいつでも銭を出してくれるはずだからよ。その気になったら、いつでも言ってくれよ。遠慮なんぞしちゃ、嫌だぜ」

しつこく念押しする八十五郎を帰らせると、とよはりうに留守番と子守りを頼んで家を出た。

池之端を湯島まで下る道中、春木町を通ろうかとの思いが胸をかすめる。だがそれよりは今は周三郎の容体が案じられてならず、小走りに道を西に折れた。

大根畑の家はしんと静まり返り、淡い春日が古びた門口を温めている。遠慮がちに訪いの声をかけたとよに、顔を青ざめさせたお絹が前垂れで手を拭きながら飛び出してきた。

「おとよさん――」

その胸元には、黒ずんだものがべったりとこびりついている。鉄錆と酢が入り混じったような臭いにかつての記憶が呼び覚まされ、周三郎の安否を問う舌がもつれた。

「ありがとうよ、来てくれて。ただついさっきお医者が帰られたばかりで、いまは寝ているんだ。顔だけでも見て行ってやっておくれ」

周三郎が血を吐いたのは、昨夜遅く。盥《たらい》の底が見えなくなるほどの鮮血に悲鳴を上げるお絹を、周三郎は「大丈夫だ。騒ぐこたァねえ」と存外落ち着いた口調で制した。その癖、そのまますぐに枕に頭を落として眠り始め、医者が訪れてやっと目を覚ました、とお絹は唇を震わせた。

導かれた六畳間では、周三郎が青黒い瞼を閉ざして臥せっている。顔を覆う無精ひげが、そうでなくとも肉の薄い頰に暗い影を落としていた。

「不安になって、幾度も身体を揺さぶったんだけど、夜のうちはずっと目を覚まさなくてさ。あたしゃどうすればいいか分からなくなって、以前から時折、話だけは聞いていた真野さんを頼らせてもらったのさ」

「それで、お医者はなんて」

とよが低く問うたとき、周三郎の瞼が小さく震えた。濁った眼をきょろりと動かしてとよを捉え、「なんでえ、来たのか」と血の気のない唇をわずかに片頬に引いた。

「血を吐いたんだってね。びっくりしたよ。気分はどうだい」

「――絵は描いたのか」

え、と目をしばたたいたとよに、「絵だ」と周三郎は繰り返した。塩粒を思わせるざらついた光が、その双眸に浮かんだ。

「身二つになって、ずいぶん経つんだろうに。ようやく仕上がった絵を見せに来たのかと思ったら違うのかよ。つまらねえ奴だな」

周三郎は痩せた手で、煎餅布団の端を撥ね上げた。古びた絣の浴衣の腹を掌で押さえ、「ここだ」ととよを見据えた。

「半月ほど前から、ここにしこりがあらぁ。おめえにゃ分かるだろう。あの親父と寸分違わねえ場所と来ていやがる」

暁斎が亡くなったのは、十八年前の四月であった。その年の一月からみぞおちに生じていた小石ほどのしこりは、死の直前には握りこぶしほどにも腫れ上がっていた。

言葉に窮したとよに、周三郎はわずかに頬をほころばせた。

「なんでえ、その面は。俺がおめえだったら、商売敵が減ると両手を打って喜ぶところだぜ。少しは笑ってみせたらどうだ」

「なにを……なにを言っているんだい。わけがわからないよ」

鹿島清兵衛が連れてきた医者は、暁斎の病は胃に生じた腫瘍によると語った。だがあれからすでに二十年近くが過ぎ、町医の腕もずいぶん上がっているはず。暁斎は助からなかった死病でも、今なら治る手立てがあるのではないか。

とよはすがる目で、お絹を顧みた。さりながらお絹はその眼差しを避けて俯き、あかぎれの手を膝の上で強く握り合わせた。

「医者はさっきそいつに、半年保たねえやもと言ったそうだぜ。けどよ。これで世間の奴らは、河鍋暁雲は絵はもちろん死にざままでが父親そっくりだと噂するに違いねえ。どうだ、とよ。羨ましいだろう」

やつれた周三郎の頰に落ちた影の色がますます深まり、唇の間から黄ばんだ歯がのぞく。

ほっそりとした兄の面差しは、将棋の駒そっくりに角ばっていた暁斎のそれとはまったく異なる。しかしそのときになってとよは、周三郎がひどく暁斎に似ていると気づいた。何かに取りつかれたが如き目の色も、この世のすべてをどこか他人事のように語る口調も――あの暁斎に、どうしようもなく瓜二つだ。

お絹の肩が波打ち、微かな歔欷《きょき》が耳を叩く。とよは知らず知らずのうちに嚙みしめていた唇から前歯を離し、ああ、と頤《おとがい》を引いた。

「羨ましいよ、兄さん」

「だったらおめえもさっさと挿絵なんぞやめて、まともな絵を描きやがれ。俺がいなくなっちまえば、河鍋の者はおめえだけになるんだからな。その最後の一人が手抜きばかりしているとあっちゃ、俺ァ死んでも死にきれねえ」

そんな軽口を叩くなと、周三郎を制するのは容易《たやす》い。さりながらそれは決してこの兄の望むところではないだろう。

周三郎がなぜ売れぬと知りながら狩野派の流れを汲む絵を描き続けてきたのか、ようやく分かった。あれほど嫌っていた暁斎に、周三郎は少しでも近づきたかったのだ。そうすることで、ありとあらゆる画派の絵を学んだ挙句、生涯、駿河台狩野家の弟子としての矜持《きょうじ》を持ち続けた暁斎の息子として、世に認めてもらいたかったのだ。

押さえても押さえきれぬお絹のすすり泣きが、寝間に低く漂っている。とよはそれを振り切って、「また来るよ、兄さん」と立ち上がった。

「今度は娘も連れてくるからさ。あんたの姪だよ。一度だけでも会ってやっておくれ」

「馬鹿ぬかせ。お互い、そんな暇はねえだろうが」

暁斎は病みつき、どれだけ痩せ衰えても、筆を握って放さなかった。息を引き取る直前に及んでもなお、血を盥に吐く自分自身を戯画に描いて、薄笑いを浮かべた。

すでに死を覚悟した周三郎はきっと、最期まで絵師であり続けた父に負けまいと、痩せ衰えた手で筆を執り、自らの死までを絵の中に塗りこめようとするのに違いない。そしてその行状はやはり、あれほど憎んでいたはずのあの父によく似ている。

後ろ手に木戸を閉ざして駆け出した往来は春の陽に照らされ、薄暗い寝間が信じられぬほど明るい。四辻の向こうに咲く桃の花に遊ぶ雀の影が、日差しをちらちらと陰らせる。

だがそれでもとよは、自らが今なおお痩せ衰えた病人の傍らに座している気がしてならなかった。

たなびく絹雲の淡さが、やけに胸に沁み入った。


雛の節句の日、どうにか都合をつけて休みを取った常吉は、とよが語る周三郎の病状に顔を曇らせた。

「義兄《にい》さんはまだ五十前だろう。癌腫というのは若ければ若いだけ、早く大きくなると聞くからなあ」

悪いことだ、とため息をつく常吉の膝の上では、よしが丸い目を見開いて床に飾られた一対の雛を眺めている。

りうが浅草で選んできた雛は丈一尺足らず、細い眼鼻が上品な京風雛であった。いささかもの寂し気なその表情にやせぎすの周三郎の顔を思い出し、とよは居住まいを正した。

「それでおまえさん、一つお願いがあるんだよ。あたし、もう少し真剣に絵を描きたいうんだ。挿絵のような分かりやすい仕事は断って、その分、掛幅や屏風に取り組もうと思うんだけど」

「いいんじゃないかい。おとよさんの勝手にすればいいさ」

あっさりとした常吉の返事に、とよは拍子抜けした。

「その……本当に構わないのかい。このご時世、あたしの画幅なんぞそうそう売れるものじゃないよ。挿絵仕事を減らした上に掛幅屏風の類を描くとなると、顔料や絵絹の代金を家の費えから出させてもらうかもしれないんだよ」

「ああ、なるほど。そういうことか。けど私の給金は十分にあるし、費えがかさんだって、別に困りはしないだろう。家やおよしのことを任せっぱなしにしている詫びだ。私が預けている銭は、おとよさんの好きに使えばいい」

周三郎は売れない絵を描くために、自らの薬代にも窮する日々を送っている。それに比べればとよの仕事に理解を示す常吉は、願ってもない亭主なのだろう。

そう知りつつもとよはその刹那、目の前の常吉と己の間に目に見えない川が流れている気がした。常吉が絵画にも音曲にも興味がないとは、嫁入り前から分かっていた。だが絵というものへの無関心と、とよの成そうとすることへの無関心は、まるで別の話ではあるまいか。

とはいえそれを詰《なじ》るには、常吉はあまりに物分かりが良すぎる。とよはりうが今朝早くから拵えてくれたちらし寿司に目を落とした。

周三郎の病が分かって以来、とよは時折りうを大根畑にやり、総菜や薬を運ばせている。この寿司もりうはあえて多目に作り、後で周三郎の家に届けるはずだ。

いささか味の濃いちらし寿司を、とよは箸で小さくつついた。鮮やかな薄焼き卵の色が、かえって食欲を削いだ。

まるでとよの屈託を糧にしたかのように、春が去り、若葉の季節となった頃には、周三郎の病状はわずかに持ち直し、床を離れて絵を描けるほどになった。とはいえ八十吉が往診を頼んでいる医者に言わせれば、それは油が尽きる直前の灯明がひときわ明るく輝くに似た、死の間際のわずかな光。それが証拠に胃の腑に生じたしこりは消えるどころかますます大きくなり、ただでさえ細かった周三郎の身体は、梅雨の季節になる頃には皮を貼りつけた骸骨の如くに変じていた。

「食い物はなかなか喉を通らねえけど、酒ならするすると入るからな。くたばる直前まで、親父が呑み続けていた理由がようやく知れたぜ」

とよが大根畑を訪うと、周三郎は決まって画室に妹を導き、頬の落ちくぼんだ顔に笑みを浮かべた。

琴を抱えた隠士、書物を手に鶴に乗った仙女……狭い画室には描き上げたばかりの絵が所狭しと散らばっている。そのきらびやかな色彩はかえって、痩せ衰えた周三郎の姿を凄惨なものと見せていたが、当の本人にそれを気に病む気配は一向になかった。

「不思議なものでな。身体が軽くなればなるほど、筆が思うままに動きやがる。親父も最期の三月はこんな気分だったに違いねえな」

「確かに死ぬ直前のお父っつぁんの筆は、怖いほどに冴えていたからね。身体に障ると言ってもどうしても聞かず、床の中に紙を持ち込んでまで描こうとしてたっけ」

とはいえさすがに乗り板に乗り、大幅を仕上げる力はないのだろう。画室の中央には古びた二月堂机が置かれ、幅二尺ほどの唐子図が彩色途中で放り出されている。唐服をまとった五人の童子が、ある者は月琴《げっきん》を持ち、ある者は団扇を持って赤子をあやす様は生気に満ち、どこぞの寺院の庫裏《くり》に飾るのがふさわしいほどに品がいい。

肉体の衰えが画技を研ぎ澄ませるのであれば、やがて訪れる死はこの兄の筆に何を与えるのだろう。いまだ下絵すら仕上がらぬ己の童子図を思い出し、とよは周三郎に悟られぬよう小さくため息をついた。

「そういえばこの間、お絹を上野にやってな。俺の代わりに勧業博覧会を見させてきたんだが、あの爺が描いた龍図はひでえ出来だったようだな」

首をひねったとよに、「おめえも会っているだろう。あの橋本雅邦だ」と周三郎は続けた。「あの野郎、今回の博覧会では審査員を辞し、変わりに新しく建てられた美術館の入り口に、八方睨みの龍の天井画を描いたらしい。ところが博覧会が始まっても一向に絵は仕上がらねえ、出来上がったと思えば天井に飾り付けるのに足場代だけでも千円以上かかるとかで、博覧会の奴らをさんざん悩ませたんだと」

しかもいざ飾られた絵は大きさこそ幅二丈と巨大だが、ぎょろりと剝いた龍の目には力がなく、手脚もただひょろひょろと長いばかりの駄作という。

「お絹はものを知らねえ女だが、絵だけは俺のものを山ほど見ているからな。周りの奴らが感心して天井を眺めているのがどうにも不思議でならないと、首をひねりひねり帰ってきやがったぜ」

「兄さん、そんなに雅邦の絵が気になるのかい」

「ああ、もちろんだろ」

机に寄りかかり、周三郎は足を投げ出した。剝き出しになったその脛は毛の濃さとは裏腹に、枯れ枝そっくりに細い。露わになった皿の丸みに、とよは朽ちた墓前に置かれたままの灯明皿を想起した。

「世間はあいつや狩野芳崖《ほうがい》の絵を『日本画』なんぞと呼んでもてはやしやがるが、天井画一枚まともに描けねえ奴が、ろくな弟子を育てられるわけがねえ。あいつらの雑種絵がこの先、どれだけ弛んでいくのかを見極められねえことだけが、たった一つの心残りだぜ」

なあ、おとよ、と続けながら、周三郎は画室のそこここに散らばった己の絵を見回した。

「俺がくたばった後も、おめえはあんな雑種絵を描くんじゃねえぞ。いくら世間の奴らが褒めそやそうとも、あんな絵は所詮、欧米の真似事に過ぎねえ。おめえは親父から叩き込まれた自分の絵だけを信じろ」

「自分の絵ねえ。あたしに描けるだろうか」

ついつい口をついた愚痴を皆まで聞かず、「描けるに決まってら」と周三郎は語気荒く吐き捨てた。

「おめえは俺の妹だぞ。誰よりも親父の傍にいたおめえが描けずして、誰が河鍋の姓を継ぐってんだ」

「どうしたってんだい、兄さん。明日は雪が降るんじゃないだろうね」

どんな顔を周三郎に向ければいいのか分からず、とよは手近な絵をかき集めた。意味もなくそれらを揃え、唐子図の傍らに置いた。

「ああ、そうだな。雪になるかもしれねえ。だから、よく聞いておけ。おめえの仕事はおめえ一人だけのものじゃねえ。親父や俺が生きた証でもあるんだ」

周三郎の口調が途中でくぐもった。恐る恐る顧みれば、周三郎は机に片肘をついたまま、大きく肩を上下させている。「大丈夫かい」と支えた身体は、内側から火を灯したかの如く熱く火照《ほて》っていた。

「――大丈夫だ。このところ、ちょっと起きているとすぐに疲れちまってな。少し横にならあ」

「ああ、その方がいいだろうね。義姉《ねえ》さんを呼ぶかい」

「あいつなら、今日は勤めに出てら。寝間までぐらい一人で行けるから心配するな」

それでも立ち上がろうとする周三郎に手を貸せば、その身体は雲で拵えたのかと思われるほど軽い。湧き上がる狼狽を押し殺し、とよは逃げるように大根畑の家を辞した。己の下駄の歯の立てるけたたましさに、はたと足を止める。己の動顚《どうてん》ぶりが突然、かつて暁斎が病みついた時の周三郎の姿を思い出させた。

あの時、兄は暁斎の看病にまったく手を貸さなかった。喪主の務めこそかろうじて果たしたものの、大半の差配を真野八十吉と鹿島清兵衛に任せ、挙句、一人で大根畑に帰って行った。

その折は恨みしか抱かなかった周三郎の挙動はもしや、彼なりの暁斎への愛惜ゆえだったのではなかろうか。だとすれば暁斎を絵の師としてしか見られぬとよより、周三郎の方がはるかに父を父として敬愛していたのでは。

しかしそうなると、葬儀はおろか、後の始末までを滞りなく済ませた己自身はどうなのだ。もしや自分は暁斎を父としてではなく、師として葬ったのではないか。そして今、自分は周三郎を失う事実に、これほど狼狽を隠せずにいる。

昨夜まで続いていた小雨は止み、薄い雲の切れ間から差す陽がそこここの水たまりをきらめかせている。その澄んだ光に目を据えてから、とよは足を上野に向けた。あの兄が敵の如く口を極めて罵る橋本雅邦の絵を、わが目で見ておかねばならない。そんな気がした。

梅雨が終わるまでは、まだ間があるのだろう。不忍池に茂る蓮の葉は湿っぽい風にざわめき、まるで次なる雨を呼び込もうとしているかのようだ。

池の向こうには巨大な唐破風《からはふ》をいただいた洋館が建ち、大勢の人々が笑いさざめきながらそちらに向かって足を急がせている。勧業博覧会が始まってから間もなく三月が経つが、見物の人波はまだ随分多いと見える。

だが上野の御山を登り、帝室博物館の門を通り抜ければ、右手に建つ洋館のぐるりには人垣が立ち、そのいずれもが恐々と建物の入り口を覗き込んでいる。

「あの、どうしたんですか。入れないんでしょうか」

目の前にいた中年の男がとよの声に振り返り、「いや、そういうわけじゃないんだが」と入り口ととよの顔を忙しく見比べた。行商のついでにでも見物を思い立ったのか、その足元には大きな風呂敷包みが置かれていた。

「中でなにか騒ぎがあったようで、さっきから小使どもがばたばたと走り回っていてな。俺たちも入っていいんだか悪いんだか、躊躇《ためら》っているんだ」

なるほど人垣越しに伸び上がれば、お仕着せに身を包んだ男たちが顔を青ざめさせて出入りしている。とはいえ別に入り口を閉ざしているわけでもなし、見学に支障はなさそうだ。

「大丈夫なんじゃないですか。あたし、入ってみますよ」

今日は午後からりうが出かけるため、なるべく早く七軒町に戻らねばならない。とよは人垣の間をすり抜け、小走りに美術館に向かった。

そのためらいのない足取りに誘われたのだろう。数人の男女がとよの後を追って、駆け出す。美術館に踏み入るなり、揃って頭上を仰ぎ、わあっと声を上げた。

彼らの眼差しの先の天井では、長い胴体でぐるりと弧を描いた龍がこちらを睨み下ろしている。背景に墨の濃淡で描いた雲が、くっきりと描線を取った龍の体軀《たいく》を際立たせ、金泥を差されたその目が入り口から差し込む薄日を映じて輝いていた。

「あれが橋本雅邦の描いた龍だとよ」

「およそ七十歳を超えた爺さんの作とは思えねえなあ。がばっと開いた口なんぞ、こっちを飲み込みそうなほどじゃねえか」

感嘆の息をつく彼らを避けて壁際に退き、とよは頭上に目をやった。

いささか過剰とも思われる強い線は、天井画という性質を念頭に置いてのものだろう。さりながら大きく開かれた口や珠を握る前脚は大仰《おおぎょう》なだけに滑稽さを滲ませ、いささか品に欠ける。長い身体にまとわりつく稲妻が背景の雲と重なり合った箇所なぞは、目にやかましいとしか言いようがなかった。

これまで雅邦の絵は内国勧業博覧会などで幾度となく見ているが、それらに比べれば明らかに弛緩が目立つ。麒麟も老いぬれば駑馬《どば》に劣るというが、さすがのあの老爺も寄る年波には勝てぬのか。

とはいえ、あれほど我の強かった雅邦のことだ。自らの筆の衰えは、彼自身がもっともよく承知しているだろう。天井画の完成が遅れた理由もそれゆえに違いない、ととよは思った。

「おおい、どけ。どいてくれ」

聞き覚えのある声が不意に、建物の奥で沸き起こった。それとともに入り口近くにいた小使たちが血相を変え、長い廊下を走り出した。

「ま、待て。どうするつもりだ」

「像が壊れちまったんだから、仕方ないだろう。とりあえずこれは俺が引き取るからな」

野太い声が高い吹き抜けに舞い上がる。頭を転じたとよの目に、人並み外れて背の高い男が白い布包みを手に歩んで来るのが映った。北村直次郎であった。

「いや、待て。これは博覧会の運営にも関わる一大事だ。いくら作者だとはいえ、勝手に持ち出させるわけにはいかん」

行く手を阻もうとする小使たちを、直次郎は眉をひそめて見回した。知らせを受けて駆けつけてきたと思しき官服姿の事務員が、妙に親し気な態度で直次郎の肩に手を置いた。

「まあまあ。お気持ちは分かりますが、とりあえず落ち着いてください。今、東京美術学校に知らせをやり、正木《まさき》先生をお呼びしています。今後のことは、まずは先生がお越しになってからご相談しようじゃありませんか」

「正木だと。ふん、今回の審査部長を務めている美術学校長の正木直彦《なおひこ》か。あんな諂上《てんじょう》傲下《ごうか》の奴が来たところで、いったい何になるってんだ」

以前会った時の穏やかさが信じられぬ形相で、直次郎が吐き捨てる。見物の衆がいっせいに身体を硬くして、魁偉《かいい》な肩を怒らせる直次郎を振り返った。

「自分が作ったものをどうしようが、それは作者の勝手だろう。そうじゃなくても、審査委員どもに自分の作をつべこべ言われるだけで腹立たしいんだ。これ以上、俺の作に口出しをするなッ」

直次郎は小脇に布包みを抱えたまま、片手で事務員の肩を突いた。よろめいた事務員を、傍らの小使があわてて支える。

それには目もくれず歩き出そうとした直次郎の背に、「し、知りませんよ、どんなことになったってッ」と事務員が叫んだ。

「構うものか。こっちこそ、こんな不公平な博覧会なぞ糞くらえだ」

振り返りもせずに怒鳴りざま、直次郎は小脇の包みを抱え直した。その拍子にわずかに布がずれ、隙間から中身がのぞく。

大きさはちょうど、人のそれと同じぐらいだろう。小さな髷を結い、うっとりと薄目を閉じた石造りの若い女の頭部であった。

なまじ首だけである分、乳色の石の滑らかな肌合いが凄惨とすら映る。かつて直次郎はとよに、春の女神である佐保姫を等尺で彫ると語っていた。だとすればあの首は、彼自身が手掛けた作品のそれか。

寒水石敷きの床を踏み付けるように歩む直次郎に、野次馬たちがぱっと二手に分かれて道を譲る。その人波に合わせ損ねて立ちすくんだとよの目が、直次郎のそれとかち合った。

激しい怒りを湛えていた直次郎の双眸が小さく瞬き、あ、という音吐《おんと》が漏れる。まっすぐとよに近づき、肩で大きく息をついた。

「来てくださったんですね。でも申し訳ないですが、俺の『霞《かすみ》』は見ての通りでね」

霞、と繰り返したとよに、直次郎は腕の中の首を片手で叩いた。

「こいつの名です。佐保姫じゃあまりに芸がないってんで、題を変えたんですが。まあ、こうなっちまったんじゃ、どっちにしたって一緒ってわけで」

「誰が……誰が北村さんの御作をこんな目に」

唇を震わせたとよに、直次郎はわずかな苦笑を浮かべた。

「誰にやられたわけでもありません。俺が自分で壊したんです。手直しをしたいと言って開館直前に鑿《のみ》を持ち込み、一思いにね」

直次郎の口ぶりは落ち着き払っているがゆえにかえって、内なる激昂《げっこう》が忍ばれる。我が耳を疑ったとよに、「馬鹿な真似だって、分かっていますよ」と直次郎は続けた。

「けど、俺はどうしても我慢がならなかったんですよ。この博覧会には審査委員を務めるお偉方の作も多く出陳されているんですが、噂によれば来月決まる褒賞の一等は、ほとんどそいつらが取ると内々に決まっているそうで」

美術作品を同じ美術家が審査する形式は、これまでの内国博覧会でもしばしば行われていた。その都度、審査委員が知り合いの作品に手心を加えたり、自作に高い評を付けたといった噂が囁かれたことから、今回の東京勧業博覧会では審査委員の作品は審査対象外にすると事前に通知されていたという。

「ところが蓋を開けてみれば、結局、審査委員の作品も俎上《そじょう》に上げられることになっていて、噂ではうちの師匠の他、高村光雲、米原雲海《よねはらうんかい》、白井雨山《しらいうざん》が一等賞に決まっているんですとさ」

高村光雲は現在、帝室技芸員にも認定されている彫刻の大家。また米原雲海、白井雨山はともに光雲の弟子として名高い若手彫刻家で、いずれも今回の博覧会では彫塑部門の審査官に任じられている。

直次郎は頭上を振り仰いだ。金色に光る龍の目を瞬きもせずに見つめ、「俺はね。馬鹿らしくなっちまいましたのさ」とぽつりと声を落とした。

「俺がこの像を作るのにどれだけ苦心したか、うちの先生だってご存じなはずなんです。けど先生はそんなことには知らん顔で審査委員を務め、ご自身の作に一等賞をつけても憚らないと来たもんだ。もちろん、石川先生には恩義はありますよ。けど俺は何より、先生にすらそれが当然と思わせちまう博覧会ってものに、つくづく嫌気が差しちまいましたよ」

かつてあれほどもてはやされた暁斎の絵が猥雑と見なされる、昨今。この世界の不平等は、とよとてよく分かっている。だが逐一それに腹を立てていては、この浮き世は渡っていけない。だいたい師である石川光明の顔に泥を塗り、この男は今後どうやって彫刻家として生きていくつもりなのだ。

言葉に窮したとよにはお構いなしに、直次郎は露わになっていた「霞」の頭部を、布で丁寧にくるんだ。まるで恋人に接するかのような、優しげな手つきであった。

「とはいえ、聞いた話じゃ、今回の博覧会に出陳を希望して展示前の監査を通った作品は、彫塑部門と絵画部門じゃそれぞれ、四割もなかったそうですよ。それを思えば展示されただけでもよしとすりゃあいいものを、ああ、俺も馬鹿だよなあ」

見物人たちは龍図の真下に立つとよと直次郎を遠巻きにし、珍獣でも眺めるが如き目を向けている。直次郎はそれを皆目気にも留めず、「たとえばあの絵を描いた橋本雅邦だって」と目で天井を差した。

「俺が『霞』を搬入しに来た三月前、そこの階段に腰かけ、事務員から借り受けたと思しき事前審査の台帳を必死の形相で繰ってましたよ。挙句、落ちた、落ちたのか、と呻いて少ない髪を掻きむしってましたから、ありゃあ子飼いの弟子が監査外になったんじゃないですかね」

うちの先生も端から賞を与える気がないなら、そこで落としてくれればいいのにさ、と直次郎は早口で付け加えた。

「さて、と。まだ館内にはこいつの胴体が残っているんで、荷車を借りてきて、引き取ってやらなきゃなりません。もしかしたらもうお目にかかることはないかもしれませんが、お姉さんもどうぞお元気で」

「あ――ああ、北村さんも。くれぐれも自棄《やけ》を起こすんじゃないよ」

「これ以上の自棄なんぞ、起こそうとしても起こせませんや」

自嘲の笑みを残して直次郎が立ち去ると共に、人垣はゆっくり崩れ始めた。それでもなお向けられる好奇の眼差しを避けて壁際に身を寄せ、とよは頭上の龍をまたも仰いだ。

――落ちた、落ちたのか。

周三郎は先ほど、雅邦は今回、審査員に加わっていないと話していた。それだけに監査の当落を知るため、台帳を繰ること自体は不思議ではないが、彼の弟子ともなれば、結果を直接師に伝えるのが当然である。ならば雅邦はいったい、誰の絵の結果を調べていたのだろう。

とよは四囲を見回した。廊下の突き当りの一室の入り口に縄が巡らされているのは、破壊された「霞」が奥にあるからと見える。先ほど直次郎に突き飛ばされた事務員が、ちょうどその縄を潜ろうとしている。とよは早足で近付き、「あの、すみません」と彼の袖を摑んだ。

「博覧会監査の台帳が見たいんです。どこに行けばいいですか」

「台帳だと。そんな物、誰にでも見せられるものじゃ――」

そう言い止《さ》して息を飲んだのは、目の前の女が北村直次郎と親し気に話していた相手と気づいたためらしい。とよから逃げるかのように一歩後じさり、事務員は狼狽した顔で四囲を見回した。下手な応えをすれば、直次郎同様、どんな凶行を働かれるか分からぬと怯えている面持ちであった。

「知り合いが作品を監査に出して、落ちたかもしれないんです。でも当人に尋ねるわけにはいかなくて」

「そ、そういうことなら、二階の突き当りの事務室に事前監査落選作の台帳があるんで。な、並川《なみかわ》の許しを得たと言ってもらえば、小使が見せてくれるだろうよ」

一刻も早く去ってもらいたいとばかり、事務員が片手を振る。とよは軽く頭を下げ、龍図を望む階段を駆けあがった。

教えられた小部屋では、年配の小使が一人、退屈そうに新聞を繰っている。並川の名を出すと、さして疑うそぶりもなく分厚い台帳を運んできた。

「そこの机を使うといい。終わったら、声をかけておくれな」

「ありがとう。すぐに終わると思います」

台帳の冒頭に挟み込まれた記録によれば、二月初旬の出陳申請日までに出された東洋画は八百六十五点。そのうち合格点数は三百三十点で、落選者には早々に作品を引き取れとの葉書が送られたという。

「あんた、監査に出した誰かの知り合いかい。もしそのお人が落選しているなら、早く作品を取りに来るよう伝えてくれよ。置きっぱなしにされている落選作が多くて、こっちも困っているんだ」

よほど暇なのか、小使は机の脇に突っ立ったまま、あれこれ話しかけてくる。追い払うわけにもいかず生返事をしながら、とよは台帳を繰った。

記録が申請順に綴じられているせいで、特定の氏名を探すのは骨が折れる。見逃さぬよう一枚一枚帳面を捲《めく》る手が、やがてはたと止まった。

――西郷孤月　慕情

「ああ、その絵かい」

肩越しにとよの手許を覗き込んだ小使が、ぽりぽりとこめかみを搔いた。

「それだったら、もうここにはないよ。当の本人がどこに行っちまったのやら、落選通知の葉書が宛て先不明で戻って来て困っていたんだが。ひと月ほど前になるかな。画家の橋本雅邦先生が直々に尋ねて来られ、かつての弟子の作だからと仰って引き取っていかれたんだ」

「橋本先生が――」

「ああ。幅二尺もない小さな掛け軸だったんだけどな。よほど大切な弟子でいらっしゃるのか、まるで赤子を抱くみてえに丁寧に抱えて持ち帰られたよ」

とよにはその時、肩を丸めて美術館を後にする雅邦の姿が眼裏《まなうら》に見えた気がした。

娘を嫁がせるほどに愛した弟子が落魄《らくはく》し、ようやく描いた絵も事前監査すら通らなかった事実に、あの老爺はどれほど打ちひしがれただろう。だが誰を失い、どれほど年老いてもなお――自らの衰えを察してもなお、絵師は描き続けねばならない。

牙を剝き出しにした、巨大な八方睨みの龍。もしかしたらその口から今なお洩れているのは、地を揺らし天に轟く咆哮《ほうこう》ではなく、幾重もの苦難に遭っても筆を執る画人の業への呻吟《しんぎん》なのではあるまいか。

周三郎は雅邦の絵を嫌い、雅邦もまた周三郎や暁斎を憎んでいる。しかし絵に追われ続ける一点において、周三郎も雅邦も、暁斎もとよもみな、同胞だ。

（おまえさん――）

常吉の穏やかな笑顔が、泣きたいほど遠い。

夫は優しい。さりながらいつぞや周三郎が罵った通り、優しいとはそれだけとよをちゃんと見ていない事実の裏返しだ。

暁斎の観音像を買い戻したいと言えば、常吉はきっとすぐに銭を出してくれるだろう。だがそれはあくまで、幼いよしに雛を買い与えるが如き優しさに過ぎない。泥濘《でいねい》にまみれてもなお描き続けねばならぬ自分たちの宿業を、彼は決して理解してはくれぬだろう。

周三郎は遠からず死ぬ。そうなれば河鍋の家の者は――画鬼の子どもは、自分だけとなる。そんな現実の何と恐ろしく、孤独であることか。

兄さん、ととよは吐息だけで呼んだ。これから己が向き合わねばならぬであろう出来事のすべてを、ただ周三郎に聞いてもらいたかった。

灰色に湿った雲のどこかで、悲し気な龍の咆哮が響いた気がした。

砧

大正二年、春

温かい大粒の雨が、浅草伝法院の庭池をけたたましく叩いている。池端の柳の枝はうなりを伴う強風にしなり、びっしりと若葉をつけた枝先がそのたび、池の面に不規則な模様を描いていた。

一昨日執り行われた暁斎の二十五回忌法要の際には、長い尾を揺らめかせた緋鯉《ひごい》が二四、うららかな春陽に誘われて、水面に顔を出した。八歳になったばかりの娘のよしはそれを面白がり、精進落としの膳の飯を袂に隠して鯉に与え、りうに叱られていた。

だが今や池の水は鉛色に濁り、鯉はおろか蛙や水黽《あめんぼ》の影すらない。それは決して激しい雨ばかりが原因ではなく、法事の翌日から新書院で始まった「河鍋暁斎遺墨展覧会」の賑やかさもあるのだろう。

すでに大正二年の春も闌《た》けた今日、暁斎の名が一般の人々の口に上る折は少ない。ただそれでも二百名を超える弟子を擁し、戯作者や役者とも交流があった暁斎だけあって、彼を懐かしむ人々で、百余作の画幅・屛風を飾った大広間は、立錐の余地もない混雑ぶりである。かつての同門とともに席画に興じる者、隣室に設けた茶席で昔話に花を咲かせる者など、人いきれで長らく留まっていると頭痛がしてくるほどであった。

「ちょいとひと息ついてくるからね。後を頼むよ」

昼を過ぎ、ようやく人波が落ち着いたのを見て取って、とよは朝から控え続けていた玄関から立ち上がった。弟の記六に後を任せて新書院を抜け出し、人目のない場所を求めて隣棟の回り縁に腰を下ろした。

しきりに吹き入る雨粒が、火照った頰を濡らす。暮れからの準備の疲れがどっと出てくるのを覚えながら、湿った高欄に身体をもたせかけた。

「なんだい、おとよさん。こんなところにいたのかい。石川光明さんがお帰りになられるらしいよ」

張りのある声に顧みれば、美髯《びぜん》を蓄えた背広姿の男が渡り廊下を駆けてくる。とよはあわてて腰を浮かせた。

「本当ですか。ついさっきお越しになったばかりじゃないですか」

「ああ。石川さんは最近、お身体の具合が優れないようだからね。美術学校の講義もお休みしがちで、わたしも心配しているんだ。とはいえそれでも、ひと通りの絵は御覧になられた様子だよ」

歯切れのいい口調でまくし立てた男は海野《うんの》美盛《びせい》といい、彫刻家・石川光明同様、東京美術学校で教鞭を執る彫金家である。暁斎に師事した歳月はほんの二年余に過ぎぬが、今回の遺墨展の準備に奔走してくれた一人であった。

「でもせめて、茶席でお茶ぐらい召し上がってくだされぱいいのに」

「ああ、そうだね。けどきっと、お辛くていらっしゃるんだろうよ」

口元の髭を指でしごき、海野は新書院の方角に肉付きのいい顎をしゃくった。彫金家よりも実業家の方が似合いそうな、堂々たる挙措《きよそ》であった。

「なにせあんなに大勢がいるっていうのに、今でも美術に携わっているのはほんのひと握りだろう。ましてや遺墨展を手伝おうなんぞという奇特な奴は、八十五郎を含めても七、八人ときたものだ。八十吉さんがご存命だったら、また違ったんだろうけどねえ」

「ああ、本当に。八十吉のおじさんがいればねえ」

暁斎の親友であった真野八十吉が亡くなったのは、一昨年の冬。生業である質屋仲間の寄合で痛飲した翌朝、厠《かわや》で昏倒しての頓死であった。

それに先立つ四年前、とよは清水の舞台から飛び降りる覚悟で、高平常吉に別居を申し入れた。数え三歳のよしはとよが引き取り、常吉はひき続き池之端の家に、とよは暁斎の死後、空き屋のままにしていた根岸の家に暮らすとの条件であったが、妻からの突然の打診に常吉は戸惑い、彼から相談を持ちかけられた八十吉がとよの画室に押し掛ける騒ぎとなった。

常吉に不満があるわけでも、とよに情人が出来たわけでもない。ただ己の絵を描くためには、優しい夫とともにいてはならぬのだとの言い訳が、他人に通じるとは思い難い。口を噤《つぐ》んでうつむくばかりのとよに、八十吉は「いったい何が不満なんだ」と日頃の温厚が嘘のように声を荒らげた。なおもとよの決意が固いと悟るや、こめかみを痙攣《けいれん》させながらその場に跳ね立った。

「畜生。好きにしやがれ。暁斎の野郎が生きていたら、どれだけ腹を立てたか知れねえや」

とかく破天荒だった暁斎は、とよが何をしでかしても、こと絵に関することでなければ怒らなかった。このため親に背く後ろめたさを味わわずに来たとよは、怒りと悲しみを露わにする八十吉の姿に、俗に言う親不孝とはこういうものかと考えた。

しかしながら、別居を始めて二か月も経たないある日である。勤め先に籠りがちな常吉を気遣って、池之端の掃除に出かけていったりうが妙に早く戻ってくるなり、「あの、先生」と思い詰めた顔でとよに切り出した。

「その——これはお伝えすべきかどうか分からないんですけど。でもやっぱり黙っているわけにもいかなくて」

日頃、思ったままを口にするりうが、こうも言い淀むのは珍しい。とよは自ずと居住まいを正した。

「さっき、池之端のお宅の玄関に、畳表に別珍の女下駄が脱がれていたんです。あたしが表戸を開けたのに、はあいと応えまでしたんで、あたし、びっくりしてそのまま飛び出して来ちまったんですけど」

素早く目を走らせれば、前栽の雑草は抜かれ、ついぞ見たためしのない千両までが植えられていた、と続けて、りうは上目遣いにとよをうかがった。

あの多忙な常吉が家の手入れに気が廻るわけがない。仮に庭師を入れたとしても、下駄の女の説明はつかない。だがその意味するところに思い至っても、とよは何の哀しみも覚えなかった。むしろこれでいいのだ、という諦念がひたひたと胸を洗った。

常吉は優しい男だ。それだけに彼の気配りにほだされ、その女房に収まりたいと考える女は、幾人でもいるだろう。そして常吉もまたとよとは異なり、妻を、家族をこの上なく柔らかに包もうとする男なのだから。

このためそれから一月後、常吉の側から破鏡の申し入れが届いたとき、とよはすぐさまそれに諾との返事を返した。自分の如き画鬼の娘は結局、まともな相手と家族ではいられぬのだ。そんな気がしてならなかった。

とはいえその一方で、とよと常吉が完全に他人となることは、今後、よしは父を知らぬまま育つ事実を意味する。もし、とよが常吉の女房として穏やかかつ平凡な日々を送り続けていれば——絵師として生きる道を選びなぞしなければ、よしは家族を奪われなかった。

まだ幼い娘にそんな傷を与えてしまった我が身を思えば思うほど、よしだけは絵師にしてはならぬとの誓いが新たになる。そして同時に、だからこそ自分は絵師であり続けねばならぬとの覚悟が、とよを駆り立てていた。

八十吉は別居に続く離縁の知らせにも返事を寄越さず、以来、暁斎の回忌法要の席でもそっぽを向き、とよと口を利こうとしなかった。八十五郎が取り成しても、「おめえは黙っていろ」と叱りつけ、挙句、和解を果たせぬまま亡くなってしまった。

ただ、八十吉の怒りがすべて、自分への心配ゆえであったことは、とよとてよく承知している。それだけに八十吉の四十九日が明けるとともに暁斎遺墨展覧会の開催を思い立ったのは、夫と離別し、娘への後ろめたさを抱えてでも、河鍋暁斎の娘であり続けようとした自分の姿を示すことが、彼への何よりの供養になると考えてであった。

「ああ、姉ちゃん。いま、光明先生が帰って行かれたよ。これは親父へのお供えだってさ」

新書院の玄関に引き返したとよに、式台に座っていた記六が金封を差し出した。不惑を超えて白いものが目立ち始めた鬢《びん》の毛が、締まりのない顔に自堕落な気配を添えていた。

「それはお気遣いをいただいてしまったね。明日にでもお礼状を書くから、石川先生のご自宅に届けておくれ」

「わかったよ。それにしても、こんなに盛大な展覧会になろうとは思わなかったよ。掛け巡らされている絵だって、百作以上はあるだろう？　ああやって並べると、あまりに迫力があるせいか、まるで親父がいまだに生きて、俺たちをがみがみ叱っているみたいな気分になっちまうよ。姉ちゃん、親父の絵をよくもまああんなにたくさん集めたものだな」

半年近くに及ぶ遺墨展の準備に、記六は多忙を口実にして一切、尽力しなかった。このため弟の口調には他人事の気配が強かったが、それは別に今に始まった話ではない。とよは思わず鳴らしかけた舌打ちを堪えた。

「そりゃあ、あちらこちらのお人に頭を下げてお借りしたからね。親父どのの絵がこれほど一堂に会する機会は、もう二度とないだろう。お前もしっかり見ておきな」

「はいはい、分かったよ。総領の兄さんが死んじまったら、今度は姉さんがそっくりの口を叩くときたもんだ」

記六からすれば、さして深い意味のある軽口ではあるまい。だがとよはその刹那、氷を押し当てられたかのように頰が強張るのを感じた。

兄の周三郎が暁斎と同じ胃癌で没したのは、とよと常吉の別居から半年後であった。池之端から根岸の家への家移りを知らせに出向いたのが、周三郎と会った最後となった。

――絵を描くんだな。

初めて血を吐いた折、医者から半年保たぬやもと言われた周三郎は、すでにそれから二度目の春を迎えていた。元々大柄だった身体は痩せ衰え、最後にとよが訪れたその日には、こめかみや額際までが肉を失って平たく変じ、年の割に黒い髪が頭蓋にべったりと貼りついていた。

文机にもたれて目だけをぎょろつかせた周三郎の形相に、よしが怯え顔でとよに抱きつく。その頭を撫でながら、とよは小さくうなずいた。

——そのつもりだよ。挿絵仕事も、これからは少しずつ減らしていくさ。

——当然分かっちゃいるだろうが、河鍋の絵はもはや時代遅れだ。俺ァなんと言われようとも気にしねえ。けど、根が真面目なおめえはそうは行くめえ。展覧会なんぞには色気を出さず、気に入ってくれる奴にだけ絵を売りな。

当節、画家がもっとも手っ取り早く名を揚げる手段は、同業者協会が開催する展覧会に出陳して賞を取り、人々の耳目を集めることだ。だが暁斎が得意とした浮世絵や狩野派の絵が旧弊と謗《そし》られる時節とあっては、とよがどこの展覧会に作品を出しても、批判にさらされるのは明白であった。

暁斎の弟子たちもそんな世情の変化は敏感に察しており、八十五郎などは近年、洋画の遠近法や彩色を器用に取り入れた作を手掛けて人気を博している。だが、万事勝気な周三郎のことだ。どんな批判を受けようが、他の画家と正面から戦えと言われると思っていただけに、その言葉は意外であった。

かたわらの文机には幅二尺ほどの絵絹が広げられ、長い毛足の猫が三匹、額に鉢巻きをして踊る絵が彩色半ばで置かれている。金泥を刷かれ、命あるものの如く光る猫の目を、周三郎は長い指で静かに撫でた。

——俺たちは所詮、親父の絵から離れられねえ。その癖、あいつを越えられもしねえ。

この絵だって、昔、似たような親父の作を見た覚えがあると来たもんだ。

――珍しいね。兄さんがそんな弱音を吐くなんて。

――あの親父は、俺たちにゃ獄《ひとや》だ。おめえも腹をくくったとなりゃ、これから嫌ってほどそれが分からあ。その時の泣きっ面が見られねえのだけが残念だな。

周三郎のほの暗い笑みに、よしがとうとう声を放って泣き出したため、話はそこまでになった。だが二十余年ぶりに根岸の家に落ち着き、畳がすっかり湿気った画室で画箋紙を広げた途端、筆を執るとよの手は細かく震え始めた。

この数年、写生帖を作り溜め、掛幅や屏風を描く準備は整えてきたはずだ。しかしいざ居住まいを正して筆を執れば、身をくねらせて泳ぐ鯉はこちらを見つめてぽっかりと口を開け、風を孕む鯉のぼりの中からは悪鬼がひょっこり顔を出すかと見えてくる。それらがすべて暁斎が描いた絵の光景であると気づき、とよは愕然とした。

初めて手本を与えられた五つの春から、とよは華やかなる毒に似た暁斎の絵にどっぷり浸かって生きてきた。それだけにとよにとって、己の絵を描くとはすなわち、父の絵に寄り添うことでしかない。

並みの弟子であれば師の軛《くびき》を逃れ、世人のもてはやす絵に迎合もできよう。だがなまじ世間が暁斎を謗っているとあっては、娘である自分までが父の絵を捨てられはしない。ましてや己の筆が暁斎に及ばぬとよくよく分かっていれば、なおさらだ。

周三郎の言葉は正しかった。暁斎は獄、そして自分たちは彼に捕らわれた哀れな獄囚だ。絵を描くとはすなわち、あの父に捕らわれ続けることなのだ。

お父っつぁん、と漏らした声は我ながら驚くほど硬い。越えようとしても越えられぬ師、娘を弟子としか見ぬ父。そんな暁斎への憎悪と愛着が驚くほどの強さで、胸の中で渦巻く。

とよは筆を投げ捨て、目の前の画箋紙を両手で引っ摑んだ。あの忌々しい兄の苦しみが痛いほど胸に迫り、堪えても堪え切れぬ嗚咽に肩がわななないた。

周三郎が絵筆を握り締めたまま息を引き取ったのは、真夏にしては妙に冷たい風が吹く夕刻であった。酒以外はほとんど口にしなくなった周三郎のため、せめて少しでも喉を通るものをと、女房のお絹が根岸の豆腐屋・笹乃雪まで出かけていた間の出来事だった。

それからすでに五年、当初から分かってはいたものの、暁斎の遺風を強く留めたとよの絵は、案の定ほとんど売れない。ただ一方で、かつて女子美術学校で教鞭を執っていた経歴が買われ、とよは近年、富商や爵位を有する家々から「娘の絵の師に」と招かれるようになっていた。

良家の子女はみな揃っておっとりとおとなしく、筆を持つ手の覚束《おぼつか》なさまでが愛らしい。彼女たちに手を添え、顔料の選び方、筆の運びの一つ一つを教える日々は平穏で、それだけにかえって自分の画業に立ち戻ると、とよの筆先から迸《ほとばし》る絵は鋭さを増した。

もっとも当然ながら、それは周三郎同様、暁斎の作にひどく似て、その癖、父を越えられるものではなかった。

今回の遺墨展に、とよは周三郎と自分の絵を一幅ずつ、広間の奥に据えつけた祭壇の左右に飾りつけている。とよのそれは周三郎の葬儀の夜に描いた観音図、周三郎のそれは死の間近に彼が完成させた猫又図だ。

観音はもともと、暁斎が好んで描いた画題の一つ。だからこそと挑む思いで取り組んだにもかかわらず、波濤を行く鯉の背に乗った白衣観音の絵は、やはり父の作との近似が強い。海野美盛をはじめとする暁斎の弟子たちはみな「さすがは先生の娘だ」と褒めてくれるが、その讃美がとよにますます、目に見えぬ軛を感じさせた。

風狂だったあの父は、死んでもなお己の絵で以て自分たちを縛り付ける。周三郎は暁斎そっくりの絵を描きながら、こんな苦悩のただなかにあったのか。冷ややかな笑みを口元に絶えず浮かべながら、あまりに偉大過ぎる父を愛し、憎み、足搔《あが》いていたのか。そう思えば暁斎と同じ病に倒れた周三郎の死は、長きにわたる父親との葛藤に敗れたかのようだ。

そもそも本来、遺墨展を取り仕切るべきは、娘の自分ではなく長男の周三郎であるべきだ。それにもかかわらず、自分が賑やかなこの座で奔走している事実に、苦い笑みが腹の底にくゆり立った。

「まあ、このたびはおめでとうございます。大変な人気でございますね」

折しも新しい客が訪れたのをきっかけに、とよは記六に後を任せて広間へ向かった。

大小の掛幅に屏風、衝立、果ては画巻まで広げられた五十畳の広間はおびただしい色彩に彩られ、ひしめき合う人の群と相まって、眩暈《めまい》すら覚える華やかさである。そのただなかをかき分けて近づいてきた羽織袴姿の八十五郎が、とよの袖を小さく引いた。

「姐さん、茶席の菓子が足りなくなりそうだよ。うちの奴を買いに行かせてもいいかい」

「もちろん、よろしく頼むよ。それにしても、朝一番に長門から羊羹《ようかん》を運ばせたんじゃなかったのかい」

奥の八畳間の茶席では、近隣の茶の師匠が薄茶を点《た》て、八十五郎の女房のおこうと二人の息子が運び役を務めている。茶席の混雑はもちろん承知していたが、こんなに早く茶菓子が切れるとは思いがけなかった。

「なにせこの雨だからさ。小やみになるまで待とうってお人が、どんどん茶席に入って来ちまうんだ。——あ、おこう。ちょいと待ちな」

襷《たすき》に前垂れ姿で広間を飛び出して行こうとする女房を、八十五郎が呼び止める。八十五郎から皮財布を受け取りながら、おこうは細い目でちらりととよを仰いだ。

おこうは八十五郎より三歳年下。十四年前、同業の質屋から嫁いできた女で、義父母を送った今は、女の身で店を切り盛りするやり手と聞いている。

とよがおこうと言葉を交わすのは、八十吉の葬式以来である。きりっとした浅黒い肌が目を惹くおこうに、とよは頭を下げた。

「お手数をおかけしますね。あたしもこんな賑わいになるなんて、思ってもいなかったんですよ。その上、この雨の中、買い物にまで出てもらうとは本当に申し訳ない」

「いいんだよ、姐さん。こいつは忙しいのには慣れているんだからさ」

最後まで画業の傍ら、質屋の商いに励んでいた八十吉とは異なり、八十五郎は五年ほど前から服部坂下に画室を構え、最近はほとんど店の商売に関わっていない。家業はおこうに任せっきりと聞いていただけに、呑気な弟弟子の口ぶりに、とよは眉を跳ね上げた。

「何言っているんだい。おまえが好きに絵を描いていられるのも、おこうさんのおかげだろう。そんな口を叩くんじゃないよ」

「いえ、いいんです。おとよさん」

堅い口調でとよを遮り、おこうは財布を握る手に力を込めた。

ふと目を移せばその肩越しに、真新しい紋付袴に身を包んだ十二、三歳の少年が二人、よく似た顔を連ねてこちらをうかがっている。少し背の高い方が長男の松司《まつじ》、いささか丸顔の方が次男の満《みつる》だと、とよは昨日、八十五郎から教えられていた。

とよの眼差しに、少年たちがさっと踵を返す。おこうはそれには気づかぬ面持ちで、

「ところで」ととよに向き直った。

「さっき茶席にお越しになったご夫婦が、おとよさんに御用がおありのようでしたよ。お手隙なら、ぜひお話がしたいと仰ってました」

「あたしにですか。はて、誰だろう」

今回の展覧会に際し、とよは新聞に広告を出すとともに、親類や暁斎が世話になっていた人々に案内状を送り、来席を請うた。もっともかれこれ十年以上没交渉が続いている姉のとみは、どこに転居したやら行方が知れず、周三郎の没後、亀戸に家移りしたはずのお絹に送った案内は宛先不明で戻ってきた。

幼い頃から根岸の家を毛嫌いしていたというとみが顔を見せる道理はないし、夫婦と言うからにはお絹でもあるまい。父の知人だろうかと首をひねり、とよは茶席と広間を区切る紅白の幕を揚げた。真っ赤な毛氈《もうせん》に座る客を見回す眼が、茶席のもっとも奥に身を寄せ合う中年の男女に釘付けになった。

相手もまた立ちすくむとよに気づいたと見え、まず女の側が喫していた茶碗を膝先に置いて、夫の袖を引いた。

ああ、と目を瞬かせた男の目尻の深い皺が、とよの胸を貫く。豪奢な暁斎の絵を見慣れていただけに、その痩身を包む絖《ぬめ》の袷《あわせ》の古びが妙に目立った。

「おとよさん、お久しぶりです。ご立派になられましたね」

「清兵衛さま……ご無沙汰申し上げています」

周りの耳を憚《はばか》って小声で呼びかけたとよに、鹿島清兵衛は色の悪い顔に苦笑を浮かべた。かつて今紀文と呼ばれたお大尽の姿はそこにはなく、ただ鑿《のみ》で削ったように細い鼻梁《びりょう》のかたわらに暗い淀みが滲んでいた。

「その名は気恥ずかしいから、やめてください。今は三樹如月《みきにょげつ》と呼ばれる方が慣れているんですよ」

聞き慣れぬ名に面食らったとよに、清兵衛は「これですよ」と横笛を構える仕草をした。並みの笛吹きに比べ、大きく身体を左によじった奇妙な姿勢であったが、それよりも目を惹いたのは、その左手の親指が根元から欠けていることだ。

「昔習った笛が役に立ちましてね。今は森田家の笛方（笛を専門とする能楽の囃子方）として舞台に立ち、小銭を稼がせてもらっているんです。三樹如月は、いわば芸名です」

森田家は本来、能楽の一座・観世座（流）付きの笛方。清兵衛は鹿島屋の主だった昔、金に飽かせて絵に写真、蒔絵、歌舞音曲ひと通りを稽古しており、笛は森田家の当主である初太郎《はったろう》から許状を貰うほどの腕前だったと聞いている。

「芸は身を助けるとは、まさにこのことですよ。何でも習っておくものですね」

とよの眼差しに気付いたのか、清兵衛はああ、と左手を顔の前に掲げた。

「これはまだ本郷で写真館を営んでいた頃、マグネシヤ（マグネシウム）を砕いていて、爆発させてしまいまして。そんな下手を打つ写真屋なんぞ信頼できないと囁かれ、おかげで写真館は閉める羽目となりましたが、笛を吹くだけの指は残ったのだから、奇妙なものです」

清兵衛の左手は掌にも手の甲にも醜いひきつれが残り、傷口はえぐられたように肉が落ちくぼんでいる。怪我の直後、しっかりした手当てを受けられなかったことが、醜い傷跡から察せられた。

「秋には厩橋《うまやばし》の梅若《うめわか》舞台で『砧《きぬた》』を吹くんです。よかったら見に来てくださいな」

清兵衛の口ぶりは昔と変わらず静かで、かえってその落魄ぶりを際立たせている。とよは努めてさりげなさを装い、「それはありがとうございます」と礼を述べた。

「しかし暁斎先生が亡くなられて、もう二十四年とは。わたくしも年を取るわけです」

しみじみ述懐する清兵衛のかたわらで、ぽん太は懐紙に乗せられた干菓子を一つ一つ大切そうに口に運んでいる。

こっそり数えれば、ぽん太もすでに三十路過ぎである。かつて東京花街一の美妓と呼ばれたその美貌も、生活の苦難と寄る年波には抗《あらが》えぬと見え、肌に昔の張りはない。

かつてぽん太はとよをやっかみ、ひどい罵声を浴びせつけた。まともに顔を合わせるのはそれ以来だけに、二十年近い歳月を経てもなお、おのずと身体が強張る。だがぽん太はそんな悶着なぞ忘れ果てたとばかりのすまし顔を決め込んでおり、それがとよには一層不気味であった。

そもそも現在とよが暮らす根岸の家は、かつて清兵衛が足しげく通った暁斎の旧邸。昔語りをしたいのならそちらを訪ねればよかろうに、なぜ二人は足元の悪い最中、わざわざ浅草くんだりまで出てきたのか。

画家が展覧会を開けば、親類縁者や贔屓《ひいき》はこぞって祝儀を包む。式台に設《しつら》えられた受付に必ず二人が座っているのは、混雑にまぎれた物盗りを警戒してだ。それだけに長らくの無沙汰の末、よりにもよってこの日に姿を見せた二人に軽い警戒の念が涌く。さりとてかつて清兵衛から受けた数々の恩を思い起こせば、無下に彼らを追い出しもしがたい。

「あの、清兵衛さま。この後、展覧会の世話を焼いてくれた面々で、ここで軽い宴を催すのです。よろしければお二方も、お越しになられませんか」

「いえ、それはやめておきましょう」

間髪を入れずに言い放ち、清兵衛は何かを探すように懐を探った。ああ、見つかった、と呟いて引っ張り出した薄墨色の紙には、「梅若観覧能」との文字が見える。どうやら能の番組らしい。

「わたしは今や、誰もが知る落ちぶれ者。旧を知る方々とご一緒すれば、あれが鹿島清兵衛の成れの果てと後ろゆび指されるのは明白ですからね。それよりおとよさん、『砧』を是非。シテは梅若万三郎《まんざぶろう》なので、ちょっとおとなしすぎるかもしれませんが、うちのぽん太がご一緒させていただきますよ」

世阿弥作曲と伝えられる「砧」は、夫に捨てられた妻の悲しみを主題とする四番目ものである。もともと暁斎が宝生の謡《うたい》を習っていた縁で、とよ自身も現在、神田猿楽町の宝生座舞台には自分の席を持っている。ただ厩橋に屋敷を構える梅若家は近年、主筋である観世家と免状の発行を巡って争っており、古くからの能好きは騒動に巻き込まれるのを嫌がって、かの家の舞台には足を向けぬきらいがある。

それだけにとよは一瞬、返答をためらった。しかし清兵衛は一歩も譲らぬ口ぶりで、

「日取りは十月十五日。砧は午後二時頃には始まると思います」と、番組をとよの手に押し付けた。

「必ず来てくださいよ。お待ちしていますからね」

しつこく念押しをして立ち上がった清兵衛に、ぽん太がさっと寄り添った。不自由な左手を自らの両手で押し包むと、夫の身体を支えんばかりにして歩き出す。そのまま手に手を取って茶席から出ていく彼らの姿は、一面に巡らされた紅白の幕もあいまって、どこか芝居の道行を思わせる。まるで世の中に彼我二人しかおらぬかの如きたたずまいに、とよは見送りに立つことも忘れて呆気に取られた。

無理やり押し付けられた番組は端がよじれ、清兵衛の肌の温みを留めて生温かい。また風が強くなったのか、ごうというなりとともに幔幕《まんまく》の端が大きく揺らめいた。

清兵衛があからさまに借金を申し込んできたのであれば、八十五郎に相談を持ち掛けもしただろう。だが貧苦に身を荒《すさ》ませながらも寄り添う清兵衛とぽん太の姿に、とよは彼らと己の違いを突き付けられたような気がした。

「客ってのは、誰だったんだい」

という八十五郎の問いへの応えが、自ずと曖昧になった。

もともとぽん太は新橋の芸妓であり、清兵衛はその客に過ぎない。それが互いゆえに落魄し、古《いにしえ》の栄華からは想像もつかぬ境遇に陥ってもなお、二人は比翼の鳥の如く身を寄せ合っている。

夫婦とはあれほど強い絆で結ばれるものなのか。だとすれば四年もの歳月を共に暮らし、子までなしながら別れた自分と常吉とは、何だったのだろう。

風の噂によれば、常吉はあの後間もなく高田商会で働く女中と世帯を構え、今は市ヶ谷に居を移しているという。りうが隙間見た女が今の女房なのか、それとも全く別の誰かであるのかは、もはや知る由もない。

娘のよしは聞き分けがよい子で、故あって父親とは離別したとのとよの話に根問いもせず、さりとて片親育ちを僻《ひが》みもしない。とはいえ夫婦とはあれほどに寄り添えるものだと見せつけられると、普段ありがたいと思っているその健やかさが、この上なく後ろめたい。

浅草寺の入相《いりあい》の鐘とともに最後の客が広間を出ていくや、とよは逆巻く思いを振り切るように、さあてと袖を襷でくくり上げた。

隣室に積み上げていた軸の空筥《からばこ》を広間に運び入れると、まず入り口脇に掛けられた「鍾馗図」の前に膝をつく。脱いだ羽織をおこうに手渡す八十五郎に、反対側の壁を指した。

「おまえはそちらの絵から片付けておくれ。あたしはこっちから、軸を巻くから」

「あいよ、姐さん」

　息子二人に左右の軸端を持たせ、八十五郎が幅三尺はあろうかという観音図を巻きにかかる。海野美盛を含めた老弟子たちとともに広間の中央に座った記六が、「おいおい、そんなに急がずともいいだろう」と笑った。

「せっかく水屋に、料理も酒も用意してあるんだ。まずは手伝いの衆をそれで労《ねぎら》ってから、片付けを始めようぜ」

「馬鹿を言うんじゃないよ。こんなに絵が広げられているところで、飲み食いが出来るものか。だいたいおまえはこの中じゃ、若い方なんだ。そんなところに尻を落ち着けているんじゃないよ」

今回の遺墨展に計三十幅もの暁斎の絵を貸してくれたコンデルは、工部省の要請を受けて英国から来日した建築家。また床の間に飾った「枯木寒鴉図」の持ち主は、日本橋の菓子屋・榮太樓で、暁斎に支払った絵の代金は大枚百円と聞いている。

彼らはいずれも展覧会に顔こそ覗かせなかったが、出陳を快諾してくれた上、仏前にと少なからぬ布施を包んでくれた。そんな彼らの恩に報いるためにもすぐに絵に傷がないかを改め、筥に納める必要があった。

「ちぇっ。分かったよ、手伝えばいいんだろ。それにしても親父って奴は、よくもまあこんなに種々雑多な絵を描いたもんだ。錦絵に狂画、美人図に山水図と来ると、いったいどの流派の絵描きなんだか、こっちも分からなくなっちまうよな」

舌打ちをしながら立ち上がる記六の姿に、車座になった老弟子の間から小さな笑いがこぼれる。いずれも六十歳を超えた老齢だけに、勝手に酒宴を始めるつもりにはなれぬのだろう。庫裏からもらってきた白湯をすすりながら、海野が「確かになあ」とうなずいた。

「暁斎先生は器用な方でいらしたからな。円山応挙《まるやまおうきょ》風の美人画をと請えば、ふっくらした唐美人図をさらさらと描き、狂画をと頼めば北斎もかくやのお化け絵を描くといった具合だ」

「そうそう。考えていた絵と違うと思ってこちらが黙り込むと、ああ、すまんすまんと笑って、また別の絵を拵えてくださった。まるで一人の身体の中に、様々な画派の画人が七、八人も生きているみたいだったわい」

とよは折しも巻こうとしていた鍾馗図を仰ぎ見た。

暴れる赤鬼を左手で押さえ、空いた右手に刀を握った鍾馗の図は、肥痩のある描線で捉えられた衣の表現が目を惹く一幅である。同じ絵師でも摺絵を多く手掛ける浮世絵師は、太さが均一な鉄線描と呼ばれる描線を用いる。それに比べると暁斎は多色刷りの錦絵にも必ず衣文線《えもんせん》に肥痩を与えていたが、それは若き日に修業した狩野派の影響が強い。

もともと暁斎は生写（写生）を尊ぶ狩野派の技術に桁外れの想像力を混ぜ合わせ、更にやまと絵や浮世絵の技法すら貪欲に取り入れて、己の画風を築いた。ただ逆説的に言えば、脳裏に浮かんだ事物をそのまま紙上に現すには、徹底的に写生を繰り返し、万物を己の筆で捕えておかねばならない。つまり暁斎の絵の根幹には、徹頭徹尾、狩野派の手法があったわけだ。

周三郎は、そんな父に少しでも近づこうと足掻き続けて亡くなった。画鬼とまで呼ばれた暁斎は、それを知れば少しは倅を哀れと思うだろうか。

（いや――）

とよは小さく首を横に振った。

周三郎の母が亡くなった時、暁斎はその死に顔を写生し、幽霊画に用いたと聞く。それだけに息子が絵筆を握り締めて倒れたと知れば、それでこそ画家の鑑《かがみ》だと両手を打ったただろう。

風を孕んで揺れる鍾馗の衣も、顔中を口にして喚く悪鬼の形相も、およそ自分が及ぶところではない。だが周三郎が死んだ今、あの画鬼の系譜に連なる者はもはやとよ一人になってしまった。そう思えば思うほど、奔放なる暁斎の才能が羨ましく、そして憎らしかった。

「暁斎先生に描けぬものはこの世にはなかったし、先生に比肩し得る絵師も古今東西いないだろう。まさに先生は河鍋派とも呼ぶべきものを生み出されたんじゃないか」

「馬鹿を言わないで下さいよ」

手放しの称賛が自分でも驚くほど癇に障る。とよは弟子たちの輪を睨みつけた。

「親父どのだって、一人で絵師になったわけじゃありませんよ。結局は狩野派だったんじゃないですかね。あのお人はさ」

車座の男たちが一斉にとよを顧みる。戸惑いを含んだその眼差しが、とよを更に苛立たせた。

「そりゃ確かに、親父どのはどんな流派の絵でも描きましたよ。でも、その根っこにあったのはやっぱり狩野の絵なんだと、あたしは思いますよ」

「狩野、狩野なあ。そこで腕を磨かれたのは間違いないが、こうも色々な作を並べられちまうと、やっぱりそう決めつけるのは違う気がするな」

ううむ、と腕を組む海野に、数人の弟子たちが一瞬顔を見合わせ、すぐに大きくうなずく。そんな彼らの姿に、とよは冷たい刃で胸を貫かれた気がした。

御一新からすでに四十余年、江戸の昔に存在していた文物の多くは、旧弊の誇りの元、忘れ去られて久しい。御用絵師であった狩野派もそのうちの一つで、最後の奥絵師・木挽町狩野家当主の狩野雅信《ただのぶ》は晩年、図書寮付属博物館《ずしよりよう》に勤めるかたわら、わずかな挿絵仕事を請け負って、口を糊したという。

代わって画壇を席巻した橋本雅邦や横山大観といった画人たちは、筆法の基を狩野家に学んだにもかかわらず、もはや古色を帯びつつあるその名を表立って口にしない。つまり当節の画家にとって狩野は、すでに忘却された画派であり、自らの絵がそこに連なるのは恥ですらあるのだ。

それゆえ海野を始めとする弟子たちも、暁斎の絵が狩野家を基としているとは信じたくないのだろう。師を思ってというより自らの立場を守らんがための欺瞞に、とよは見えぬ溝が彼我の間に穿《うが》たれた気がした。

広間の緊張を振り払おうとしてか、「まあ、いいじゃねえか」と記六がわざとらしいほど明るい声を上げた。

「どこで何を学んでいたとしても、親父は親父さ。あんな多芸は、他の画家には出来やしねえ。それもこれも河鍋派の宗祖ゆえだと思えば、納得が行くってわけだ」

「馬鹿をお言い。そんな簡単な話じゃないんだよ」

河鍋派なぞ、とよはご免だ。そんなものを自称しては、自分は終生、暁斎の軛から逃れられない。だいたいそれでは、周三郎があまりに気の毒ではないか。

「親父どのを崇めていただくのは、確かにありがたいよ。けど、それで親父どのの絵の本質を見誤るのは、当人も不本意だろうよ」

そもそも今回の遺墨展の会場に伝法院を選んだのは、暁斎が生前、日夜香華《こうげ》を供えていた観音像が、現在、この寺に預けられていればこそである。そしてその観音像はかつては駿河台狩野家に伝えられ、修業時代の暁斎が朝晩、手を合わせていた御像ではないか。

海野を含めた弟子たちも、その逸話は承知しているはず。それにもかかわらず、狩野家の名に知らぬ顔を決め込むとは何事だ。巻き終えた軸を松司に手渡した八十五郎が、顔を青ざめさせたとよをなだめるように、「けど、姐さん」と遠慮がちに呼びかけた。

「逆らうようだけど、先生の絵を狩野派だと決めつけるのは、俺も違う気がするな。だって狩野家さまじゃ、狂画や浮世絵は下品だって言うんで、堅く戒《いまし》められていたんだろ。本当に先生が狩野を尊んでいたとすれば、あんなに様々な絵を描くわけないじゃないか」

とよは目を見開いた。八十五郎が語った狩野家の戒めは、確かに真実である。しかし暁斎が狂画を始めとする他派の絵を本格的に学び始めたのは、狩野家での修業を終え、独り立ちした後と聞く。少年の頃から根岸の画室に出入りし、古今の絵に対する暁斎の貪欲ぶりを熟知している弟弟子までが、狩野派と暁斎の縁を否定するとは。

「八十五郎、おまえ――」

とよの呻《うめ》きに、八十五郎が顔を背ける。とよと父親を交互に見比べる松司の手から軸を納めた筥をひったくり、乱暴に蓋を閉ざした。

分かっている。真野暁亭《ぎょうてい》の画号を有する八十五郎の絵は、今日ではとよのそれより評判がよい。見立番付や便覧への記名もたびたびで、その名は暁斎の弟子の中でももっとも世に知れ渡っているともいえる。それだけに八十五郎はこの場の誰にも増して、暁斎と狩野派のつながりを口にできぬのだ。さりながら頭ではそう理解していても、怒りゆえの身震いまでは止められない。

そんなとよの姿に、さすがの記六や海野までもが息を飲む。重苦しい沈黙に耐えかねたように、八十五郎がまた次の軸を片付けにかかったその時、澄んだ女の訪いが薄闇の這う玄関で響いた。

「ご免くださいませ。河鍋暁斎先生の遺墨展は、こちらでよろしいのでしょうか」

真っ先に立ち上がったのは、おこうであった。不機嫌かと疑うほど強く唇を引き結び、

「すみませんねえ。もう終わっちまったんですよ」と断りざま、式台に膝をついた。

「まあ、そうでしたか。残念です」

そう応じた口調は、舌ったらずに甘い。その途端、記六が「いいじゃねえか、おこうさん」と玄関に向かって怒鳴った。

「まだ、片付けを始めたばっかりだ。入ってもらいねえ。その方が、親父も喜ぶだろう」

目を凝らせばおこうの肩越しに、紫の被布《ひふ》をまとった女の姿が見える。大きな庇髪《ひさしがみ》がその顔に暗い影を落とし、まるで巨大な影法師がたたずんでいるかのようであった。

「それはありがとうございます。でもいいんですか」

問いながらも、女はすでに下駄を脱ぎかけている。沓脱《くつぬぎ》に履物を揃えながら、片手の風呂敷包みを抱え直す手つきの弾みに、とよは小さく息をついた。

「構わねえよ。残っているのは親類縁者ばっかりだが、あんたみてえな若いお人が来てくれれば、親父もさぞ喜ぶに違えねえ」

「ありがとうございます。ではしばし、お邪魔致します」

広間の敷居際に膝をついた女は、まだ三十歳前後か。翳《かげ》のある瓜実顔に、ぽってりと

した一重の瞼が人の好さげな印象を添えている。

女は深々と一礼してから広間を見回し、とよの姿に「まあ、暁翠先生」と人懐っこい声を上げた。小走りに駆け寄ってくるや目の前にさっと両手をつかえた女に、とよはわずかに身を引いた。

「ご免なさいよ。あたし、どこかであんたに会っているかい」

女子美術学校に勤めていた頃の教え子かと疑ったが、見覚えがない。戸惑い顔になったとよに、女はにっこりと笑った。

「覚えていらっしゃらないのも、無理はありません。あたくし、栗原あや子と申します。女子美には先生と入れ替わりで入学したんですが、寮の見学にうかがった際、先生と一度だけお話しさせていただいて」

炒りつける夏陽と揺らぐ陽炎《かげろう》が、脳裏をよぎる。とよは小さく膝を打った。

「ああ、確かにそんなことがあったね。娘が生まれる前だから、かれこれ七年ほど昔じゃないかい」

「はい。あれからあたくしは女子美で学び、いまは栗原玉葉《ぎよくよう》という号で絵を描いています。今日は竹之台陳列館での美術研精会に出陳していた作を引き取ってきたのですが、その折、こちらで河鍋暁斎先生の展覧会が開かれているとうかがい、矢も楯もたまらなくなりまして」

「ほう、美術研精会。じゃあ、寺崎広業さんのご門下だね」

海野がかたわらから口を挟むのに、あや子——いや、玉葉は嬉しげにうなずいた。

寺崎広業は現在、東京美術学校日本画第二教室の教授に着任し、文部省美術展覧会をはじめ国画玉成会、巽画会《たつみがかい》など多くの展覧会の審査委員を務めている。のびやかな筆致と気品ある彩色で人気の彼の弟子というだけで、玉葉の画風が漠然と察せられた。

とよは巻いたばかりの鍾馗図を再度、目の前の自在鉤《かぎ》に掛けた。

「これも何かの縁だ。ゆっくり見てお行きな」

「ありがとうございます。あの、暁翠先生。もしご迷惑でなければ、あたくしの絵も見ていただけないでしょうか」

とよの返事も聞かず、玉葉は風呂敷包みの結び目を解いた。丈一尺あまりの小ぶりな軸筥を取り出し、とよの膝先にずいと進めた。

「題は『蝶のゆくゑ』と申します。先月の巽画会に『春の日』と『ひいなの客』という絵を出して褒状一等をいただいたんですが、それらと併せて描いた絵です」

巽画会は若手日本画家が多く集まる美術団体。とよ自身は観覧したことがないが、その主催展覧会の審査には、橋本雅邦門下の菱田春草や上方の女流画家として名高い上村《うえむら》松園《しょうえん》などが当たっていると仄聞する。そんな展覧会で一等を取った玉葉はつまり、期待の新人というわけか。

無理に突っぱねるのも大人げなく思われ、とよは無言で掛幅を筥から取り出した。筥蓋を押さえにして広げれば、画幅の中央には切り髪姿の汗衫《かざみ》の少女が描かれ、太い白梅の枝が画面の端から斜めに伸びている。少女が伸ばす指先から一匹の白い蝶が飛び立ち、舞い散る梅の花弁とともに、画面全体を白々と明るく染めている。そういえばこの女は子どもを描きたいと話していた、ととよはようやく思い出した。

少女の面相はぽってりと肉付きよく、胸元に挿した檜扇《ひおうぎ》の色糸飾りや艶やかな黒髪が、愛らしい立ち姿に彩りを添えている。その流麗な美しさは、当世の画壇では褒めそやされるべきものなのだろう。しかし、暁斎の勢いのある筆致と斬新な構図に慣れ親しんだとよの目に、それは作り物めいた美と映った。

「どうでしょうか。先生」

小首をかしげて問いつつも、玉葉の表情には隠しきれぬ自信がのぞいている。とよは短く、「美しい絵だね」と応じた。

「あたしには到底描けないけど、実に当世風じゃないか」

八十五郎がちらりと目を上げたのは、とよが決して誉めていないと気づいてであろう。さりながらそれを知る由もない玉葉は、「ありがとうございます」と頰を緩めた。

「でもあたくし、もっともっとうまくなりたいんです。そのためには狩野派や土佐派のような、古い絵も学ぶ必要があるでしょう？　だから、暁斎先生のお作をこんなに一遍に拝見できるのは、とてもありがたいです」

玉葉には決して、悪気はあるまい。しかしその言葉は彼女が、暁斎の絵を古画と見なしている事実をありありと物語っている。

いまだ父を越えられぬ最中、彼を旧弊と決め付けられれば、暁斎を庇いたい弟子としての感情と、彼を憎みたい娘としての思いがせめぎ合う。胃の腑の奥がきゅっと痛み、玉葉の絵を巻く指先に力が入る。とよは周囲に気取られぬよう、奥歯を嚙みしめた。

思いがけぬ客人ゆえに、とよの怒りが逸れたと安心したのだろう。海野や記六は玉葉を宴席に誘い、玉葉もまた満更でもない顔でそれに加わった。

結局、すべての絵を片付け、宴が果てたのは夜も八時を回ってから。海野は同門たちと帰路につき、まだ呑み足りぬ記六は八十五郎を無理やり連れて、浅草の町に繰り出して行った。

昨夜からの雨はようやく上がったが、往来がぬかるんでいるせいだろう。伝法院の小僧が探しに行ったにもかかわらず、俥《くるま》はなかなか捕まらない。蔵前の親類の家に泊まるというおこうは、息子たちとともに徒歩で去った。ようやくやってきた一輌を小石川白山まで帰る玉葉に譲り、とよはまだ生温かい湿気の残る夜道を歩き出した。

どこかで梔子《くちなし》が咲いているのか、涼し気な香りが夜の底に蟠《わだかま》っている。折しも浅草寺の五重塔の先にひっかかっていた鉛色の雲が切れ、青みがかった月影が爪先を照らし付ける。

淡く、そして長く伸びた五重塔の影が、幽鬼の如くやせ細った周三郎の死に顔を想起させた。

——獄《ひとや》だ。

しんと凍てた兄の声が、足袋に沁み通る泥水とともに身を浸す。ああ、そうだね、兄さん、と呟けば、奇妙なほど強く周三郎が懐かしくなった。

記六の感慨を聞く限り、弟にとって父親とは絵師であるその人であり、彼の中で父と画鬼・暁斎が同じ人物であることは矛盾がないようだ。だが、自分には違う。そしてその思いを唯一分かち合える兄は、もはやこの世の者ではない。その事実が苦い孤独となって、とよの足を早めさせていた。

「先生、とよ先生。待ってください」

背後から迫ってくる甲高い声に、とよは頭を転じた。目を凝らせば、小柄な少年が四方に泥を蹴散らして駆けてくる。

「あんた、松司か満かどっちだい」

あまりによく似た兄弟だったせいで、一人だけを目の前にすると区別がつかない。松司です、と息を弾ませて答え、少年はまっすぐにとよを仰ぎ見た。湿気を孕んだ夜気のせいか、癖の強い髪が額際で奔放にうねっていた。

「お尋ねしたいことがあったので、母には忘れ物をしたと言って戻ってきたんです。先生は先ほど、暁斎先生の絵を狩野派だと仰っていましたよね。あれは本心からのお言葉ですか」

鑿で彫ったようにちんまりしたその目鼻立ちは、幼かりし頃の八十五郎にはあまり似ていない。ただ、一歩も退かぬと言いたげな語調が懐かしく、「本心だよ」ととよは包み隠さず首肯した。

「そういえば、あんたや満は八十五郎に絵を教わっているんだっけ」

「はい。けど弟も僕も、本当は絵なんて大嫌いなんです。だから父の絵が古臭い狩野家に由来しているとすれば、ざまあみろと思って」

その返答には折り目正しさと少年らしい悪態が入り混じっている。「おや、絵が嫌いかい」と、とよは思わず問うた。

絵とは本来、無理強いをしてうまくなるものではない。もし少年たちが本心から絵嫌いであれば、それとなく八十五郎に忠告せねばなるまい。

「ええ。嫌いです。絵も、絵ばっかり描いているお父っつぁんも。だっておかげでおっ母さんは明け暮れ一人で店を切り盛りしなきゃならないし、祖父《じい》ちゃんだってあんな死に方を――」

声を高ぶらせかけた松司が、我に返ったように口を噤《つぐ》む。しまった、とばかり半歩後じさった少年の腕をとよは急いで摑んだ。

「お待ち。いま、何て言ったんだい。八十五郎の絵が、八十吉おじさんの死に関係があるのかい」

とよは女にしては大柄で、力も強い。どうにも振りほどけぬと諦めたのか、松司は叱られた犬そっくりの目でとよを見た。

「だって……祖父ちゃんが六十を超えても隠居できなかったのは、すべてお父っつぁんが絵を描いていればこそじゃないか。祖父ちゃんはとても絵が好きだったから、お父っつぁんが絵師として偉くなればなるほど、商いが邪魔になっちゃいけねえと、身体の具合が悪くなってもそれを堪えて店に出ていたんだよ」

松司の口調からはいつしか、先ほどまでの折り目正しさが掻き消えている。それが少年の中にわだかまる怒りの強さを、鮮明に物語っていた。

画家として名を馳せる息子を、八十吉が自慢に思っていたとは知っている。だが彼が還暦を過ぎてもなお隠居しなかった理由が、まさか八十五郎のためだったとは。

「あの日、祖父ちゃんは朝から頭が痛いと言って、横になっていたんだ。けどどうしても仲間の寄合は休めねえからって、おっ母さんが止めるのも聞かずに出て行ったんだよ。お父っつぁんが――お父っつぁんが絵さえ描いていなかったら、祖父ちゃんにあんな無理をさせずに済んだんだ」

松司の憎々し気な表情に、とよはおこうが自分に向けた眼差しの硬さを思い出した。

この分では真野家で絵を嫌っているのは、松司だけではあるまい。おこうは丸二日の間、茶席を手伝いながら、さぞ自分を忌々しく思っていただろう。そんなことも気づかずに忙しく働き回っていた己が、ひどく愚かしく感じられた。

「それに僕は知っているんだ。お父っつぁんは絵の参考になる画幅なんぞを見つけると、おっ母さんや祖父ちゃんに内緒で店の金を持ち出していてさ。時には同じ質屋仲間にも借金を拵えて、おっ母さんたちを困らせているんだよ」

絵とは描いた端から売れるわけではないため、売れっ子の画家が借金を抱えているのはさして珍しくない。とはいえそれが店の金に手をつけるとなれば、話は別だ。さりながら八十五郎とて今は、一人前の男。とよが忠告をしたところで、聞き入れるとは思い難い。ましてや暁斎の画派を巡り、あんな口を叩いた後となればなおさらだ。

雲が流れ、三分ほど欠けた寝待月がその向こうに姿を消す。とよは束の間逡巡してから、少年の肩に手を置いた。

「いいかい、松司。よくお聞き。そういう次第とあれば、あんたが絵を嫌うのはもっともだ。そりゃあ確かに、八十五郎が悪い。ただその上で一つだけ言わせてもらえば、狩野って画派は決して古くなんかない。今の画壇の奴らも、大なり小なり影響を受けている素晴らしい一派だ。だけどあんたのお父っつぁんも他の奴らも、それがよく分かっちゃいないんだよ」

「それはお父っつぁんが分からず屋《や》ってことですか」

松司はどうにも父親を悪く思いたいらしい。母親によく似た皮の薄い眼に、探る色を浮かべた。

「そうだね。簡単にまとめてしまえば、そうなるかもしれないね」

松司は考え込むように、羽織の袖端を握り締めた。だがやがてはたと顔を上げ、「それなら、先生」とひと息に言った。

「その狩野の絵を、僕に教えちゃもらえませんか。お父っつぁんは、自分は狩野の流れなんか汲んじゃいないと言いたいんでしょう。だったら僕はその絵を習って上手くなり、お父っつぁんを見返してやりたいです」

「馬鹿言うんじゃないよ。あんたの師は、まがりなりにも八十五郎だろう」

「あんなお父っつぁんには、僕、習いたくなんかありませんよ」

目を尖らせる松司に、そうか、ととよは得心した。この少年は本心では、絵が好きでたまらないのだ。だが画業に打ち込むあまり母や祖父を傷つけた八十五郎を間近にしているだけに、その教えを受けることに葛藤があるのだろう。

「わかったよ。じゃあ時折でよければ、教えてあげよう。ただ、八十五郎にそれを打ち明けるかどうかは任せるけど、おこうさんにだけはちゃんと許しを得ておいで」

「何を言っているんですか。誰にだって黙っていますよ。内緒でぐんとうまくなって、お父っつぁんを見返してやるんだ」

片意地に言い返す松司に、とよはふと、周三郎が暁斎に表立って逆らったことはあっただろうかと思った。幼くして養子にやられた兄が戻ってきたのは、彼が十七歳の時。大根畑の別宅を与えられた周三郎は、根岸の家に顔を出しても暁斎とは絵の話しかせず、父親の膝にまとわりつくきくや記六に常に感情のうかがえぬ目を向けていた。その癖、とよが下手な絵を描いて暁斎に叱責されていると、薄い笑みを口元に湛え、細い顎を隠すように下を向いていた。

（あたしたちは、いったい何ものだったんだろう）

母が心配するから、と言い残して夜道を駆けてゆく松司を見送り、とよは夜空を仰いだ。

顧みれば父と自分や周三郎は、赤い血ではなく、一滴の墨、一本の筆で互いを結び合わせていたのかもしれない。ならば今となっては、父に対する周三郎の——そしてとよの愛憎だけが、自分たち兄妹と父の絆なのではあるまいか。

優しい常吉との絆は、自分にとって枷《かせ》にしかならなかった。信頼していた八十五郎も、自らの業績のためにはとよを裏切って憚らない。ならば家族としての温《ぬく》みとは無縁であれど、自分には結局、暁斎と周三郎しかいなかったのだ。

下顎が小さく震え、鼻の奥がつんと痛む。とよは熱を帯び始めた瞼を、強く閉ざした。金色に光る猫の眸《ひとみ》、鍾馗に捕えられた悪鬼の赤い肌色が、眼裏《まなうら》に目まぐるしく明滅する。梔子の香がいっそう強く、とよの身体にまとわりついてきた。

翌月から松司は十日に一度の割合で、とよの画室を訪れるようになった。当人が宣言した通り、その往来は家族の皆に内緒と見え、尋常小学校の帰路に駆け込んできてはほんの二時間ほどで江戸川橋たもとの家に戻るあわただしさである。

筆を持たせてみれば松司の筆運びは手慣れており、とよが所有している掛幅を臨模《りんも》させてもまったく怯《おじ》けることがない。生まれながら勘がいいのか、それともこれまでの八十五郎の手ほどきの成果か、それは追々分かるだろう。

いつしか暦は盆を過ぎ、軒先の風鈴が気怠い風を受けて鳴っている。中庭の欅から降り注ぐ蟬の声が厳しい残暑を否が応でも際立たせるが、画帖に向かって筆を走らせる松司の耳に、それらは皆目届いていないらしい。

少年らしい真摯さに感嘆の念すら抱いたとよを、松司は突然、振り返った。

「ねえ、先生。この間から思っていたんですけど、狩野の絵ってのはえらく筋が通った絵ばかりですね」

まずは暁斎の師であった駿河台狩野家・洞白《とうはく》の「菖蒲図」から始めて、その父・美信《よしのぶ》の「竹林七賢図」。更に狩野派の祖である正信《まさのぶ》の「松竹梅」三幅対を写し終え、今日の松司は狩野派から出た円山応挙の「唐美人図」を模写している。

欄間からぶら下がる幅七寸ほどの小幅を、眼だけで指した。

「折り目正しいというか、とにかく生真面目にそのものを描くというか。僕にはちょっと物足りないですけど、おおよその癖は分かってきましたよ」

「生真面目ねえ。そうじゃない絵だって、たくさんあるんだよ」

とよはこれまで折に触れ、狩野家歴代の画幅を蒐集《しゅうしゅう》してきたが、さすがに障壁画をよくした永徳《えいとく》や探幽の作までは入手できなかった。そこで松司が帰路に着いた後、とよは五年前に開館した東京市立日比谷図書館にりうを走らせ、二人の作を納めた画集を借りて来させた。

画学生向けに発行されたものなのだろう。十日後に訪れた松司に革張りの表紙も重々しい一冊を開いて見せると、「すごいや」と少年は声を上ずらせた。

襖の枠を突き破らんばかりにそびえ立つ松の大樹、逆巻く金雲を踏みしめる唐獅子……。巨大な画面の隅々までを圧する筆は、白黒の写真を飛び出し、見る者の胸倉を摑みかねぬ勢いを備えている。

「六曲一双の屛風や四間、六間もの襖絵を描くには、ただ上手いだけじゃ無理だ。あんたが言うところの生真面目な絵を熟習して、初めてこういった作が描けるんだよ」

暁斎が戯画・狂画を巧みに描いたのも、写生を重んじる狩野家での修練があればこそだ。そして当節人気の横山大観や下村観山とて、その画派を遡ればどこかで狩野家に行き着く。つまり狩野派の絵とは、本邦のあらゆる絵の源泉なのだ。

「画家になる気があるんだったら、狩野の絵の稽古は決して損にはならないよ。そこだけはよく覚えておきな」

「嫌だなあ、先生。僕はお父っつぁんとは違うもの。画家になんぞ、金輪際ご免ですよ」

口では反論しつつも、松司の眼は画集に釘付けとなって離れない。とよは口元に浮かんでくる苦笑を嚙み殺した。

「よかったら、持って帰りな」

「いいんですか」

「ああ。図書館には、今月の末までに返せばいいらしい。どうせそれまでには、またうちに来るだろう。思う存分、家で眺めるといいよ」

松司がぱっと顔を明るくして画集を抱きしめたとき、軽い雪駄の音がして、よしが庭の池にかかる石橋を渡ってきた。

桃割れにかけた紫縮緬《ちりめん》の手絡《てがら》に、軒先から滴った濃い樹影が落ちている。画室の広縁に両手を突き、よしは大きく身を乗り出した。

「お稽古、もう終わったの」

八歳のよしの目には、間もなく尋常小学校を終える松司が兄の如き存在と映ると見え、毎度、彼の稽古が終わるのを今か今かと待っている。満を含めて三人の弟妹がいる松司もまた、そんなよしが可愛らしくてならぬのか、先日は懐に入れてきた鉄独楽《こま》を母屋の縁側で回し、二人してりうに小言を食らっていた。

「まだだよ。もう少しお待ち」

とよの制止に、よしはつまらなそうに唇を尖らせた。その癖、文句も言わず、沓脱石に腰を下ろすいじらしさに、今日ばかりは娘を画室に入れてやろうかとの思いがちらり浮かぶ。そんな己を、とよはいいや、と急いで叱りつけた。

兄の周三郎は子どもを残さなかった。つまりとよたち亡き後、河鍋の家はよしのみとなる。ならば自分の死とともに、河鍋の絵も絶えるべきだ。実の父に愛憎入り乱れた思いを抱く不幸を、娘に味わわせる必要はない。

風鈴の短冊がくるくると回り、そんなとよを宜《うべな》うかの如くけたたましく鳴る。蟬の音が束の間遠のき、すぐにまた風鈴の音を圧して響き始めた。

狩野の障壁画がよほど気に入ったのだろう。夏が過ぎ、秋風が日ごとに涼しさを増し始めた頃、松司は神田の書肆《しょし》に赴き、箔押し桐箱入りの狩野永徳・探幽の画集を小遣いをはたいて買ってきた。

ただそれほど大部の書物となると、夜、布団の中でこっそり眺めもしがたいのだろう。神田からそのまま根岸に足を向けた松司は、「お願いがあります」と真剣な顔でとよに切り出した。

「先生も薄々察していると思いますが、うちのおっ母さんはとにかく絵が嫌いなんです。見つかるとうるさいんで、この画集をしばらく預かってください。毎日、眺めに来ますから」

「そりゃいいけど、江戸川橋からここまでわざわざ通うのは大変だろう。何ならあたしからおこうさんに口添えしてもいいんだよ。別に悪さをしているんじゃなし」

眉間に皺を寄せたとよに、松司はきっぱりと首を横に振った。

「大丈夫です。おっ母さんにはそのうち、僕から話しますから。とにかくお願いします」

しかしそれから半月も経たぬ、ある日の夕刻である。折り目正しい普段には珍しく、松司が息せききってとよの家に駆けこんできた。下駄を蹴散らして画室に上がるなり、乗り板の上で筆を握っていたとよに向かい、がばと両手を支《つか》えた。

「ごめんなさい、先生。根岸通いが、おっ母さんにばれちまいました。根問いされるのを振り切って駆けて来たんで、じきに追っかけてくると思います」

真っ先に口をついたのは、おやまあ、という我ながら間抜けな返事だった。その途端、松司は嵩《かさ》の多い髪を、両手で掻きむしった。

「おやまあじゃないですよ。先生は本当に怒ったときのおっ母さんを知らないから、そんな顔が出来るんだ」

「へえ。おこうさんは怒るとそんなに怖いのかい」

「怖いだけだったら、まだいいんですけど」

何か続けかけた松司を遮って、ごめんくださいましという訪《おとな》いが玄関の方角で弾けた。待つ間もなく、りうが突っかけた駒下駄をかたことと鳴らしながら、おこうの来訪を告げた。

「いいよ。こちらにお通ししておくれ。――それ、松司。おまえもしゃっきりおし。だいたいおまえはこれまでも、八十五郎に絵を習ってきたんだろう。ならここでの一切を恥じる必要なんぞないんだ。胸を張りな」

襟元を掻き合わせたとよに背中を叩かれ、松司はおずおずと居住まいを正した。いくら八十五郎が家業を疎《おろそ》かにしていても、おこうは結局、その女房である。松司が絵に憧れを抱いていたとしても、心底、怒りはせぬはずだ。

だがそう考えていたとよは、中庭を近づいてくるおこうの姿に軽く眉をひそめた。縞のお召しに三笠巻を結ったおこうの足取りは緩慢で、およそ息子を追ってきたようには見えない。その癖、化粧っけのない顔の中で松司に据えられて動かぬ双眸が、雲母《きら》を刷いたが如く底光りしていた。

「お久しぶりだね、おこうさん。松司のことは黙っていて悪かったと思っているよ。けど男の子ってのは、とかく隠したいものがあるもんだ。あたしに免じて許してやってくれないかね」

縁先から呼びかけたとよには目もくれず、おこうは後丸《あとまる》の桐下駄を脱いだ。ためらいのない足取りで松司に近づくや、いきなり白い手を閃《ひらめ》かせて息子の頰を打った。容赦のない打擲《ちょうちゃく》に、松司が畳に倒れ込む。おこうはその傍らに膝をつき、今度は息子の顔といわず身体といわず拳で殴り始めた。

松司は両手で顔を庇い、声も上げぬまま、一方的な殴打に耐えている。とよはあわてて二人の間に、身体を割り込ませた。

「何をするんだい。落ち着きなよ」

両手を摑もうとしたとよを、おこうははあはあと息を切らせて睨みつけた。血の気のない唇をきっと引き結ぶや、松司の襟髪を摑んで引き起こす。

「帰りますよ」

短く言い捨てるなり、脱ぎ捨てられたままの下駄を乱暴につっかけた。

「お待ち、おこうさん。急に押しかけて来て、これはどういうわけだい。松司はもともと八十五郎の弟子、門流で言えばあたしには甥っ子みたいなもんだ。いくら実の親と言っても、そのあたしの前でこれはないだろう」

ただならぬ騒ぎに飛び出してきたのか、池の小橋のたもとではよしがりうの腰にしがみつきながら、画室の様子を窺《うかが》っている。その怯え切った眼差しに励まされながら、

「とにかく、松司の話を聞いておやりな」ととよは続けた。

「この子は、絵が好きらしい。あんたに遠慮して家では黙っているんだろうけど、そこのところを汲んでやっておくれよ」

おこうは頰を引きつらせて、そっぽを向いた。その眼差しが畳に広げられた描きかけの絵絹に向けられたのを察し、とよは急いで言葉を続けた。

「その絵は、あたしがこの夏から描き始めたんだけどね。松司は自分の稽古ばかりじゃなく、顔料を擂《す》ったり、膠《にかわ》を煮たりして、ずいぶん手伝ってくれているよ。絵が心底好きじゃなきゃ、そんな面倒ができるものか」

陋屋《ろうおく》で砧を打つ袿姿《うちきすがた》の女を描いたそれは、来月、梅若家の能舞台に立つ鹿島清兵衛に祝いとして贈る予定の「砧図」であった。

いくら古臭い画風でも、丁寧な表具を施し、掛幅として仕上げれば、質に入れた際、それなりの値はつく。落魄してもなお矜持を捨てきれぬ清兵衛のため、銭になるものを送ろうと勘案した末の一枚であった。

我が子が褒められて、嫌な気がする親はいない。どれだけ松司が絵に熱心か、その筆が年に似合わぬ達者さかを教えてやろうとした刹那、おこうは松司を引きずって踵を返した。

その横顔は胡粉《ごふん》を厚く塗ったかのように、白々と乾いている。松司はそんな母をただ悲し気に仰ぐだけで、一言の抗弁すらしない。とよたちを振り返るでもなく、ただ大人しく母親に従う背は、ひどく弱々しかった。

「な……何なんですか、ありゃあ」

りうの呟きに堰を切ったかのように、よしがうわっと泣き始める。あわてて駆け寄って娘を抱きしめたとよの肩に、今年最初の落ち葉が振りかかった。

十日、半月と日が経っても、松司はそれきり根岸の家を訪れなかった。以前であれば八十五郎を訪ね、その理由を問いもできただろう。しかし遺墨展の夕の彼を思えば、気軽に江戸川橋に足も向けがたい。

仕舞い損ねた軒の風鈴に耳を傾けながら、とよはしかたなく、「砧図」を仕上げることに集中した。よしは幼いなりに松司の訪れが絶えた理由を察しているらしく、毎日、一人で黙々と中庭で遊んでいる。その寂し気な背中が、父母の間で悩んでいるであろう少年のそれに重なった。

三樹如月の使いと名乗る小女がやってきたのは、松司の不在に慣れ始めた九月末。ようやく仕上がった「砧図」を、とよが出入りの表具屋に託した数日後であった。

「以前、旦那さまがご案内申し上げた梅若会が、梅若家さまのご都合で延期になりまして。つきましては河鍋先生とのお約束も、一旦、反故《ほご》にさせていただきたいとのことです」

継ぎの当たった前垂れをかけてはいるものの、小女の物言いは折り目正しい。三樹如月——いや、鹿島清兵衛とぽん太の暮らしの一端がしのばれ、とよはわずかに胸を撫で下ろした。

「そうかい。ご丁寧にありがとうございますとお伝えしておくれ」

「承りました。いずれまたどこかで『砧』の笛は吹くので、その折には必ずやご案内申し上げるとも言付かっております」

落魄した清兵衛の姿をこれ以上目にするのは、正直、胸が痛む。とはいえ財産はおろか手の指すら失った清兵衛にとっては、かりそめの名とともに上がる能舞台は唯一の心の支えのはず。だとすればかつての知己として、そこから目を背けるべきではあるまい。

世阿弥作と伝えられる「砧」は、鄙《ひな》に一人暮らす妻の孤独をうら寂しい砧の音に重ねた、晩秋の趣き深い四番目ものである。このためとよは、延期といってもせいぜい一、二か月、秋の間だろうと考えた。しかし意外にも清兵衛からの使いは年が改まっても訪れず、あっという間に二年の歳月が流れた。

松司は相変わらず姿を見せず、預かりっぱなしの画集には払っても払っても埃が積もる一方である。

少年にとっての一年は、大人のそれとは大きく異なる。もしかしたら彼の訪れを待っているのは自分だけで、松司の側はとっくの昔にこの家での日々など忘れ果てているのかもしれない。

なにせ昨年七月、欧州で始まった戦争は、いまだ落着の気配を見せない。列強諸国に遅れを取らじと参戦した日本軍は、この五月、ドイツが有していた中国・山東省における利権を獲得。日清・日露戦争に続く快進撃に国内は沸き、戦地への相次ぐ軍需品の輸出も相まって、未曾有の好景気が日本を覆っている。

畑が多く、静かな根岸ですらその影響は皆無ではない。よしを連れてしばしば散歩に出かけていた音無川沿いにも巨大な石鹼工場が建ち、荷車を曳《ひ》いた男たちが朝な夕な、けたたましい車輪の音とともに土手道を駆けるようになった。

御大典（即位の礼）こそまだとはいえ、すでに大正四年の秋も深まり、江戸ははるか古《いにしえ》となった。新聞を読んでも、日本魂だの忠国愛心だのという語句が目に付く当節、狩野の絵なぞもはや旧弊を通り越して化石に近い。

（こんな転変の激しいご時世だからこそ、変わらぬ絵が学ばれるべきと思うんだけどねえ）

そんなとよのぼやきが聞こえたわけでもあるまいが、ある日の昼下がり、玄関先で聞《よ》き覚えのある声が弾けた。うっそりと背中を丸めた男が、覇気のない足取りで中庭を過ぎって、画室に近づいてきた。八十五郎であった。

「長らく無沙汰をしちまって、すまねえ。けどなかなか、家を離れられなくってさ。この間、ようやくおこうに教えられたんだが、うちの倅が世話になってたらしいな。何も知らなかったもので、礼も述べずに申し訳ねえ」

画室の隅で無沙汰を詫びる八十五郎の鬢《びん》には、ところどころ白いものが光っている。数えれば、八十五郎ももう大厄。とはいえいつになく歯切れの悪い物言いは、あながち年のせいでもなさそうだ。

「松司は元気かい。あたしから届けるのも悪いと思って預かっていたけど、これを渡してやっとくれ」

書架の最上段から下ろされた大型本を、八十五郎は不思議そうに開いた。狩野永徳の「唐獅子図屛風」を見開きで写した頁をつくづくと眺めてから、「こんな高い本を無理しやがって」と舌打ちをした。

「ありがとうよ、姐さん。きっと喜ぶだろう。松司は昨年、中学校に上がったんだがな。学校の図書室で勉強するとおこうには言って、実はこっそり教室で絵を描いているらしい。そんなに稽古がしたけりゃ、俺の服部坂下の画室に来ればいいのにな」

「その件だけどさ、おまえ。絵に打ち込むあまり、おこうさんにひどい苦労をかけているそうじゃないか」

足踏みし辛いはずの根岸を訪ねてきたのは、何か理由があるのだろう。火鉢にかけた鉄瓶で茶を淹れ、とよは到来物の羊羹とともに八十五郎の膝先に進めた。

八十五郎はさして嬉しそうでもない面で、羊羹にぶすりと黒文字を刺した。食らいつくようにして羊羹を平らげ、指先で摑んだ湯呑の中身を二口三口と啜る。それからようやく上目遣いにとよをうかがった。

「苦労、苦労なあ。姐さんだから言うけど、大変なのは俺の方だぜ。おこうがあれほど絵を嫌がるとは、まったく思っちゃいなくてよ」

「そりゃまた、どういうわけだい。おこうさんはおまえが絵を描いていると端っから承知で、嫁に来たんだろうに」

「ああ、そうさ。だから嫁いできてしばらくは、あいつも特段、文句をぬかさなかったんだ。俺と親父が遅くまで家で絵を描いていると、夜食に粥を拵えてもくれたしな。けど松司と満が年子で生まれた辺りから、どうも風向きが変わってきてなあ」

八十五郎は当時、日本絵画協会や日本美術院連合絵画共進会、日本美術協会などが主催する美術展覧会に相次いで作品を出品し、そのいずれもで高い評価を受けていた。特に二十三歳の秋に絵画共進会で二等褒章を受けた「祇王祇女図」は二十五円もの高値で買い取られ、新聞にも取り上げられるほどに評判となった。

うなぎ上りとなる己の画名に八十五郎は、これで質屋の手伝いをしているおこうにも楽をさせてやれると喜んだ。しかしおこうは夫が著名になればなるほど表情を陰らせ、いっそう質屋稼業にのめり込んでいったという。

「果ては、俺が遅くまで絵を描いているから眠れないと、店に布団を延べて泊まり出してよ。いったい誰のために働いてるんだかと腹が立って、さあ、そうなるとこっちも意地だ。店はおこうに任せて、服部坂下に借りた画室で寝起きを始めたが、だからといって倅どもに絵なぞ知らんとは言われたくねえ。そこであいつらに、絵の教示を始めたわけさ」

八十吉は夫婦の間に吹き始めた冷風を案じ、少しは絵を控えたらどうだと息子に忠告をした。しかし八十五郎からすれば、そもそも自分を絵の道に引っ張り込んだのは父親である。絵が売れなくて文句をつけられるならともかく、人気画家となったことで不平不満を言われるのはお門違いとしか思えない。かくして八十五郎は女房と父に店を押し付け、更に画業に打ち込み出したのであった。

「ただ正直、俺には分からねえんだ。だって暁斎先生のお宅じゃ、姐さんや周三郎さんはもちろん、絵を描かねえ記六さんもおかみさんも、誰一人、暁斎先生の仕事に文句を言わなかったじゃねえか。別に俺は先生みてえに鯨飲《げいいん》して外でぶっ倒れるわけでもなければ、おかみに暴言を吐いてしょっぴかれるわけでもねえ。そりゃ時には店の金を借りたり、他に借金を作ったりもしているけどよ、それもこれも全て、絵で稼ぐための元手だ。俺はただ絵を描いて銭を稼いでいるだけなのに、なんであんな嫌な顔をされなきゃならねえんだ」

それはおまえ、と唇を銜きかけた言葉を、とよは飲み下した。

河鍋の家の者が暁斎に抗弁しなかったのは、彼を思いやってではない。とよが生まれる以前から、あの家では絵が描ける者だけが偉かった。それゆえ絵が不得手だった記六は早くに他家に養子にやられ、反対に暁斎そっくりの絵を描く周三郎は、大根畑の家での気ままな暮らしを許された。自分たちは赤い血ではなく、黒い墨で結び合わされた一家だったのだ。

八十五郎はすべて見てきたはずだ。家族を憎み続けた周三郎の孤独も、暁斎にその生前も没後も振り回され続けたとよの葛藤も。それにもかかわらず河鍋の家こそ正しく、自らの一家が間違っていると考えているとすれば、暁斎は何と罪深い男であろうか。

「俺はただ、絵を描きたいんだよ。暁斎先生みてえによ」

八十五郎の口調には、純粋な憧れがにじんでいる。とよは意味もなく、目の前の茶を口に含んだ。何をどう誤ったのか、ひどく焦げ臭い茶であった。

「先生みたいにってのは、自分の伜たちも絵師にしたいってことかい。あたしや周三郎兄さんがそうだったようにさ」

「ああ。そうなったらどれだけ幸せだろうな」

周三郎はかつて暁斎を指して、敬愛する浮世絵師・葛飾北斎とその娘である女絵師・応為に、己ととよを重ね合わせていたと語った。もはや事の真偽も分からぬあの話が、暁斎に憧れる八十五郎を見ていると、あながち嘘ではなかったのではと思われてくる。

「ただ、暁斎先生のお宅と妙なところが似ちまったみたいでさ。次男の満は俺の話を素直に聞くんだが、長男はどうもいけねえ。最近じゃ俺が画室に呼ぼうとしても、あれこれ口実をつけて逃げ出しやがる。来月の文展に出す『秋鹿図』の仕上げを手伝わせたいっていうのにな」

この男は誰なのだ、ととよは思った。自分の知る八十五郎は、ただ目をきらきらさせて好きな絵に打ち込み、周囲の悩み哀しみを敏感に察する少年だった。

父母の葛藤を目にしながら、満が何も考えていないはずがあるものか。八十五郎を拒みながらも絵を描く松司は、日々、激しい懊悩《おうのう》に引き裂かれているのではあるまいか。

八十五郎と自分の間には、いつしか万里の隔たりが生じていたらしい。それで、と応じる声が、我ながらひどく虚ろに聞こえた。

「あたしに家内の事情を明かして、どうしたいんだい」

「松司はどうやら、姐さんの言葉だけはおとなしく聞くみてえだ。ついては姐さんのところで、また絵の勉強をさせてやってくれないだろうか。もちろん、女房には俺から言って聞かせるからさ」

「おこうさんがそれで納得するかね」

「納得させるさ」

八十五郎は語気を強め、ぎょろりとした眼を尖らせた。

「得心しないなら、こっちはいっそ離縁したって構わねえんだ。実は得意先のご先代が御行《おぎょう》ノ松《まつ》下に隠居していらしたんだが、このたびご本家に引き取られると決まってよ。

代わりに俺に住まねえかって、お声がけいただいているんだ」

「御行ノ松下っておまえ、ここから目と鼻の先じゃないか」

根岸御行ノ松は真言宗寺院・西蔵院《さいぞういん》の境内に生える老松。歌川広重《ひろしげ》の手になる「江戸名勝図会」にも描かれた名松で、とよの家からは歩いて南に数分の距離である。

「今の画室は、なにせ家から近すぎるからな。店と家を手切れ金代わりにおこうにやるとしたら、お互い、往来で顔を合わせかねねえのも気づまりだろう。御行ノ松下なら、松司を姐さんのところに通わせるのも便利じゃねえか」

「待っとくれ。それはいくら何でも拙速に過ぎるだろうよ。まずはおこうさんとよく話し合ってから決めとくれ」

離縁するとしても他にやりようがあるはずだと言い聞かせるとよに、八十五郎が不満げな顔を隠さなかったのは、とよと常吉の破鏡の一件を念頭に置いていたためだろう。ただその翌日、早速、松司が根岸に顔を見せた事実から推すに、薄氷を踏むが如き状況とはいえ、一家の関係は辛うじて旧に復した様子であった。

おこうが絵を嫌う理由は恐らく、夫があまりに激しく画業に打ち込んでいればこそ。その嫌悪が嫉妬に近い以上、離別までを口に出されては、鉾《ほこ》をおさめるしかなかったのかもしれない。

八十五郎ももう少し女房子どもに向き合ってやればよかろうに、と舌打ちしながら、とよは詰襟の学生服姿の松司に眼を据えた。

「大きくなったねえ、おまえ。一尺は伸びたんじゃないかい」

「さすがにそこまでは。とはいえ、ご無沙汰して申し訳ありません」

もともとおとなしげだった面差しはこの二年で更に優男然《やさおとこ》として、眉毛の太さだけが八十五郎にそっくりだ。右手の指の胼胝《たこ》が、細い指の中でひどく目立っていた。

「早速だけど、最近描いた絵を見せてくれるかい」

「はい。まったくの独学で、お恥ずかしい限りですけど」

おずおず差し出された画帖には、教壇で講義を行う教師や級友らしき少年の姿が写生されている。

その筆はのびやかでためらいがないが、写生はあくまで素描にすぎない。対象を正確に捉えられることと、鑑賞に堪えうる絵を描けるかは別の話だ。

「まずはちゃんと彩色で一枚、描いてみることだね。とはいえ、学校の光景を画題にするのは、今のあんたにゃ難しかろう。迷った時に手本とすべき作が、少ないからね。紅葉でも通りすがりの美人でもいいから、表装を施した一幅の絵を拵えるつもりで、下絵から仕上げまで全部やってごらん。――ああ、そうだ」

とよは傍らの文机に置いていた葉書を取り上げた。

――明くる月十六日午後三時、浅草厩橋梅若舞台にお越し頂きたく候。如月、笛を相勤めますればご観覧賜りたく、伏してお願い申し上げ候。

達筆な女文字で書かれた末には、「ゑつ」との名が記されている。それがぽん太の本名であることは、疑うまでもなかった。

「ちょうど今朝、届いたんだよ。あんた、能は好きかい」

「いいえ。母方の祖父は謡をうなりもしたらしいのですが、僕はそもそも見たことがありません」

「じゃあ、来月、一緒に梅若家さまの舞台に行こう。その時の様子を写生して、絵に仕上げてご覧よ」

能は美しく舞うシテ（主人公）はもちろん、演者が付ける能面や豪奢な能衣装、極限まで余計な要素を削ぎ落した作り物（舞台装置）、果ては曲中の逸話など、目を惹く題材が多いため、古来、多くの画人が絵に描いている。一曲を通覧すれば、松司でも何か一つぐらい、筆に捉えたいと思うものを見付けられよう。

しかしいざ当日、かねて用意の「砧図」を風呂敷に包んで梅若家屋敷の門前に出向き、とよはわが目を疑った。人待ち顔でたたずむ制服姿の松司の隣に、おこうの姿があったからだ。

「これは、とよ先生。息子がお世話になっております」

松司よりも早くとよに気づいたおこうが、かつてとは別人のように晴れやかに笑う。ここまでの道中、強い川風に首をすくめていたことも忘れて、とよは肩を引いた。

おこうや松司の家がある江戸川橋から厩橋の梅若舞台までは、省線を使えばたった一本。ただ銀鼠《ぎんねず》のお召しに別珍のショールを打ちかけた姿は華やかで、松司を送って来ただけとは思い難い。

案の定、とよが口を開くよりも早く、「今日は松司に能を見せてくださるそうで」とおこうは顔に笑みを貼り付けたまま小腰を折った。

「わたしも父が好きだったもので、娘時分はよくあちらこちらの舞台に連れて行かれたものです。ご迷惑でなければ、ご一緒させてくださいませ。席札（入場券）はもちろん自分で支払いますから」

この時、前庭を隔てた能舞台の入り口で、庇髪を結ったぽん太がこちらに向かって膝をつくのが、とよの視界の隅を過ぎった。

夫の晴れ舞台とあって、精一杯着飾ったのだろう。紅葉をあしらった留袖は古びているが、綴《つづ》れの帯と相まって、かつて花柳の水に身をさらした者独特の洒脱さがある。

「え——ええ、構いませんとも」

とっさにそう応じたのは、押し問答する姿をぽん太に見せてなるものかとの意地であった。しかし松司はそれを自分ゆえの遠慮と取ったらしい。ぽん太に目顔で招かれて歩き出したとよの背後で、「先生、すみません」と小さく詫びた。

「どうしてもついて来ると言って、聞かなくて。ご迷惑だって、幾度も言ったんですが」

「おまえが気にすることじゃないよ。それよりもしっかり、舞台を見ておきな」

今日の舞台は五番立て。ちょうど前の曲が終わったところと見えて見所《けんじょ》（座席）はざわつき、数人の男女が廊下で盛んに能評を交わしている。

ぽん太はそんな人々の間を縫うと、中正面（舞台の斜め前の座席）の比較的舞台に近い桟敷にとよたちを座らせた。

「さあ、どうぞ。あたしたち家の者は、脇正面（舞台真横の座席）に座るしきたりですから、こちらで失礼いたしますよ」

家の者、という語に力を込め、ぽん太が踵を返す。隣の桟敷に座っていた五十がらみの男が、その背をちらちらと眺めて、連れの男を肘で突いた。

「ありゃあ、ぽん太だ。宗右衛門町の富田屋八千代と肩を並べた、往年の名妓だぞ」

「へええ、あれが。薹《とう》が立っちゃいるが、さすがに昔がしのばれるいい女だなあ。それにしても正面の桟敷にゃ、美人と名高い樺山伯爵家の御令室。あちらにゃ往年の名妓とは、今日はえらく華やかなこった」

ぽん太、ぽん太、という騒《ざわ》めきが、見所をさざ波の如く渡っていく。しかしぽん太はそれらに知らぬ顔で、もっとも橋掛かりに近い桟敷の端に腰を下ろした。両手を膝に揃えて、まっすぐ正面を向いた。

それを合図としたかのように、鏡の間から調べ（曲の始まりを告げる囃子）が流れ出す。片幕が上がり、橋掛かりに姿をのぞかせた紋付袴姿の清兵衛の姿に、更なるどよめきが見所に満ちた。

「あれが鹿島お大尽かよ」

二年の間にますます痩せたと見えて、その胸は板を入れたかと疑うほど平たく、艶のない肌が頬骨に濡れ紙の如く張り付いている。

幕から歩み出した途端、ぎょろっと剝かれた目に怯えたのだろう。正面の桟敷に座っていた四、五歳の童女が、傍らの母親の腕を強く摑んだ。

「砧」のシテは、筑前国芦屋に暮らすとある奥方。夫は訴訟のために都に上っており、三年を経ても戻って来ない。つれづれの慰めにと打つ砧にも飽き、ついには帰らぬ夫を待ち疲れて亡くなった彼女の霊魂は、遅まきながら帰郷した夫の追善を受けて成仏する——という物語である。

世阿弥が生きた時代、夫婦間の長らくの無沙汰は離縁に直結する。そのためシテである奥方の死因は夫の愛情が薄れたことへの怨嗟《えんさ》との解釈もあるだけに、痩せ衰えた清兵衛の姿は、一面、「砧」の曲趣にふさわしい。

——三とせの秋の夢ならば。憂きはそのまま覚めもせで。おもひでは身に残り、昔は変り跡もなし。

去りし古《いにしえ》を嘆く謡を聞きながら、とよは舞台を見つめるぽん太を横目でうかがった。清兵衛がぽん太ゆえに凋落《ちょうらく》して、すでに二十年近く。鹿島お大尽の遊蕩ぶりとその後の落魄は、いまだ事あるごとに人々の好奇の対象である。しかし舞台の上と下に分かれて座る彼らはともに、そこだけがぽっかりと穴が空いているが如き静謐《せいひつ》に包まれていた。孤独を慰めんと砧を手にした唐織姿のシテよりも、あるいはままならぬ身体で舞台に立ち、あるいは見所で静かに夫を見守る二人の方が、この世ならざる場に生きているかのようだ。

千人いれば千通りの考え方がある如く、夫婦の在り方はそれぞれ異なる。世人の嘲笑を一身に受けていればこそ、清兵衛とぽん太は透明な繭《まゆ》に似た両人だけの世界に籠り、互いに身を寄せ合えるのかもしれない。

とよは傍らに引きつけた風呂敷包みに、軽く手を置いた。

清兵衛があれほど熱心に舞台に自分を招いたのは、同情を求めてではなかった。傍目に不遇と映るその暮らしは、あの二人にとっては何者も立ち入れぬほどの幸福に包まれている。彼はそれをとよに示したかったのだ。だとすれば清兵衛へ援助をとの自分の考えは、ひどく不遜でしかない。結局自分には、夫婦というものは理解できぬのだ。

ねえ、先生、と突然、耳元で声がした。驚いて目だけを動かせば、真後ろに座っていたおこうがぬっと首だけを突き出して、とよに顔を寄せている。

「あたし、『砧』の能は初めてなのですけど、このおシテはどうにも回りくどいお人ですね」

折しも高まった大鼓に遮られ、その声は隣の松司の耳には届かなかっただろう。とはいえ演能中に話しかける不躾を咎めるべきかと迷ったとよには構わず、「あたしだったら」とおこうは語を継いだ。

「夫が遠くに行ってしまったとしても、いつか帰って来るはずと腹をくって待ちますよ。そりゃあ、腹も立つし、寂しいでしょう。破婚だと罵られる時もあるでしょう。でもそれが、夫婦ってものですから」

「そうかい」

冷淡に応じて舞台に目を戻したとよに、おこうは猫そっくりに喉を鳴らした。

「ご存じですか。うちの人は昔、ほんの少しだけ先生が好きだったんですよ。だけど絵ひとつとっても先生にゃ全然追いつけないから、あたしみたいなつまらない女と一緒になったんです」

「そんなわけないだろう。そりゃ確かに、あたしのことは実の姉みたいに慕ってくれたけど」

違う。とよは確かに、八十五郎の淡い思慕に気づいていた。とはいえそれはあくまで、年頃の若者が身近な異性に向ける憧憬《どうけい》に過ぎず、どれだけ突き詰めたとて、女房に迎えるほどの恋情に変わりはしない。それにあの弟分が真実、自分を好いていたとすれば、河鍋の家の歪みに気づかぬわけがあろうか。八十五郎が見ていたのは、画鬼の娘である自分のほんの上っ面だけだ。

おこうはとよの耳に息を吹きかけるように、「でもね」と続けた。とよの応えなぞ、まるで聞く耳持たぬ語調であった。

「あたしは知っているんです。絵も描けないつまらない女だからこそ、あたしはあの人を待てるんです。だって先生みたいなお人は、お連れ合いと反りが合わないと分かったら、さっさと別れてしまうでしょう。うちの人には、あたしみたいな平凡な女こそがふさわしいんですよ」

今、振り返れば、おこうは顔中に笑みを湛えているのだろう。だがそれは決して、とよに向けられた勝利の笑みではあるまい。八十五郎との溝をかこちつつもなお夫を憎みきれぬ己への、自嘲の笑いだ。

身体を傾がせた清兵衛が、薄い頬をいっぱいに膨らませて笛を吹く。

清兵衛とぽん太はただ互いだけを見つめ、これからも生きていく。八十五郎はおこうに腹を立てつつも、無理やり離縁するほどの気概はない。

夫婦とはなんだ。育ちも考えも違う男女が寄り添い続けるには、互いの傷をなめ合うかいがみ合うかの手立てしかないのか。だとすれば、家族は。兄弟は。師弟は。人の世に暮らすとは畢竟《ひっきょう》、誰かの無理解に責め苛《さいな》まれることなのか。

甲高い笛の音にまぎらして、とよは「あんた――」と吐息だけで呟いた。

「あたしをお嫌いなのは、よく分かったよ。それなら、それでいいからさ。せめて絵だけは憎まないでやっておくれ。だってあんたがそんなじゃ、八十五郎も松司も気の毒じゃないか」

がたっと大きく床が鳴ったのは、おこうがその場に跳ね立ったからだ。桟敷の人々が一斉に頭を巡らし、舞台の地謡方《じうたいかた》や囃子方までがその不作法を咎めるように目だけでこちらをうかがう。

とよを罵倒しようとして、四囲の視線に気づいたのだろう。おこうの顔から、瞬時に血の気が引く。身を翻して駆け出そうとしたおこうの腕を、とよは咄嗟《とっさ》に摑んだ。その身をぐいと引き戻し、傍らの風呂敷包みをおこうの胸に押し付けた。

「あたしには確かに、夫婦ってものは分からないさ。だけどあの砧のシテもあんたも、共に夫を思いやればこそ、そんなに苦しいんだろう。なら、顔を上げな。絵しか描けないあたしなんぞを嫌う必要はないじゃないか」

二人を制しようとばかり、地謡が声を張り上げる。おこうはわなわなと唇を震わせるや、何を手渡されたのか検《あらた》める余裕すらない面持ちで、風呂敷包みを抱きかかえたまま走り出した。

そんな母親ととよを目を丸くして見比べていた松司が、ついと肩を近づけてきた。

「先生、おっ母さんに今、なにを」

「なあに。大したものじゃないさ。もし気に入らないようだったら、お前が代わりに預かっておくれ」

はあ、と納得いかぬ表情で応じて、松司がまた舞台に顔を戻す。その瞬間、とよは清兵衛が笛を構えたまま、こちらを素早く一瞥したように思った。――いや、きっと、気のせいだ。

いまの清兵衛とぽん太にとっては、見所の騒ぎなぞは彼岸の出来事。衆人の面前に姿をさらしながらも、彼らはもはや世間から遠く隔たった夫婦でしかない。とよを今日の舞台に呼んだのも、二人で生きてゆく覚悟のなせる業に過ぎぬのだから。

だが、自分は清兵衛やぽん太とは違う。また八十五郎の如く河鍋の家に憧れることも出来なければ、おこうのように他者を憎むほど、誰かを好けもしない。

なぜなら自分には、絵があるからだ。そしておよそ家族にはあるまじき愛憎で結わえられた父と兄がいるからだ。

孤独に似た不思議な晴れやかさが、とよの身体を押し包む。もしかしたらいまだ自分が絵を描き続けているのは、この移り行く世の中で、己だけが置き去りにされていることを実感するためかもしれない。そう、乾きかけた瘡蓋《かさぶた》を、無理やり剝がす子どもの如く。だが、それでいいのだ。

とよは松司の肩を指先でつついた。

「この舞台がはねたらさ。上野竹之台の陳列館に寄らないかい。この九日から、文展が始まっているはずなんだ。もし入選しているとしたら、八十五郎の絵も出ているんじゃないかい」

松司は不機嫌そうに、軽く唇を尖らせた。

「ああ、それでしたら、入選したらしいですよ。けど先生がご覧になったら、腹を立てるんじゃないかなあ。重なり合って茂った萩といい、それを踏みしめる鹿といい、どこからどう見ても狩野の絵そっくりなんだから。あれで河鍋派だなんて、まったくよく言えたもんだ」

「そりゃあいい。それは是非、見てやろうじゃないか」

わざと口元に浮かべた笑みをかき消すように、いっそう高く笛が鳴る。その澄んだ響きが清兵衛からの別辞のように、とよには聞こえた。

終演後、ぽん太に礼すら述べぬまま能舞台を出たとよに、松司は怪訝な顔を隠さなかった。

「よかったんですか、先生」

「いいんだよ。あっちも特に話しかけてこなかっただろう」

ぽん太は一曲が終わり、地謡方や囃子方が舞台を退いてもなお、桟敷の隅で身じろぎすらしなかった。人々の好奇の囁きもどこ吹く風とばかりの横顔は、清兵衛の笛の音以上に澄明であった。

梅若家の門外には、最近、時折町辻で見かけるようになった黒塗りの自動車がびっしり並び、先ほどの女児が母親に手を引かれて、そのうちの一台に乗り込んでゆく。疾駆する車が噴き出した黒煙にとよが顔をしかめたとき、「あらあ、もう終わってしまったの」と舌ったらずな声とともに、派手な縮緬の羽織を着た娘が辻の向こうからぱたぱたと駆けてきた。

能舞台から飛び石づたいに出てくる見物客を恨めしげに眺め、元来た道を顧みた。

「玉葉先生、遅かったみたいです。だからもっと早くと言いましたのに」

その呼びかけの先を何気なく見やれば、絹張りの日傘を差した三十過ぎの女が、鷹揚《おうよう》な足取りでこちらに近づいてくる。くるくると日傘を回しながら、「もう。彦さんは欲張りだこと」と不満顔の娘に目を細めた。

「竹之台には行きたいし、港屋には立ち寄りたいし、その上、能まで見たいとあっては、身体が幾つあっても足りないでしょうに」

「だって、先生とご一緒できる機会なぞ、そうそうないですもの。月に一週間と言わず、もっと頻繁に女子美に教えにきてくださればいいのに」

そういうわけにもねえ、と頰を緩めた女の眼が、とよの面上に釘付けになった。一瞬の沈黙後、まあと顔を明るませた馴れ馴れしさには覚えがある。栗原玉葉こと、あや子であった。

「嬉しいですわ。こんなところで、河鍋先生にお目にかかれるなんて。お能の帰りでらっしゃいますか」

無言で首肯したとよの内奥に頓着せず、あや子は日傘をわずかに傾けて、梅若家の屋敷門を仰いだ。

「あたくしは女子美の帰りなんです。この六月から、月に六日だけ、日本画の教室を担当しておりまして。今日は教え子たちから竹之台陳列館の文展を見学したいとせがまれ、足を運んだ帰りです」

あや子の眼差しを受け、羽織の娘がぴょこんと頭を下げた。「笠井《かさい》彦乃《ひこの》と申します」

と名乗った教え子に目を細めるあや子の横顔には、隠しきれぬ自信が満ちていた。

女子美術学校はとよの退職後間もなく火事に遭い、現在は本郷菊坂に新校舎を構えている。昨年に開かれた東京大正博覧会の際、来臨した皇后が生徒の作品を買い上げたこともあって、「菊坂の女子美」と言えば東京では知らぬ者のおらぬ学校へと成長していた。

「それというのも文展に一作だけ、あたくしの絵が入選しているんです。本当は落選した作の方が自信があったのに、残念ですわ」

文展――もとい文部省美術展覧会は、日本画・洋画両界で林立した画会を把握する官製展として、時の文部大臣・牧野《まきの》伸顕《のぶあき》の肝煎りで始められた展覧会である。東京勧業博覧会で発生した北村直次郎の自作破壊事件の反省を受け、実作者のみならず美学者や美術行政官を審査員として迎え、公平な審査を旨とする展覧会として知られていた。

「そうかい。あたしたちもこれから、竹之台に行こうかと言っていたんだよ。あんたの絵は、何室に飾られているんだい」

「入り口から入って間無しの、第三室です。でも河鍋先生、驚かないでくださいね」

あや子は彦乃と顔を見合わせて、小娘のようにきゃらきゃらと笑った。

「第三室って、美人画ばかり集められているんです。今年は入選作があまりに多かったもので、観覧者が分かりやすいよう、文展側が画題や画派ごとに部屋を分けたのですよ。そうしたら、あたくしの絵は『美人画室』って呼ばれるほど賑やかな部屋に飾られてしまって」

世が明治と改まってからこの方、数え切れぬほどの展覧会が東京で行われてきたが、その展示方法は雑駁《ざっぱく》で、明確な区分を行う例は皆無であった。それだけになるほど美人画ばかり押し込めたとなれば、その一室は繚乱たる花畑の如きあでやかさに違いない。

とはいえ正直とよは、昨今、巷で人気の美人画が好きではない。なにせ外見の美ではなく、精神の美や風雅の象徴としての女性を描いた江戸の昔とは異なり、当節では西洋絵画の影響のもと、美人画といえば美しく現代的な女性を主題とするものと考える者が多い。実際、あちらこちらの展覧会に足を運んでも、豪華かつ流行の服装に身を包んだ女性を描いた華やかな作の多さに、目眩を覚えるほどだ。

それがまったくの西洋画であれば、とよとて不快には思わぬだろう。問題はそれらの美人画の中に常に、多少なりとも狩野派の影響がほの見えることだ。

変わるものと変わらぬもの。その双方があってこそ、世の中が存在するとは承知している。しかし当世風の美人画が大仰にもてはやされればもてはやされるほど、その根本を支えている狩野の絵が軽視される事実がいたたまれない。

「そうかい。美人画室ねえ」

とよの不機嫌に気づいたのか、松司が強くとよの腕を引いた。華奢な骨組みに似合わぬ力でとよを促し、

「そろそろ行きましょう。ぐずぐずしていると、梅園《うめその》が閉まっちまいますよ」

と、早口にまくし立てた。

「ほら、およしちゃんに土産の饅頭を買うんでしょう。早く、早く」

あや子に別辞を述べる暇すらない。あっけに取られるあや子と彦乃を置き去りに、松司はとよの腕を摑んだまま、大股に土手道を南に歩き出した。振り返っても厩橋の欄干が見えぬ辺りまで進んでから、熱いものにでも触れたかのように、大急ぎで手を放した。

「すみません。先生。でも僕、思わず」

「いいんだよ。気を遣わせちまったね。でも今日はあんたの勧め通り、梅園でぜんざいでも食べ、土産を拵えて帰るとしよう」

狩野派を踏みつけにしているのは、八十五郎も同様だ。それだけに松司は美人画室の存在を嬉し気に語るあや子に、父の姿を重ね合わせたのだろう。

その聡明さと優しさは、かつての八十五郎にひどく似ている。苦い笑みが、とよの唇をかすめてすぐ消えた。

「それにしても入選作だけで、美人画室が出来るとはねえ。お父っつぁんやうちの兄さんが聞いたら、さぞ悪しざまに罵っただろうに」

そうひとりごちてから、とよは父や兄をひどく身近に感じている己に気が付いた。とはいえそれは決して、あの二人を許そうと思ってではない。この大正という世において、とよは結局たった一人の河鍋家の女。生涯狩野派を標榜《ひょうぼう》し続けた彼らの代わりに、変わり続ける画壇に対峙するしかないのだ。

今は案じ顔で自分を仰ぐ松司とて、いずれは八十五郎の如く、とよから離れる日が来るだろう。それでいい。当節の風潮を思えば、それが当然だ。

（だからこそ、あたしは——）

流行には必ずや、反発が生じる。今、「美人画室」をもてはやしている者たちは、いずれそのきらびやかさに倦《う》み、掌を返して画家たちを誹《そし》ろう。あや子の絵の嫋《たお》やかさや華やぎを心眼の低さゆえと厭《いと》い、内面の美の乏しさを嘆くだろう。

とはいえ古めかしいと烙印を押された狩野派の絵が、それで再び評価されるはずはない。世は常に流れゆく。そして自分は父と兄がすでに流れ去ったそのただなかに、一人留まらねばならぬのだ。

おこうは「砧図」をもう見ただろうか。それとも一顧だにせぬまま、蔵の奥深くに放り込み、鍵をかけてしまっただろうか。

大川の水面を吹き過ぎる風は肌を刺すほどに冷たく、時折虚空でごうと逆巻く風音が、冬は間近だと告げている。

とよは松司の背を軽く叩いて、芒《すすき》の光る土手道を歩き出した。また風が吹き、遮るもののない空を過ぎって、雲が流れた。

赤い月

大正十二年、初秋

雲の増え始めた空の一角で、遠雷が不穏に轟《とどろ》いている。絵絹に走らせた描線の湿り気の多さに気づき、とよは描きかけの「日本武尊《やまとたけるのみこと》図」の端をさっと膝で押さえた。

それを待っていたとばかり、開け放たれた縁側から画室に強い風が吹き入る。桶をひっくり返したような雨が一瞬にして降り始め、中庭の池の面が白く騒いだ。

「ああ、もうッ。なんて夕立だい」

と舌打ちしながら、内弟子のりうが母屋の勝手口から身を乗り出す。もともとが小柄なせいか、五十の坂を越えてもあまり老いの目立たぬ顔をしかめ、画室のとよに向かって番傘を大きく掲げた。

「ちょいと、およしちゃんを迎えに行ってきますよ。ちょうど日暮里の駅で足止めされている頃合いでしょうし」

娘のよしは現在、女子美術学校の姉妹校である本郷菊坂の佐藤高等女学校に通っている。とよが教鞭を執っていた頃から何かと世話になっていた現在の女子美校長・佐藤達次郎の強い勧めを受けたものであるが、女子美の系列校とはいえ、両校の学風はずいぶん異なる。知育を旨とし、有能な女性を教育せんとする開明的な佐藤高等女学校の校風は、万事おおらかなよしにはよく合っているのだろう。成績はあまり振るわぬが、そろって柄の大きい河鍋の血を引き、怪我や病とは無縁の健康な女学生であった。

「ちょっと待てば止むだろうよ。なにもわざわざこのざんざ降りの中、迎えに行かなくてもいいさ」

「けど、およしちゃんは時々、無茶をしますからね。ずぶ濡れで走って帰ってきた挙句、風邪でも引かれちゃ、大変だ。あの無鉄砲さは、とよ先生より暁斎先生に似ちまったんですかねえ」

空の一角を裂いて光った雷が、裾を端折って飛び出すりうの背を白く照らす。瞬きほどの間を置いて響いた雷鳴に首をすくめながら、あの雷の色はどうすれば出るのだろう、ととよは思った。

とよが今、描いている日本武尊は、「猛きこと雷電のごとし」と評された神代の英雄である。すでに主な描線を引き終え、彩色を施し始めているだけに、片膝をついた日本武尊が四方から襲い来る火を剣で斬り伏せる構図は変えようがない。しかし燃え盛る炎の向こうの景色を、下絵通りの冬枯れの遠山ではなく、空を走る稲妻に変えればどうだろう。勇猛果敢な日本武尊の気性を、強く示せるのではあるまいか。

膝にかえて手近な水差しで絵絹を押さえ、とよは年中置きっぱなしの火鉢に膠《にかわ》の小鍋をかけた。その途端、けたたましい雨音に混じって、母屋の方角で「ひゃあ」と素っ頓狂な声が上がった。

「まったく、ひどい雨ですよ。そりゃあ、夏の雨は馬の背を分けるっていうけれど、上野のお山を越えた途端にこんなに降らなくたって」

見れば真野松司が母屋の軒先で、小倉袴の裾を両手でばたつかせている。まともに雨を浴びたのか、普段、奔放にうねっている癖毛がべったりと額に貼りついていた。

「どうしたんだい、珍しい。店の用事のついでかい」

「嫌だなあ、忘れちまったんですか。今日は亀戸天神さまの年に一度のご祭礼ですよ。先生に鑑定を頼みたいという道具屋を連れてくるついでに、御鳳輦《ごほうれん》を見に行く約束だったじゃないですか」

「ああ、そうだった。すっかり忘れていたよ」

池端の飛び石を駆けてくると、松司は懐から取り出した手ぬぐいで乱暴に髪を拭った。このところ急に近くなったという目を細め、「おや。神代の絵なんて珍しい。しかもこんな荒々しい作は、久しぶりじゃないですか」と広縁に両手をついた。

この春、二十四歳になった松司は最近、生家である質屋の手伝いに忙しい。長らく店の切り盛りをしていた母親のおこうが一昨年、中風で倒れ、介添えがなくては食事すらできぬ身となったためだ。

だが八十五郎は相変わらず家業を顧みず、この春からは次男の満を連れて、朝鮮に写生旅行に出かけている。そんな父への腹立ちのあまり、松司は絵筆を一旦置き、質屋の跡取りとして働くと決意したのであった。

とはいえそこは、幼い頃から絵筆を握ってきた松司である。質草として持ち込まれる様々な画幅や屛風に接するようになったことで、いっそう絵を見る目が肥えたのだろう。最近の彼は時に、下手な評論家顔負けの口を叩く。

とよは溶け始めた膠を、煤けた杓文字《しゃもじ》で強くかき混ぜた。

「来月五日から始まる本郷教会の画会に出すのさ。他の絵は美人画ばかりだろうから、こんな一枚があったっていいだろう」

「ああ、栗原玉葉さんの一周忌の。けど来月五日となると、あと十日もありませんよ。間に合うんですか」

「だから気が急いたあまり、おまえとの約束をすっかり忘れていたんじゃないか」

まったく、大丈夫かなあ、とぼやきつつ、松司は足の裏を手ぬぐいで拭いた。火鉢の傍らに膝を折り、とよの横顔にじっと目を注いだ。

「今度、村松《むらまつ》だか松村だかっていう物書きが、暁斎先生に関する話を聞きに来るんでしょう。そんなにぼんやりしていて、何十年も昔のことを思い出せるんですか」

「それはおまえ、言いすぎじゃないかい。さすがにそこまで耄碌《もうろく》しちゃいないよ」

松司の口やかましさの理由は、分かっている。おこうは中風で倒れてからというもの、かつての意地っ張りが信じられぬほど気弱になってしまった。まだ五十歳には間があるというのに昔と今の区別がつかず、同じことを幾度となく繰り返したり、松司を八十五郎と取り違える折も頻繁と聞く。そんな母親と膝を突き合わせて暮らしているだけに、松司はおこうよりも年嵩のとよの身が案じられてならぬのだ。

なるほど、確かにとよは年老いた。異母兄の周三郎の享年はとっくに過ぎ、五十九歳だった暁斎の没年まであとたった三年だ。

とはいえ幸い身体は頑健で、目とて近目気味の松司よりはるかによく利く。大丈夫だよ、ともう一度繰り返してから、とよは強引に話頭を転じた。

「ところで、その道具屋とはここで待ち合わせたのかい。確か、八十吉おじさんの碁仇とか話していたっけ」

「違います。昨年まで祖父さんの碁仇の道具屋で修業をしていたお人ですよ。もう、やっぱりちゃんと聞いていないんだから」

松司は大仰に溜息をついた。袴の裾をさばいて座り直し、

「今日お越しになるのは、廣田《ひろた》さんと仰いましてね。この三月まで、銀座の龍泉堂という道具屋に奉公していらしたお人です」

と噛んで含める口調で語った。

「祖父さんは宋元の壺なぞが質入れされると、いつも龍泉堂さんに目利きをお願いしていたんです。そこで働いていた廣田さんと顔見知りとなり、自ずと僕も行き来が出来た

んです。この春に廣田さんが自分の店を持ってからも、ずいぶん助けてもらっていますよ」

「ああ、そうだった。大丈夫、忘れちゃいないよ」

疑い深げにとよを見つめ、松司は「それならいいですけど」とぼそりと言った。

「とりあえず、今日は三時にここでと約束しています。とはいえこの雨だから、遅れるかもしれません。——どれ、先生。膠は僕が炊きましょう。たまには顔料も作っておかなきゃ、腕が鈍《なま》っちまいそうだ」

まだ心配そうな松司に膠の番を任せ、とよは乗り板に戻った。

ただ、このままでは画会に間に合わぬと承知しているにもかかわらず、一度止まった筆は思うように進まない。常から凝りがちな肩がますます重く感じられ、とよは意味もなく絵皿の際で筆の穂先をしごいた。

理由は自分でも承知している。昨年の初秋に心臓の病で没した栗原玉葉に対し、とよはいまだ屈託を捨てきれぬのだ。

玉葉——いや、栗原あや子が自分を先達として仰いでいたことは、承知している。だがその一方で彼女は、暁斎の絵をまったく悪びれもせず古画と呼んだ。

蝶の如く華やかだったあや子が少女や美人画を頻繁に描いたのは、都会の洗練を是とし、賑やかなもの、あでやかなものを好む世情に合わせてだった。さりながらかつて暁斎をもてはやした世間が今や彼を過去の画家と称する如く、世評ほど移ろいやすいものはないのだ。

八年前、上野・竹之台で行われた第九回文展は、出陳された美人画のおびただしさから「女護島《にょごがしま》」「美人画室」と仇名された。結果、そのあまりのきらびやかさが批判され、それまで褒めそやされていた美人画共通の色調の美しさや精緻な筆致に、芸術的価値がないとの評価が加えられたのは、今後の美人画の在り方を問おうとの積極的な問題提起だったのだろう。しかしあや子はその批判を、美人画全般への攻撃と受け止めたと見える。

翌年、第十回文展に出陳した作品がすべて落選するや、あや子は朝鮮に旅行し、帰国後、地方風俗や亜細亜《アジア》の女性を主題とする作を相次いで発表した。更に、女性画家のみの画派「月耀会」を組織し、女流画家の育成に力を注ぎ始めたのは、美人画に向けられる批難を撥ね返そうとの意地に違いない。

結果、無理が祟《たた》って病みつき、遂に昨年、四十歳の若さで没したあや子を惜しむ声は、いまだ高い。月耀会の面々が追悼の画会を企画し、東京じゅうの女流画家へ出陳を依頼したのも、その表れだ。ただ断り切れずに制作を請け合ったものの、とよの目には世評という形のないものに振り回され続けたあや子の生き様が、ひどく哀れと映っていた。

人の好みは、不変ではない。ましてや絵が人を楽しませるために在る以上、その評価が猫の眸《め》の如く目まぐるしく推移することは、往古を見れば簡単に学べたはずだ。あや子自身が古画と呼んだ暁斎の絵とて、かつては新奇奇天烈として人気を博した時期があったと、彼女はなぜ気づかなかったのか。

「先生、膠が煮えましたよ。ついでに顔料も擂《す》っておきましょうか」

松司の言葉を遮ってまた雷が鳴り、篠突く雨が更に激しさを増す。この降りようでは、りうとよしもどこかで雨宿りをしてくるかもしれない、ととよが考えたとき、母屋の方角で男の声がした。

「ええと、ごめんください。河鍋暁翠先生のお宅はこちらでございますか」

「ああ、廣田さん。こっちですよ」

敏捷《びんしょう》に立ち上がった松司が、下駄をつっかける。画室を飛び出すや、すぐに鳥打帽をかぶった小男を伴って中庭を駆け戻ってきた。

「ああ、よかった。真野さんが先に着いていてくださって。夕立は一向に降りやまないし、道を聞こうにも人ッ子一人いないと来たもんだ。二十世紀と言ったって、まだまだ根岸は家が少ないんですねえ」

にぎやかにしゃべりながら帽子の雫《しずく》を掌で切った男の年頃は、松司とそう変わりがない。瓢簞《ひょうたん》の如く張り出した頭の鉢と、太い筆で描いたような厚い唇が、妙な人懐っこさを漂わせていた。

乗り板の上のとよに向かい、「おっと、失礼しました」と男は小腰を屈めた。江戸言葉を気取っているが根っからの東京育ちではないと見え、隠しきれぬ訛りが語尾ににじんでいた。

「今日はお時間をいただき、すみやせん。あっしは神田連雀町《れんじやくちょう》の道具屋で、廣田と申します。先月、河鍋暁斎先生の手というお軸（掛幅）を預かっちまったんですが、あっしが普段、扱っているのは金石や焼き物（陶磁器）……。真贋がよく分からねえもんで、真野さんのお口添えを得て、こうして鑑定をお願いにうかがったわけで」

立て板に水の滑らかさは、道具屋というよりまるで噺家である。道具屋にしては予想外の若さも思いがけず、とよは曖昧に頭を下げた。

亡き父の絵の鑑定依頼は、今まで幾度となくあった。しかし何度経験しても、とよはこの仕事が苦手でならない。なにせ持ち込まれる作のうち、真筆はほんの一握り。期待に目を輝かせる持ち主にこれは偽物ですと告げる気の重さを思うだけで、胃が痛くなる。

重い足を励まし、とよは廣田を画室の奥の間へと促した。

形ばかりの床の間には、五歳の春の日、とよが初めて暁斎から授けられた柿と鳩図が飾られている。廣田は古びた掛幅に、道具屋特有の鋭い眼を走らせた。だがすぐに興味の失せた面持ちで膝を折り、小脇に抱えていた風呂敷包みの結び目に指をかけた。

「あっしの店の裏は、青物市場でしてね。そこで働いている女衆が、これを買って欲しいと押し付けて来たんですよ。掛物は苦手だと断ったんですが、誰ぞの法要を営むのにどうしても銭が要ると泣きつかれましてねえ」

道中雨に濡れたせいで、なかなか結び目が解《ほど》けぬらしい。廣田は問われもせぬまま、

「その女衆ってのがまた、とっくに五十は超えていようってのに、ちょっと目元に凄み

のあるい女で。いや、さして美形ってわけじゃねえんですが」と続けた。

「ありゃあ、昔は花街の水をくぐった女に違いありませんや。なんでまた、あんな泥臭い市場で働いているんだか。――ああ、やっと解けた」

廣田がいそいそと取り出した幅二尺ほどの掛幅は軸の表に染みが浮き、もう何年も放置されていたと一目で分かる。

暁斎が亡くなって、すでに三十余年。画壇においてその名はもはや過去のものとなっているが、一方で奇矯かつ独創的なその画風のおかげで、暁斎の作を好む好事家は今日も決して皆無ではない。一昨年、発売された「帝国絵画番付」に葛飾北斎・歌川広重と並ぶ「浮世絵師」として名が記されたのも、いまだ暁斎の作が美術市場で売買されていることの証左だ。

とはいえ洋画やその影響を色濃く受けた日本画が尊ばれる当節、浮世絵は一段劣った絵と見なされており、番付に記された暁斎の絵の価格は約千円。暁斎とほぼ同時代に生き、東京美術学校の教官に選ばれた日本画家・狩野芳崖が三千二百円もの高値を付けられているのに比べれば、信じがたい廉価であった。

「じゃあ、拝見しますよ」

この絵が偽物でも本物でも暁斎生前ほどの高値はつきはしないし、「浮世絵師」と決めつけられた評価が覆るわけではない。いささか投げやりな気持ちで絵を床に広げたとよはしかし、すぐにはっと身を乗り出した。

黄ばんだ画幅の中央で、白虎に乗った鍾馗《しょうき》が剣を斜めに振り下ろしている。その厳めしい眼差しの先には赤ら顔の小鬼が二匹、砂を蹴散らして、深く生い茂った藪の中に逃げ込もうとしており、勢い余った一匹が頭から叢《くさむら》に突っ込んだ様が、剽軽《ひょうきん》な筆で捉えられていた。

風を孕んだ鍾馗の衣や逃げ惑う鬼の手足を描く筆は勢いが強く、わずかに差された淡彩が画面を引き締めている。落款《らっかん》印章は見当たらないが、なるほどこれは確かに暁斎の筆にそっくりだ。

鍾馗図は古来、厄除けの辟邪絵《へきじゃえ》や端午の節句の飾り物として人気が高い。暁斎は牛に乗った鍾馗や小鬼を空高く蹴り上げた鍾馗、更には鯉のぼりに隠れた鬼を捕らえんとする鍾馗など、多種多様な鍾馗図を描いており、この剽軽な画題はそんな鍾馗図の一類と取れなくもない。

だけど、ととよは逃げ惑う小鬼たちに目を据えた。

叢に上半身を突っ込んだ鬼の褌《ふんどし》は転んだ拍子にほどけ、青梅を思わせる陰嚢《いんのう》がこぼれだしている。かぼそい線で描き込まれた陰毛が、小鬼の狼狽を物語るが如く斜めになびいていた。

暁斎は絵以外を顧みぬ奇人の癖に、妙に生真面目なところがあり、描けば必ず売れると言われた春画にあまり手を染めなかった。どれだけ暑くとも人前では諸肌を脱がず、毛脛を剝き出しに胡坐をかく弟子には遠慮なく拳を揮《ふる》った父が、画中とはいえこんな下品を働くわけがない。

そう思って目を凝らせば、鍾馗はいささか誇張しすぎなほど肩を怒らせているし、鬼たちの足元にこぼれた萩の花弁は少々色が濃すぎる。暁斎なら、こんな見え透いた筆は施すまい。

強張っていた肩が、氷を押し付けられたように冷えてくる。兄さん、と唇だけで呟き、とよは廣田に向き直った。

「この絵、幾らで買うことになっているんだい」

「持ち込んできた女衆は、三十円欲しいと言っているんですけどね。本物なら、もう少し色をつけてやってもいいと思っているんですよ」

五十円あれば家族四人が楽に一月食える当節、三十円は暁斎の絵としても破格に安い。あえてそんな値を付けたのは、持ち込んだ本人がこれが暁斎の真筆ではないと承知していればこそだろう。けば立った絵絹を撫でた指先を、とよは拳に握り込んだ。

「それで、どうなんですか。暁翠先生」

我に返れば、廣田がぐいととよに向かって詰め寄っている。額の後れ毛を撫でつけ、とよはひとつ咳払いした。

「悪いけど、偽物だね。これはあたしの異母兄の暁雲の絵だよ。お父っつぁんとそっくりの絵を描くお人だったたから、気づかなくても当然さ」

キョウウン、と口の中で転がすように廣田は反復した。どんな字を当てるかも分らぬと見えて、その抑揚は間延びしている。

とはいえ、それも無理はない。暁斎そっくりの画風を崩さず、掛幅や屏風の類しか手掛けなかった兄の絵は結局、父の名に埋もれてさして売れなかった。このため現在の東京に、周三郎の絵がそれほど多く残っているとは考え難い。ましてや表装に染みが浮き、湿気を感じるほどに長らく絵をしまい込んでいる者なぞ、この世に一人しかおらぬはず。

からからに乾いた口の中に、金平糖のまとわりつく甘さが蘇る。目を柳の葉そっくりに細めて、とよの肩を叩いたあの女性。そう、生きていれば、もはやとよ同様、とうに五十を越えているだろう。

義姉であるお絹の笑顔を思い出しながら、とよは廣田に向き直った。

「とはいえ、これだけの絵だ。よかったら、あたしが六十円で買わせてもらうけどどうだい」

「そりゃあ、そうしていただければ、女衆に五十円払っても十円が手元に残るんで、あっしはありがたいですけど」

あまりに話がうますぎると感じたのか、廣田が双眸に警戒の色を走らせる。とよは急いで、「その代わり」と続けた。

「この絵を持ち込んだお人のところに、あたしを連れて行っておくれでないかい。その女衆とやらは多分、異母兄《あに》のかつての連れ合いだと思うんだ」

「ああ、なるほど。そういうわけでしたか」

商売柄、こういった話には慣れていると見え、廣田はラッパズボンの膝をぽんと打った。

「お安い御用です。店にお越しいただければ、いつでもご案内しますよ」

松司は好奇に目を輝かせて、膝前の鍾馗図を覗き込んでいる。彼に絵の正面を譲ってやりながら、とよは周三郎の通夜の折のお絹の姿を思い出した。

周三郎の枕上に座り込むお絹は、とよがなにを話しかけても上の空で、ただ潤んだ眼差しを膝先に落とし続けるばかりであった。蚊遣《や》りの煙が流れぬまま縁側で渦を巻き、真っ暗な庭を霞ませていた。

二人がどこで出会い、何を思って一緒になったのか、とよは皆目知らない。ただあの偏屈な周三郎がお絹にだけは胸襟《きょうきん》を開いていた姿は、とよにとっては間違いなく心の救いだったのだ。

しかしそのお絹は周三郎の葬儀以来、何故か河鍋家の人々の前からふっつりと姿を消した。暁斎の遺墨展覧会はもちろん、しかたなくとよが催した周三郎の年忌にも現れなかった。

谷中・正行院《しょうぎょういん》の墓には時折、誰かが参った気配があったので、東京にいるのだろうとは推測していた。そんなお絹の消息が計らずも知れた事実に、とよの胸は大きく騒いだ。

そういえば、来年は周三郎の十七回忌。もしかしたらお絹は亡き夫の年忌を一人で営むために、「鍾馗図」を手放そうとしているのではないか。

妹もとうに亡く、周三郎以外に身寄りがないかに見えたお絹の身を思うと、このままにはしておけない。とよは手文庫から財布を取り出した。一円札を五枚、手付として廣田に渡した。

「じゃあ近々、うかがわせてもらうよ。そちらの都合はどうだい」

「そうですねえ。これから晦日にかけてはあっしも忙しいんで、五日後の一日なんぞはどうでしょう」

来月一日は土曜だが、神田の青物市場は毎月の第一土曜日を休業日とし、全店総出の大掃除をするという。その折であれば女衆も全員働きに来ているはずだ、と廣田は語った。

いつしか夕立は煙雨《えんう》に変わり、雲の切れ間から薄日が差し始めている。そろそろ引き上げる頃合いとばかり、廣田が「鍾馗図」を片付けにかかった時、「ただいまァ。遅くなって、ごめんなさい」というよしの澄んだ声が母屋の方角で上がった。

「ああ、もう。濡れた足で上がらないでくださいよ。およしさんは本当にいい加減なんだから」

にぎやかなやりとりに促されたように、廣田が別辞を述べて立ち上がる。松司に表通りまでの見送りを任せ、とよは描きかけの「日本武尊図」に目を落とした。

剣を握った日本武尊は少年の瑞々しさを漂わせ、高々と掲げた左手と、剣を握って大きく巡らせた右手が画面に奥行を与えている。決して、下手ではない。しかし、つまらない絵だ。それは、自分が嫌というほどよくわかっている。

（兄さんが生きていたら――）

栗原あや子の死の遠因となった「美人画批判」は、美麗のみを誇る昨今の絵画への反動でもある。橋本雅邦を始めとする当世の画人を誇って憚らなかった周三郎が存命であれば、この大正という世の画壇をどう眺めただろう。案外、あや子の死に手を打って喜び、暁斎そっくりの不羈《ふき》なる絵で人気を博したのかもしれない。

初めて父に筆を握らされた日から五十年を経ながらも、とよの絵はいまだ、暁斎に遠く及ばない。早すぎた兄の死ゆえに、そんな自分が世間からはまるで暁斎の跡取りの如く受け止められ、周三郎の名はもはや道具屋の間ですら忘れ去られている。その事実が、あまりに不条理と感じられた。

夏の空は移り気に晴れ始め、庭の木々に残った雨滴が澄んだ陽に輝いている。おママちゃん、と呼ばわりながら母屋から駆けてきたよしが、画室の土間で下駄を脱ぎ散らかした。

「今日は亀戸天神さまに出かけるんでしょう。雨も上がったから、松司兄ちゃんが戻ってきたらそのまま出かけましょうよ」

よしの学級では英語と日本語を混ぜて使うのが流行っているそうで、同級生はそろって母親をおママちゃん、父親をおパパさんと呼んでいるらしい。このモダンな娘はきっと、幽鬼の如くやせ細った周三郎の姿に泣いた幼い日なぞ、とうに忘れているのだろう。

明治は遠くなった。狩野派の絵も浮世絵も暁斎の名すら忘却の彼方に霞《かす》みつつあるのに、自分は今も画鬼の軛《くびき》から逃れられない。

雨の残り香が、鼻をつく。とよは膠液をひと匙、絵皿に落とした。

「あたしはまだ仕事があるから。松司と一緒に行っておいで」

「え、いいの。おママちゃん」

嬉しげに頬を赤らめた娘から目を背け、金粉を一包、膠液に溶く。そのまま絵皿を火鉢にかけると、薬指で金泥を練り始めた。

見る見る照りを増す金泥の色は、真っ暗な空を裂いた稲妻の輝きによく似ていた。


廣田と約束した五日後の朝、朝餉《あさげ》もそこそこに身支度を整えると、とよは五十五円が入った金封を懐深くに納めた。

よしはりうを手伝って、庭先で洗濯をしている。その背に、「じゃあ、行ってくるよ。昼までには戻ると思うけど」と声をかけ、とよは相千両下駄《あいせんりょう》をつっかけた。

空は高く晴れて澄んでいるが、昨夜、宵の口に降った雨のせいで往来はぬかるみ、通りかかった車が撥ね上げた泥が板塀に黒い飛沫を描いている。だらだらと長い新坂を下って上野まで出れば、省線の停車場は黒山の人だかりだ。

しまった。今日は土曜日だった、と舌打ちをして、とよはそのまま広小路を南に進んだ。厳めしい口髭を生やした警官が交通整理に励む万世橋を渡り、大小の店が建ち並ぶ市場の横を通り抜けた。

とよが神田明神西の大根畑の家に暮らしていた昔から、この一帯には青物を商う大小の店が軒を連ねており、風向き次第では威勢のいい競り声が家の中まで聞こえてきた。今日は競りは休みらしいが、その代わり上半身裸の男たちが幾つもの空箱を抱え、慌ただしく往来を行き来している。やっちゃ場（青物市場）特有の喧騒を肌で感じながら、教えられていた連雀町の四つ辻に向かえば、鳥打帽を目深にかぶった廣田が電柱にもたれ、眠たげに目をこすっている。

「やあ、すぐにわかりましたか」

と、とよに片手を上げてから、ふわあと大きなあくびをした。

「いや、すみません。昨夜遅くまで、同業仲間と買い付けの相談をしていたもんで。なにせ自分の店を持って日が浅いんで、ちょっと高い品となるとあっし一人じゃ手が出ないんですよ。今日はこの後、品川で金策です」

とよを市場に導きながら、廣田は楽し気に両手をこすり合わせた。

「実は西山って同業が、さる華族のお宅から素晴らしい青磁の壺を預かってきたんです。あの天青《てんせい》は、汝窯《じょよう》に違いありません。万一、買い逃したら、この廣田松繁《まつしげ》の名が廃るってもんでさあ」

「あたしは絵以外はよく分からないのだけど、大陸の道具（古美術）はいずれもずいぶん値が張るらしいね」

「ええ。だから正直、あの鍾馗図を六十円でというお申し出は助かりましたよ。手間代の十円があれば、十分、青磁壺の手付にはなりますから」

日本で見られる大陸の美術品といえば、とよの娘時代までは宋、元、明の絵画が大半だった。しかし明治二十八年の日清戦争勝利以来、大陸から陶磁器や金石、はたまた青銅器や仏像類が多く持ち込まれ、それに合わせて道具屋も扱う品ごとに細分化したと聞く。

三十歳にも満たぬ若さで廣田が店を営めるのも、そんな古美術界の隆盛ゆえだろう。そういえば暁斎の位牌に水を供えるための湯呑が先日欠け、今は水屋の奥から引っ張り出した瀬戸物で間に合わせている。せっかくだから品のいい茶碗の一つも選んでもらおうかととよが考えたとき、廣田が間口の広い商家の前で足を止めた。

普段、野菜が積み上げられているのであろう土間はがらんとして、たすき掛けの女衆が四、五人、束子《たわし》で床を磨いている。廣田は無造作に彼女たちに近寄った。

「あれえ、廣田さんじゃないか。今日は店は休みだよ」

「違うんだ。いつもここに、五十がらみの女衆さんがいるじゃないか。あの人に用があるんだけど」

「ああ、お絹さんかい」

女たちの中でも目立って小柄な中年女が、ううんと腰を伸ばしながら立ち上がる。ああ、やっぱり、と大きな息をついたとよを一瞥してから、「おあいにくさま。今日は休みだよ」と続けた。

「そりゃあ、困ったたな。ちょっと話があったってのに」

「一昨日、腰が痛いと言って早帰りをして、そのまま出てこないんだ。日に青物の籠を何十も運ぶだけに、季節の変わり目にはよくある話さ」

自分の腰をさすってみせた女に、「そのお絹さんの住まいは分かりますか」ととよは歩み寄った。

「品川町の何番地だったかな。とにかく、目黒川の河口近くの長屋だって話していたよ。すぐ裏に西光寺《さいこうじ》って寺があるらしいから、行ってみれば分かるんじゃないかい」

神田から品川までは、省線が走っている。こうなれば乗りかかった船だと廣田を振り返るより先に、「じゃあ、行きましょうか」と彼が手を打った。

「品川なら、あっしも用がありますからね。暁翠先生だって、話を先延ばしにするのは嫌でしょう」

言うなり踵を返す廣田の足取りは、ひどく軽い。そのまま省線の駅へと向かいながら、

「これは最初にご奉公していたお店で教わったんですがね」と、とよを振り返った。

「道具にしても人にしても、この世のものはすべて縁でつながっているんだとか。あの絵があっしのところに持ち込まれたのも縁なら、あっしが真野さんと知り合いだったのも何かの縁。こうなればとことん、その縁に乗っかりましょうよ。いい道具ってのは、案外そういう中で出会えるものなんです」

折しも駅にすべり込んできた電車に乗り込み、廣田はとよを空いている座席に座らせた。自身はその正面でつり革を持ち、とよに向かってぐいと身体を折った。

「それにね。あれから色々考えたんです。暁雲さんでしたっけ。先生のお兄さんのお作は、なかなか面白い。もしかしたら先生の義姉《ねえ》さんは、あんな絵をあと何本も持っているかもしれないじゃないですか。それをすべてあっしに任せてもらえれば、お互いずいぶん助かるんじゃないですかねえ」

この男はただ、周三郎の絵の奇抜さに目を惹かれただけ。そんな道具屋特有のあざとさが鼻につくとともに、どうしようもなく胸が弾む。あんた、との呼びかけが、わずかにかすれた。

「あの絵、売りものになると思うのかい」

「ええ、なりますとも」

迷いもなく言い放った途端、大きく車両が揺れる。廣田はぐいと足を踏ん張った。

「あっしが奉公に出た十数年前は、道具類ってのは華族や富商のお宅ばかりが買うものと相場が決まっていやした。だけど最近は、芸術家や学者先生がたもほうぼうの店にお越しになるようになりましてね。こんなものが、とこっちが驚くような品が、目の玉が飛び出るほどの値で売れもするんですよ」

無名の画家であればなおさら、面白がって求める客は幾人もいる、と廣田が語気を強める。その大きな唇を、とよは瞬きもせずに仰いだ。

つまりこの男にとって、周三郎の絵は無名だからこそ価値があるわけだ。もしかしたら現在、暁斎の絵を好んで求める人々も、狩野芳崖よりも知名度が低い暁斎の絵をあえて購《あがな》うことで、己の眼力が秀でているように思い、悦に入っているのかもしれない。生前の暁斎は、世の名声には目もくれなかった。だがそれは己の絵に対する激しい自負ゆえであり、無名であるからこそ自分の作が好んで買われているやも知れぬとなれば、どれほど腹を立てようか。

電車はすでに日本橋を過ぎ、高い煉瓦造りの建物が車窓をうっそりと覆っている。箱を連ねたような街並みにこだまする車輪の響き、窓の隙間から吹き入るいがらっぽい煙は、暁斎がついに接することがなかった銀座の姿だ。

目に見えるもの、見えないもの。この世のあらゆる光景を描こうとした父は、東京が己の知るかつてと大きく変じたと知れば、さぞ悔しがっただろう。

暁斎は死にゆく己すらを描いて、息絶えた。周三郎は父と同じ死病に取りつかれたことを誇り、一人、此岸に残るとよを嘲《あざわら》った。画鬼の家の住人として生き残るならば、自分よりも兄の方がふさわしかったはずだ。周三郎の享年をすでに上回り、更に暁斎の没年にすら近づいてみると、あの二人の絵が顧みられぬこの世に、老いた自分だけ留まっている事実が、何やら申し訳なくすら感じられた。

つきましたよ、と肩を叩かれて、とよは顔を上げた。車内はすでに人気がなく、しかめっ面の車掌が停車場の端からこちらを睨んでいる。先ほどまでの景色とは裏腹に軒の低い家々の向こうに、品川の海が光っていた。

「すまないね。つい考え事をしていたよ」

「いいえ。あっしも算段ごとがあるときは、電車に乗りますよ。もっとも金がねえんで、とっておきの手ですけど」

品川はもとは、江戸の入り口である宿場町。だが明治以降、隣町の大崎が工場街として発展したのをきっかけに住人が増え、今では御殿山へと続く斜《なぞえ》にびっしりと平屋が建ち並んでいる。

それでも停車場を一歩出れば、根岸とはまた趣きの異なる長閑《のどか》さが漂っているのは、吹き付ける風に混じる潮の香と波の轟きのためだろう。

長い砂浜に茂る松並木が、白波の目立つ海を緑青色に縁どっている。北へと戻る電車の轍《わだち》の音に重なって、海鳥の啼《な》き交わしが浜の方角から聞こえてきた。

教えられた通りに海に向かって歩けば、道端の小間物屋の店先で背のかがまった老爺が大あくびをしている。さて、と廣田はとよを振り返った。

「そろそろ午砲《どん》が鳴る頃合いですが、どうしましょうね。先にその辺りで、何か食べていきますか。同郷の奴がやっている店が次の辻にあるんですが、さすがに立ち食いの蕎麦屋じゃ暁翠先生に申し訳が――」

野分《のわき》を思わせるうなりが、突如、廣田の言葉を遮った。風が強くなったのかと上げた目がぐるりと回り、海の青さが吹き散らされたように躍《おど》る。いや、違う。回っているのは、とよの視界ではない。目の前の景色がひっくり返した籠の中身の如く覆り、何が上やら下やら区別がつかない。

「う――うわぁッ」

耳をつんざく絶叫は自分のものか、はたまた廣田のものなのか。逃げようとする足がもつれて倒れ伏せば、腹ばいの下の地面は固まりかけた膠の面そっくりに波打っている。

地震だ。

小間物屋の店先に積み上げられていた笊《ざる》がざっと崩れ、一瞬遅れて、その上に屋根瓦が滝の水のように降り注ぐ。だが今のとよの耳には、けたたましいはずのその音すら、皆目届いてはいなかった。

地面が、家が、緑の色濃き御殿山が、激しく身をよじって揺れている。視界がねじれ、地面がとよの身体を鞠《まり》そっくりに弾ませている。それが次第に収まり、恐る恐る四囲を見回せば、いつの間にかとよは廣田とひしと抱き合い、互いの胴にそれぞれの腕を回していた。

「わっ、すみません。先生ッ」

顔を青ざめさせた廣田がのけぞった刹那、また大きな揺れが沸き起こる。再び廣田と取りすがり合ったとよの視界の隅で、往来の電柱がばたばたと倒れた。

まるで嵐に揉まれる小舟の中に閉じ込められたようで、逃げる術《すべ》がない。がくがくと震える歯が悲鳴を上げようとする舌を傷つけたのか、血の味が口中に広がった。

あちらこちらの家々から飛び出してきた人々が頭を抱えて倒れ伏し、その上に瓦が、柱が降りかかった。埃とも土ともつかぬ臭いが、とよの喉や鼻をふさいだ。

東京は元々、地震が珍しくない。日清戦争が始まった年の初夏には、絵皿が軒並み覆るほどの地震が起き、とよの家の土壁が五尺近くも崩れ落ちた。ただあの時は銀座・丸の内界隈の建物がわずかに倒壊した程度で、昔からの瓦葺きの家々は大半が無事だった。それに比べれば、いま目の前で起きている光景はいったい何だ。これは、白昼の悪夢ではないのか。

五分、十分、あるいはそれ以上の時間が過ぎたのだろうか。やがて潮が引くように足元が鎮まり、とよと廣田は気まずげに顔を見合わせた。だが立ち上がろうにも膝には皆目力が入らず、心の臓が激しく動悸を打っている。あまりに大きな衝撃に遭うと、心ではなく身体が驚くのだと、とよは初めて知った。

「た……立てますか、先生」

「あ、ああ。廣田さんこそ大丈夫かい」

互いに支え合いながら立ち上がり、とよは怖々と周囲をうかがった。

視界が妙に広く感じるのは、見渡す限りの家々がそろって崩れ落ちているからだ。目の前の小間物屋はすでに元の姿を留めず、瓦礫《がれき》のてっぺんに斜めに乗っかった大屋根がかろうじて、そこに一軒の家があったと告げている。

裾を乱してどこからともなく駆けてきた中年の女が、奇声とともにその大屋根に走り寄った。

「お、お父っつぁんッ。お父っつぁん、どこだいッ。返事をしておくれッ」

亭主だろうか。後を追ってきた初老の男が、そんな女の腕を羽交い締めにしようとする。しかし女は足元に降り積もった瓦を両手でかき分け、なおも父の名を呼び続けている。

「駄目だ。逃げるぞッ。祖父さんも言っていただろうが。この辺の海は、大きな地震の後は決まって、津波が来るんだ。立て、頼むから立ってくれッ」

半ば涙声で叫ぶ夫に、とよは廣田と顔を見合わせた。

そういえば暁斎は嘉永七年の地震の際、たまたま鰻《うなぎ》を買い求めに出かけていた天神橋のたもとで溢れてきた海水に足を取られ、危うく溺れ死ぬところだったと語っていた。往来の家々が一軒残らず倒壊するほどの大地震だ。七十年前同様、海の水が上がってきたとて、何の不思議もない。

「逃げるよ、廣田さん」

「に、逃げるって、どこへ」

まだ若い廣田には、これが初めての大地震なのだろう。その目は泳ぎ、立っていられるのが不思議なほどの及び腰になっている。

「わからないけど、とにかく高いところだよ。あんた、品川で金策を考えるほどだ。少しはこの土地に詳しいんだろう。さあ、行くよ」

うながした端からまた地鳴りが轟き、足元が激しく震動する。絹を裂くに似た悲鳴に顧みれば、わずかに形を残していた小間物屋の大屋根がそのまま往来へと崩れ落ちようとしている。

間一髪、軒先から引き剝がされた女が、轟音と土煙が収まるのを待たず、夫の手を振り払う。もはや声すら上げぬまま、崩れた瓦を再びかき分け出した。

根岸の家は無事なのか。よしは、りうは。松司は、身体の不自由なおこうは。

正午を告げる砲声が、東北の方角で鈍く鳴る。普段はほとんど気にも留めぬその間延びした響きに、目の前の光景の凄まじさがいっそう胸に迫り、とよは廣田の腕を強く摑んだ。

先ほどまで雲一つなかった秋空は、今や朦々《もうもう》たる砂塵に煙っている。その中で、北の空に濃い黒煙が幾筋も上がっているのは、倒壊した家々から火が出たためだろう。そうでなくとも、地震に火事はつきもの、ましてや人々が昼餉《ひるげ》の支度を始める正午前にあれほど揺れれば、どれほどの火事になろうか。そう気づいた途端、とよの目の前は真っ暗に塞がれた。

廣田に手を引かれて道を急ぐ間にも、地鳴りはひっきりなしに轟き、足の裏が突かれるように弾む。それでもとよがもつれる足を寸時も止めなかったのは、そうでもせねば恐怖のあまり、言葉にならぬ悲鳴を上げてしまいそうだったからだ。

往来の家屋はどこも斜めに傾き、折り重なった瓦礫の上で屋根だけが何とか姿を留めている一軒家も珍しくない。

「危ないから逃げてください。アルコオルが爆発しますッ」

省線の西に長く板塀を巡らせた工場の門前で、四、五人の工夫が手にしたカーキ色の帽子を振り回して叫んでいる。その肩の向こうではモルタル塗りの建物の壁が雪崩《なだれ》を打って崩れ、鼻を突く異臭が辺りに満ちていた。

「早く、早く逃げてくださいッ」

工夫の絶叫を宜《うべな》うかの如く、崩れた壁の間から白煙が上がる。途端に目や喉が激しく痛み、とよは片袖で口元を覆って咳き込んだ。

往来にはとよたち同様、少しでも海から離れようと急ぐ人々が右往左往していたが、突然の異臭が恐怖に拍車を掛けたのだろう。数人の男たちがどけどけッと叫びながら、手近な人々を突き飛ばす。

人波が大きく蠢《うごめ》き、群衆の足取りがそろって早まる。廣田は血走った目で左右を見回すや、とよに背を向けてしゃがみこんだ。

「暁翠先生、おぶって行きますから乗って下さい。このままじゃあ、津波以前に人に巻かれちまう」

でも、と躊躇したとよに、「早くッ」と廣田は浴びせ付けた。

「もう少し行けば、二本榎町《にほんえのきちょう》です。その道中にまたさっきみたいな揺れが来たら、今度は坂が崩れちまうかもしれない。お願いですから、さあ」

この時、背後から走ってきた洗い髪の女が、うずくまる廣田を避けようとして転倒した。とっさに手を差し伸べたとよには目もくれずに跳ね起き、「なにをしているんだい、このとんまめ」と毒づいて、駆けて行った。

とよは唇を引き結び、廣田の背に身体を預けた。刹那、またも激しい震動が地を揺るがし、東宮御所の木々が嵐に揉まれたかのように枝を鳴らす。

振り返れば、高輪台へと向かう坂は老若男女で満ち溢れ、逆巻く巨大な奔流《ほんりゅう》を思わせる。もしやそのただなかにお絹の姿はあるまいか、ととよは眼を凝らした。しかしひっきりなしに揺れる人の背の上では、目鼻立ちなぞ見分けられようはずがない。

もともと高輪台には寺が多く、ことに泉岳寺西の二本榎町は寺町と別称されるほどに寺院が建ち並んでいる。とはいえこれほど大勢が避難することができるのだろうか、ととよが案じたその時、坂の下で「御所の門が開いたぞッ」との歓声が沸き起こった。

「東宮さまが御門をお開けくださったんだ」

「助かった、助かったぞッ」

品川・東宮御所の主である皇太子は、今年二十三歳。病弱な父帝を摂政として助け、庶民の生活にも心を配る英明な青年との噂である。

御一新以前は熊本藩細川家下屋敷であった東宮御所は、高輪台のほぼ半分に当たる広大な敷地を領している。それだけに品川の人々を丸々避難させたとて、御所の広さからすれば雀の一群を養うほどの騒ぎにもなるまい。

「どうしますか、暁翠先生。引き返しますか」

背のとよを揺すり上げながら、廣田が荒い息混じりに問う。とよはすぐさま、首を横に振った。

「いいや。あたしを背負ったまま、坂を下りるのも大変だろう。腰さえ下ろせれば、あたしはどこのお寺の隅だって構わないよ」

わかりました、と首肯した廣田に負われてたどりついた二本榎町の寺々はいずれも山門が傾《かし》ぎ、落ちた瓦が伽藍《がらん》の周囲に小山を築いている。ただそれでも台地の上は海の近くとは地盤が異なるのか、駅周辺の如く、元の形が分からぬほどに倒壊した堂舎は見当たらなかった。

「た、助かった——」

廣田が大きく肩を上下させ、へなへなとしゃがみこむ。とよはその背から降りると、なるべく避難民の少ない寺を探し、その境内へ廣田をうながした。

「よかったら、水をどうぞ」

法衣の袖をたくし上げた僧侶たちが、橘の木に囲まれた井戸端でひっきりなしに水を汲んでいる。濡れた柄杓《ひしゃく》を礼を述べて受け取れば、立ち上る黒煙はもはや北の空の半ばを覆わんばかりである。

「町中は火が出ていそうだね」

とよの呟きをかき消して皇居の方角で響いた砲声は、市民に戒厳を告げ知らせる響き

だろうか。僧侶を手伝って水汲みをしていた小坊主が釣瓶を握りしめたまま、

「そりゃ、おばさん。火なんて生易しいものじゃないよ」

と、一定の間隔で鳴る砲声に負けじとばかり怒鳴った。まだ青みを留めた禿頭の色は、傍らの橘の葉そっくりであった。

「さっき三光坂上までひとッ走りしてきたんだけど、市内はあちらこちらから煙が上がってら。大川なんざ煙で皆目見えねえし、噂じゃ代々木一帯は火の海らしいぜ」

「こら。不用意な流言は慎めと言っただろう」

かたわらの四十がらみの僧が、瞼の厚い目を尖らせる。すると小坊主は「流言なんかじゃねえやい」と言い返して、釣瓶を乱暴に井戸に叩き込んだ。

「あの調子じゃ当分、大川傍にゃ近寄れねえさ。うっかり足を向けて怪我をする奴らが出ねえようにするのも、衆生を救う大切な務めって奴だろう」

「ありがとう。あんた、いいことを聞かせてくれたよ。それで、根岸界隈はどうだろう」

あわてて話に割り込んだとよに、小坊主はまだ腹立ちが治まらぬ顔付きで、「さあなあ。なにせ手前の煙が凄まじすぎて、その向こうはよく見えなくてさ」と吐き捨てた。

「でも代々木を別にすれば、宮城の西はあまり煙が上がってねえようだ。おばさん、家は根岸かい。どうしても帰るなら、省線山の手の西を回るんだな。新橋、神田あたりには近寄れたものじゃねえや」

「なんだと。おい、坊主。神田も随分な火事なのか」

廣田が襟首を摑まんばかりの勢いで、小坊主に詰め寄った。ああ、と少年がうなずくや、その場にがっくりと膝をついた。

「じゃ、じゃあ、俺の店は。あの青磁の壺はッ」

いつの間にか鳥打帽を失った頭をかきむしる廣田の姿に、小坊主の顔に当惑が浮かぶ。とよは少年の手に柄杓を押し付け、急いで廣田の隣に膝をついた。

「まだわからないじゃないか。神田って言ったって広いし、壺だって奉公人が持って逃げてくれたかもしれないよ」

「今日はそのたった一人の小僧が、おっ母さんの具合が優れないために暇を取っているんですよ。ち、畜生ッ」

これが盗難や過失であれば誰かを責められるが、天変地異とあってはどこにも文句を持ち込めない。それがよく分かっていてもなお、腹立ちを抑えきれぬのだろう。廣田は握りしめた拳で地面を打った。

浅草や神田界隈は海が間近な平地のため、朝な夕な強い風が吹きすぎる。お江戸の昔、火事の大半は千代田の御城の東を焼き、海際まで吹き寄せて止まると言われていただけに、一旦上がった火の手が簡単に治まるとは思い難かった。

とはいえそれはあくまで東京市の東側の話であり、上野の御山にも近い根岸は比較的風が乏しい。荒川の支流である音無川が近くを流れていることもあり、仮に火を出したとて、大火にはならぬのではないか。

僧侶たちは境内に大釜を据え、すでに炊き出しの用意を始めている。早くも漂い始めた甘い炊飯の匂いが、鼻孔に淀んでいた土臭い匂いを吹き払う。とよは唇を引き結んだ。

「あたしはとにかく家に帰るよ。あんたはどうする」

汗と涙で汚れた顔を、廣田はごしごしと両手でこすった。二、三度、大きく肩を上下させてから、「どうすると言われてもねえ」とうめいた。

「連雀町の店はどうもいけなそうだし、この分じゃ、銀座の龍泉堂も同じでしょうよ。こうなりゃ、乗りかかった船だ。根岸までお供しますよ。その代わり、もしお宅が無事だったら、しばらく居候させてください」

「ああ、わかったよ。あたしも道中、廣田さんが一緒なら心強いさね」

「おいおい。おばさんたち、せっかちだなあ。もうちょっとだけ待ちなよ」

足拵えを始めたとよと廣田を、先ほどの小坊主があわてて留める。まだ蒸らしの足りぬ飯で握り飯を拵えると、それを竹皮で包み、渋谷に向かう道まで教えてくれた。

「道々、くれぐれも気をつけてくれよ。うちの寺から出てった奴が野垂れ死んじまったら、おいらも夢見が悪いからさ」

心配そうな声に送られて高輪台を西に降りれば、眼下に広がる東京の街並みは一面黒く霞み、まるで底も知れぬ古沼に沈んでいるかのようだ。風に吹かれて斑《まだら》に揺れるそのただ中に焔《ほのお》の色がちらちらと翻り、時折、嵐に似た音が耳を叩く。南の空がぽっかり開け、青空まで覗いているのがかえって、その不気味さを際立たせていた。

「なんてこった」

哀しみに暮れていては、足が鈍る。声を詰まらせた廣田の腕を、とよは強く引いた。なるべく広い道を選びながら見回せば、お江戸の昔から建っていると思しき古家は、意外に全壊が少ない。一方で土蔵や煉瓦造りの建物は元の形が分からぬほどに倒壊しているものが多く、瓦礫が道を埋め、しかたなく引き返す折もしばしばだった。

現在、とよが暮らす根岸の家は、上野・寛永寺の寺侍だった母方の祖父が建てたという。暁斎は義父から家を譲り受ける際、大工に入念な修繕を行わせ、「これだけ立派な柱を入れるぐらいなら、いっそ新しく普請しちまったほうが早いですぜ」と笑われていた。

それだけに古家が梁《はり》を傾かせながらもかろうじて元の姿を留めている光景に、足がおのずと速くなる。不安と期待がないまぜになり、息が次第と浅くなった。

「こりゃ、ちっと遠回りでも、電車筋が安全そうだ。どうせ省線も市電も止まってるでしょうから、線路に上がってみましょうぜ」

そう考えるのは廣田一人ではないと見え、すでに人々は板塀を乗り越え、電車の止まった線路を道路代わりに北に南に歩いている。すれ違いざまに交わした彼らとのやりとりによれば、代々木は駅舎が全壊したものの火災は起きておらず、代わって新宿駅はその近隣の建物とともに炎上中らしい。またこのまま線路沿いに歩き続けても、池袋の手前に脱線した電車があるため、そこから先は往来に戻らねばならないとも教えられた。

「日比谷の警視庁が、今まさに丸焼けになっている最中らしくてよ。おかげでお巡りたちもほとんど役に立たねえと来たものだ」

「そりゃあ、大変だ。ところであんた、神田の様子は知らねえかい。特に連雀町あたりについてさ」

「ああ、あっちはまったく駄目だぜ。今川小路にひどい火が出ているってのに、肝心の配水管が破れちまっているらしい。しばらくは海側にゃ近づかねえこった」

行き違った人々の話は正しいところもあれば嘘も混じっているらしく、なるほど代々木では瓦礫が線路の半ばを埋めていたが、新宿は駅の東に小さな火の手が点々と見えるのみで、駅は全く無事であった。

小さな余震は繰り返し起きているものの、少なくとも線路を歩いている限り、身の危険を覚えることはない。線路の東はるか、一面黒煙に覆われた日比谷や浅草方面の空が、とよたちの足をしきりに急かす。

目白駅を過ぎると間もなく、青年団員らしき男衆が数人、仁王立ちになって線路を塞いでいた。どうやらこちらの噂は真実だったらしく、この先は通れないと告げられた。

「悪いが、道路を歩いてくれ」

すでに薄闇が漂う時刻にもかかわらず、道の左右に一つの明かりも見えぬのは、市内が停電しているためだ。とよは、団員に指示されるまま、廣田ともども板垣の破れから往来に降りた。玉石が敷かれた路面をあまりに長く歩いていたせいか、いざ砂利道に降りれば、足の裏がじんじんと痛む。

「廣田さん、一度、ここいらで休まないかい」

「じゃあ、雑司ヶ谷の墓地が近いんで、行ってみましょうか。普段なら近づくのも気兼ねだけど、今日はこの調子じゃ、大勢が夜明かししているんじゃねえかなあ」

東京市が管理する雑司ヶ谷墓地は、銀杏や楓《かえで》の木が生い茂る広大な共同墓地である。常は昼でも森閑と静かな墓場も、なるほど今日ばかりは墓と墓の隙間に人々が身を寄せ合い、中には布団まで持ち出して横になっている一家もいる。

小道で火を焚いて夕餉の支度をしているのか、微かな明かりが暮靄《ぼあい》のただなかにぽつりぽつりと点っている。万一また大きな揺れが来て、あの火が火事の元になったら大変だ。とよと廣田は無言でうなずき合い、暮れなずむ墓地を横切った。

最も根岸に近い墓地の東端まで進めば、旭出通りを望む茶屋の前に、二間四方ほどの巨大な穴が開いていた。黒い土がぐるりに流れ出し、更に穴の底からあふれ出した水が拍動に似た音を立てて辺りを水浸しにしている。市内各地でこんな風に配水管が破れていれば、確かに消火活動は覚束なかろう。

すでに日は落ちきったにもかかわらず、空に垂れ込めた煙に地上の炎が映じ、南西の空だけがぼおと明るい。寸時も休まず揺れ動くその輝きに、紅の巨大な生き物が這っているようだ、ととよは思った。

（――お父っつぁんなら）

地獄の恐ろしさも極楽の美しさも、すべて一本の筆だけで描き出した暁斎なら、この有様をどのように眺めたのだろう。あの不気味に輝く空の下では、ほんの一日前までは誰も想像もしなかった凄惨なる光景が広がっている。ならばあの暁斎はきっと、根岸の家へ戻ろうなぞとは微塵も考えず、画帖と筆を片手に、炎の渦巻くただなかへと駆けていっただろう。若き日、生家の火事すら写生した暁斎を思えば、むしろそれはごく自然な行いのはずだ。

茶屋は真っ暗なまま静まり返り、軒下の床几《しょうぎ》が参道にまで崩れ出している。廣田は手近なそれを二つずつ並べ、ごろりとその上に横たわった。だがすぐに起き直るや、腰にくくりつけた竹皮包みを取り出した。

「そういや、お互い、昼飯を食べ損ねていましたっけ」

「ああ、本当だ。あまりにびっくりした時は、物を食うことすら忘れちまうものなんだね」

さりながら朝飯はとっくにこなれているはずにもかかわらず、受け取った握り飯がなかなか喉を通らない。それでもどうにか一つだけ腹に納めたその時、大きな石が川に転げたような水音が響いた。一瞬遅れてひゃあッと素っ頓狂な悲鳴が上がり、廣田が握り飯を握ったまま跳ね立った。

見れば先ほどの大穴のただなかに、背の高い青年が尻餅をついている。駆け寄ったとよと廣田の姿に、夜目にも白い飛沫《しぶき》を上げて立ち上がろうとした。

「こ、ここはどこですか。この池はいったい」

「池じゃねえよ、こりゃ。配水管の破裂さ。それにしてもあんた、こんな暗がりにどこに行こうって言うんだい」

ばしゃばしゃと水を蹴立てて穴に入り、廣田はまだ二十歳前と思しき青年の腕を引いて立ち上がらせた。

「か、川崎の塚越です。父がそちらで電気工をしているもので。どうも南の方が揺れはひどかったとの噂を聞いて、居ても立ってもいられず、浅草吾妻町から」

ラッパズボンに白いキャラコのシャツと洋装の癖に、青年の足元は足袋に草鞋《わらじ》履き。見事な長旅の構えである。

彼によれば同じ川向こうでも、浅草から両国、亀戸にかけてはすでに火の海だが、吾妻町は町内の者が大川の水を汲んで消火に当たっているため、いまだ無事という。電車がすべて止まっていると小耳に挟んだため、病の母親を上野の菩提寺に託し、単身、南千住から田端を経てここまで来たと、青年は語った。

「そりゃまた、孝行なこった。けどここはまだ雑司ヶ谷だぜ。ここから川崎までたァ、軽く丸一日はかかるだろうに」

雑司ヶ谷、と呟いて、青年が肩を落とす。廣田は適当な床几を彼の目の前に据え、その骨張った背を叩いた。

「まあ、少し休んでいきな。いくら若いったって、無理はいけねえぜ」

「それよりあんた今、田端を通ってきたと言っていたね。根岸あたりはどうなっていたんだい」

話に割り込んだとよに、「根岸は無事ですよ」と青年は疲労を隠せぬ口振りで応じた。

「僕が通ったのは夕方でしたが、火は出ていませんでした。潰れた家も、ほとんどないんじゃないかな。お二人は根岸にお住まいなんですか」

「いいや、あっしは神田だ。ただどうもこっちは、覚悟しておいた方がよさそうだな」

「自分の眼で見たわけじゃないですが、あの界隈は神田川の南や秋葉原からの火が押し寄せた上、駿河台の崖がお濠を埋めちまったらしいですよ。浅草だって、あの十二階がぽっきり二つに折れちまいましたからねえ」

浅草十二階は正しくは凌雲閣と言い、今から三十三年前に建てられた高層建築。電動式エレベーターで昇った展望室から関八州が隈なく見渡せるのが評判で、とよも娘のよしにせがまれて、二、三度、昇った。

「まったくほんの半日前までは、誰も東京がこんなことになろうとは、夢にも考えていなかったでしょうに。うちのおふくろは、心の臓が悪いんです。もし親父に死なれでもしたら、悲嘆のあまりどうなっちまうか分かりません」

「だから、川崎まではるばる様子を見に行くってわけだね」

とよは床几の隅に残していた握り飯を竹皮でくるみ、青年の手に押し込んだ。

「一つっきりですまないけど、持ってお行きよ。あたしは根岸までたどり着けば終わりなのに、あんたはまだまだ先が長いんだからさ」

「ありがとうございます。助かります」

青年は背に括り付けていた風呂敷包みに、大事そうに握り飯を収めた。幾度も幾度も頭を下げる彼の背を、薄雲の切れ間から顔を出した緋色の半月が急に明るく照らしつけた。

暑さ厳しき真夏ならいざ知らず、すでに九月に入った夜半の月のその色は、誰かが空から顔料を垂らし込んだかと疑うほどに現実味がない。見る見る遠ざかる青年を、とよは真っすぐに見つめた。

あの青年が父親を案じ、とよが娘とりうを案じるように、あの赤い月の下では今、誰もが誰かの無事を願い、足摺りするほどの焦りの中にいる。

人にとって家族とは、己の血肉同様に大切に思い、守ろうとする相手。だとすれば暁斎が真実、家族と考えていたのはとよや周三郎ではなく、自らの筆で生み出す絵だけだったのだろう。やはり自分たちは親子ではなく、ただの師弟だったのだ。

（けど、あたしとよしは違う——）

だからこそ自分は今、荒れ狂う火事場には目もくれず、ひたすら根岸へと向かおうとしているのだ、と思った刹那、とよは己が初めて自らの意志で暁斎に背を向けていると感じた。そうだ。自分はあの赤い月の下の地獄を描きに行けぬのではない。自ら、描かぬことを選び、根岸へと足を急がせているのだ。

とよは下駄を脱ぎ飛ばし、銘仙の着物の裾をたくし上げた。ごぼごぼと水のあふれ出る穴へと踏み入ると、両手にすくい上げた水を顔にぶちまけた。

全身は綿の如く疲れているが、あまりに思いがけぬ出来事のせいで、眠気は微塵も感じられない。そしてここまで来れば、根岸は目と鼻の先だ。

「廣田さん、言葉を翻して悪いけど、やっぱり根岸に向かおう。幸いあの月のおかげで、夜道の心配は要らなそうだよ」

「確かにねえ。足は棒になっちまっていますが、気が張っているのかまだまだあっしも歩けそうです。こうなればもうひと踏ん張りしましょうか」

気合を入れるように、廣田は足を踏み鳴らした。

降り注ぐ月影ゆえに往来は先ほどまでとは比べものにならぬほどに明るく、足元には薄い影まで伸びている。とよの先に立って、護国寺前から千石へと続く坂を登りながら、「それにしても」と廣田は呟くように言った。

「暁翠先生は気丈ですねえ。正直、あっしは先生とご一緒でなけりゃあ、二本榎町のあの寺で大声で泣きわめいて、何もできなかったんじゃねえかと思いますよ」

あまりに赤い月が、廣田の背中を桃色に染めている。汗のせいで張り付き、骨組みまで透けて見えるその背に向かい、「気丈なものかい。ただほかに出来ることがないだけさ」ととよは応じた。

「あたしのお父っつぁんだったら、こんな時は真っ先に火事場に駆け付けて、写生に励んだだろうよ。それに比べりゃ家が心配でならないあたしは、ただの凡人なんだろうね」

「でもそんな真面目なお方だからこそ、真野さんもいまだにああやって事あるごとに、先生の御宅にお邪魔しているんでしょう。あの人、いつも言ってますよ。絵の売れ行きだけで比べれば、正直、うちの親父の方が暁翠先生より上だろう。けど絵師として比べれば、親父なんて足許にも及ばないんだって」

「松司が――」

ええ、と答えながらも、廣田はこちらを振り返ろうとしない。月がわずかに翳《かげ》り、とよの爪元に落ちた影の輪郭が朧《おぼ》ろになった。

「だって暁翠先生は、世間ではとっくに忘れ去られた古めかしい画風を今でも守っていらっしゃるんでしょう？　なまじ親父さんが当世風の絵ばかり手がけるせいで、真野さんにはそんな先生の頑なさが、憧れとして映るようですよ」

「それは、あんたをあたしに引き合わせるための方便さ。こう言っちゃなんだけど、絵に詳しくない廣田さんにそこまで打ち明けるものかい」

「そうかなあ。絵は不得手なあっしが相手だからこそかえって、あれは本音だと思ってますけどね。よくあるじゃねえですか。ほら、親しい相手にゃ言えねえ真《まこと》が、適当に買った妓《おんな》には案外するりと打ち明けられちまうようなものですよ」

「あたしは女を買ったことがないから、そのたとえは分からないよ」

わざと茶化したとよに、「そりゃあ先生の仰る通り、あっしは絵は分かりませんけどね」と廣田は畳みかけた。

「ただ、先生も知っているでしょう。真野さんは親父さんが大嫌えらしい。だからこそ大先生の絵を守りつつも自分なりの絵を描き続ける先生に、あの人は憧れていなさるんでしょうよ」

違う。自分は父の絵を守りたいわけではない。ただ、自分と兄を画道という獄《ひとや》に投げ入れた画鬼に、愛憎乱れた矢を一矢でも報いんとしているだけだ。それが父の絵を守っていると映るとすれば、松司はあまりにとよを買いかぶりすぎている。とよからすれば、父親に素直に反発し、まったく異なる生き方を志向する松司が眩しくすらあるのに。

自分はただ、腹立たしいほどの高みにいるあの星を、今もぽっかりと仰ぎ続けている。だからこそ父が誇らしく、そして憎くてたまらない。

――はたと気が付けば、目の前を行く廣田の足が止まっている。いつしか千駄木から三崎坂を登り詰め、根岸を見下ろす崖の上にたどりついていたらしい。赤い月に照らされて広がる眼下の光景に、とよは息を呑んだ。

軒を連ねる家々は深い水底に沈んだかの如く静まり返り、一筋の煙も焔も上がってはいない。ところどころ見受けられる落ちくぼんだ屋根が、かえってその他の家屋の無事を際立たせていた。

その整然たる静けさに、このまま街中に踏み入っていいのかとの戸惑いが、束の間、とよをすくませた。しかし両足は省線端へと続く石段を下るうちに勢いを増し、遂には下駄の歯も折れよとの勢いで、地面の泥を蹴散らし始めた。

見慣れた路地、こればかりは以前から歪んでいた木戸が、歓喜とともにとよの胸を揺さぶった。

「先生ッ。ご無事だったんですかッ」

とよが玄関に飛び込むや、真っ暗な家の奥から、りうが転げるように飛び出してきた。まんじりともせずに夜明かししていたと見え、前垂れをかけ、ご丁寧に緋色の襷まで締めている。一瞬遅れて玄関脇の三畳間の襖が開き、真っ赤に目を腫らしたよしが、「おママちゃんッ」と叫びながらとよにしがみついてきた。

「よ、よかったッ。品川は全滅だって聞いたから、あたし、あたし、もうおママちゃんに会えないものだとッ」

涙声の娘を抱き返しながら見回すと、母屋はあらゆる家財道具が覆り、野分が通り抜けたような有様だ。激震に揉まれて池の水が飛び出したのか、中庭に面した広縁はおろか、玄関端までが水に濡れ、腰を下ろす余地すらない。

だからこそかえって、娘とりうの無事のかけがえのなさが、深い安堵とともに全身を浸す。両足の感覚が遠くなり、とよはよしと抱き合ったまま、へなへなと三和土《たたき》に座り込んだ。

「姉ちゃん、生きていたのかい」

聞き慣れただみ声に振り返れば、弟の記六が玄関脇の藪に突っ立っている。どういうわけかねじり鉢巻きに浴衣の尻を端折り、小脇に錆の浮いた備中鍬《びっちゅうぐわ》を掻い込んだ物々しさだ。

記六が暮らす赤羽家は、この家の三軒隣。それだけに夜中の大声に顔を出すこと自体は、不思議ではない。ただあまりに物騒なその風体に、とよは眼を丸くした。

「いったい何だい、その恰好は」

「何だとはご挨拶だなあ。この機に乗じ、不逞《ふてい》鮮人が数を頼んで襲ってくるって言うんで、今夜はどこの家でも男は寝ずの番さ。ここまでの道中でも、見かけただろうに」

十三年前に日本が大韓帝国を併合して以来、東京でも朝鮮人の作業員を目にする機会は激増している。田端の製紙工場で働く労働者たちが、休みの日に連れだって出かけて行く様を目にすることは、この界隈では珍しくなかった。

とはいえ数人連れで肩を寄せ合い、郷里のそれと思しき歌を口ずさんだり、楽しげに笑いさざめいていた彼らの姿と、記六の話がどうにも結びつかない。だいたい品川から根岸までの道中、とよたちも出会った人々も突然の大地震を生き延びるのに精一杯で、誰一人、朝鮮人になぞ言及しなかった。

咄嗟に応えに窮したとよにはお構いなしに、記六は錆の浮いた鍬の刃を軽く片手で撫ぜた。蔵のどこから引っ張り出して来たのか柄の付け根は腐り、触る端からぐらぐらと刃が揺れる古鍬であった。

「あいつら、これまでの恨みを晴らせとばかり、井戸に毒を入れたり、雇い主の家に爆弾を投げ込んだりと好き放題をしているらしい。神奈川あたりじゃ、小さい子どもごと殺されちまった一家もあるんだとよ。まったく、太え奴らだぜ」

上がり框に腰を下ろしていた廣田がとよを横目でうかがい、わずかに首を横に振る。とよはああ、と頤《おとがい》を引いた。

とよと廣田ですら、品川からようやくたどりついたばかりなのだ。電車も電気も途絶した東京に、神奈川の風聞が正しく伝えられるものか。二本榎町の小坊主が語った代々木の火災や道中で耳にした新宿大火災が嘘だったように、記六が見てきた如く語る朝鮮人の暴動も、根も葉もない噂に違いない。万事、軽佻浮薄《けいちょうふはく》な記六の気性を思えば、いかにもありそうな話である。

とはいえそれを説いて聞かせるには、あまりにとよは疲れすぎていた。「ああ、わかった。わかったよ」と片手を振り、まだしゃべり続ける記六を遮った。

「とにかく今は、横にならせておくれ。それとこのお人は今日からしばらく、うちに居候するからね。前にも一度、来られただろう。八十五郎おじさんや松司ともご縁がおありの廣田さんだ。くれぐれも失礼をするんじゃないよ」

「松司兄ちゃんの」

いつも明るい娘にしては珍しく、よしの声音には怯えが混じっている。あの激震の直後だけに、それをさして不審にも感じず、とよは脱いだばかりの下駄を再度突っかけた。

勝手口を通って中庭に出れば、画室の瓦は一枚残らず落ち、軒下に小山を築いている。開けっぱなしの縁側から飛び出したと思しき絵皿や顔料の箱がその上で砕け、夜目にも鮮やかな彩りを添えていた。

普段、とよが仕事場にしている手前の八畳間は書棚も画材入れも何もかもが覆り、足の踏み場なぞ一分とてない。描きかけのまま画室の中央に置いていた「日本武尊図」はどこに行ったやらあとかたもなく、こつこつと集めてきた狩野派歴代の画幅が散乱している。更にその上に、膠を煮るために年中据えてある火鉢の灰が降り積もり、まさに乱《ら》離《り》骨《こっ》灰《ぱい》の有様であった。

先生、と呼ばれて振り返れば、りうが水の干上がった池端に佇んでいる。

「こりゃあ、片付けるのが大変だね」

と苦笑いしてみせたとよに、「それなんですけど」と眉根を寄せた。

「ちょいとお話ししておきたいことがあるんです。およしちゃんにも関わりがある話で」

「あの子がどうかしたかい」

「その……先生もお気づきだったとは思いますけど、昔からおよしちゃんは松司さんを好いていたじゃないですか。だから実はおよしちゃん、先生がお出かけの時はいつも、画室で絵の稽古をしていらしたんです。なら先生に習えばいいのにと申し上げたんですけど、松司さんに近付くためというのがどうにも恥ずかしいらしく、とよ先生や暁斎先生の絵を手本にこっそりと」

おやおや、と少々気の抜けた相槌が、とよの口をついた。

そういえばこの一年あまり、使った覚えのない筆が筆洗に並んでいたり、買い置きの紙が減っている折があった。

幼い頃から厳しく画室への立ち入りを禁じていたこともあり、よしはこれまでとよの前では絵への関心を示さなかった。そんな娘を変えてしまうほどの恋心がよしの中で育っていたことに、驚くやら呆れるやら、複雑な気がした。

「今日も先生がお出かけになるや、およしちゃんは画室でこっそり絵を描き始められたんです。ところがそこに持ってきて、あの揺れでしょう。およしちゃん、筆も紙も放り出して中庭に裸足で飛び出して来られた後、どうにも泣いて泣いてしかたがなくて。ようやくついさっき、泣き止まれたばかりなんですよ」

「そりゃまた、どういうわけだい」

とよの問いには応じず、りうは足許に落ちていた筆を拾い上げた。画室から転がり出した際の衝撃ゆえか、その中軸は途中で折れ、尾骨がない。ぼさぼさに乱れた穂先を指先で撫でつけてから、りうはそれをとよに向かって差し出した。

「だって、これがとよ先生や暁斎先生なら、逃げ出すときは必ず描きかけの絵や絵の道具を引っ摑んでいらしたでしょう。けどおよしちゃんはただ自分を守るのに精いっぱいで、何もかもを画室に置きっぱなしにしてきたんです。それが自分でも情けなくて悔しくて、だからどうにも泣けて仕方がなかったんじゃないですかね」

「それはおまえ、あたしやお父っつぁんにとって絵は仕事だもの。同じにできなくたって、なにも泣かなくてもよかろうに」

「ええ、もちろんそうですとも。だけどおよしちゃんはそれでもやっぱり、先生みたいでいたかったんですよ」

「あたしみたいに――」

とよが画業に忙しかったこともあり、よしがこの年まで無事に育ったのは、ほとんどりうの功績だ。よし自身も実の母であるとよよりもりうに懐き、煮炊きに洗濯、裁縫と、家事のほとんどをりうから教わっていた。それにもかかわらず娘はとよの働きぶりに目を配り、少しでもそれに近付こうと考えていたのか。自分は暁斎の娘であることに精いっぱいで、何が妻らしく、何が母親らしいかすら、いまだよくわからないというのに。

夜が白んできたのだろう。池の底の泥が螺鈿《らでん》そっくりに青く光っている。とよは折れた筆を懐に押し込み、母屋に向かった。覆った家財道具の隙間に横になっているよしの枕上に、膝をついた。

「ちょいと、およし。起きているかい」

返事はない。しかし眠っていない証拠に、堅く閉じられた瞼がぴくりと震える。とよは娘の耳元に、顔を近づけた。

「そのままでいいから、聞いておくれ。あんたが絵を大切にできなかったのは、悪いことじゃない。実を言えばあたしだって、絵なんぞ捨てたくて捨てたくてしかたがないんだ。けど、あたしとお父っつぁんは――あたしとあんたの祖父ちゃんは、絵でしかつながっていなかった父娘だったから。だからあたしやあたしの兄さんは、どうしたって筆を執るしかなかったんだよ」

周三郎はそれでもなお父を越えんと足掻き、あまりに高い垣の外をひたすら経めぐり続けた末に息絶えた。兄や自分にそんな思いをさせる暁斎が、とよはこの上なく憎く、そして誇らしくてならない。よしにそんな奇矯な親子の仲を味わわせぬためには――自分が暁斎の娘であるとともに、誰かの母であるためには、とよは娘を絵から遠ざけるしかなかったのだ。

「絵なんぞでつながれなくたって、あんたはあたしの娘だ。だからあんたは自分の好きに生きればいい。あたしみたいに、何かに縛られなくたっていいんだよ」

風かと疑うほど微かな音が、とよの耳を叩いた。え、ととよが問い返す暇もあればこそ、よしがぐるりと寝返りを打つ。そのままこちらに向けられた背は娘らしいまろやかさとともに、まだわずかな幼さを留めている。

亡き父は一度でも、自分の背をこんな風に見守ってくれたことがあっただろうか。あるわけがない、と思えばこそ、目の前の娘の背の健やかさが胸を締め付ける。

父親である以前に師であった暁斎を他山の石と思ったがゆえに、自分は娘を絵師にせずに済んだ。もし暁斎が父として存在しなければ、自分はよしを今のとよの如く育て——そして娘に己と同じ苦悩を与えていたかもしれない。ならば父娘という関係から哀しいほど遠い父なればこそ、暁斎は間違いなくとよを導いたのだ。

大きな穴の開いた障子が静かに白み、日に焼けた桟の黒さが際立ってゆく。娘の背から目を背け、とよは静かに立ち上がった。

瓦の落ちた画室を照らし付けるように輝いていた星が一つ、ゆっくりと暁の空に溶けて行った。

「神田は佐久間町界隈だけを残して、綺麗さっぱり焼野原になっちまいましたよ。ああもさっぱりされちまうと、いっそ気持ちがいいやら腹立たしいやら」

翌々日の朝、止めるとよとりうを振り切って出かけて行った廣田は、日暮れ近くになってから全身、煤《すす》だらけで根岸に戻ってきた。

西は飯田橋、東は亀戸界隈までを焼き払った火は、二日近くを経てもまだ完全には消えず、残り火が地面を焦がしていたのだろう。とよが廣田に貸し与えた下駄の歯は真っ黒に焼け、それ自身が炭かと疑うほどの熱を帯びていた。

厩橋南東の本所・被服廠《ひふくしょう》跡の空地では避難していた三万五千人余りが焼死し、縁者を探す人々が見渡す限りの焼野原を昼夜さまよい歩いているという。雑司ヶ谷墓地で会った青年やその母親も、もう少し避難が遅ければこの世の者ではなくなっていたのかもしれない。

江戸川橋の真野家は倒壊したが、幸い、松司と母親のおこうは近所の者に助け出され、御行ノ松下の八十五郎の画室に難を避けている。一方で、断水のため、水をもらいに本郷まで出かけて行ったりうが、一高のグラウンドで野宿するよしの同級生一家を連れ帰ってきたため、とよは画室の片付けもそこそこに、縁者や居候の世話に奔走することとなった。

そうでなくとも鶯谷や根岸界隈の家々はどこも、焼け出された親類縁者であふれかえっている。中には軒下に筵《むしろ》だけを延べ、そこに五、六人を住まわせている家も珍しくない。このためとよもりうとともに無事な米屋に走り、庭の古井戸を縄一本を頼りに恐る恐る浚《さら》えて、わずかな清水を得るのに懸命となった。

区役所は靖国神社や宮城外苑、また各地の小学校で炊き出しを行っているが、朝飯をもらうはずの行列が昼を過ぎても消えぬ日も珍しくないという。家を失った人数は、東京だけで百万人とも二百万人とも噂され、すでにその中には東京での生活を諦め、着の身着のまま、地方へと去った者もいると聞けば、初対面のよしの同級生の祖母と卓袱台《ちやぶだい》を囲む生活にも文句は言えない。

「すみません、おばさん。ご厄介になっちまって。今日の洗い物はあたしがやりますから、置いておいてください」

はきはきとした口調で詫びるよしの同級生は鈴木喜久《すずききく》といい、以前から根岸の家にもしばしば遊びに来ていた小柄な娘である。

「なあに、困ったときはお互いさまだよ。気にしないでおくれ」

静かな女三人暮らしに慣れ切っていただけに、廣田に加え、喜久の両親に祖母、二人の兄までを間借りさせる日々は、正直いささか狭っ苦しい。しかしあの夜以来、よしは陽気な普段に似合わず考え込む顔をする折が増えており、いかにも江戸の娘らしい喜久の気風《きっぷ》のよさが、今のとよにはありがたかった。

あの夜、よしは何を呟いたのだろう。改めて尋ねようにも、家族よりも間借り人の方が多い毎日では、娘と二人きりになることすら難しい。

そうこうしている間に、焼け跡にはぽつりぽつりとバラックが建ち、喜久の父と兄たちがまずそちらに引き移った。ついでその数日後には廣田が外から帰ってくるなり、「そろそろあっしもお暇《いとま》申し上げようかと思いまさァ」と言い出した。

「実は元の店の近くに出来たバラックが、間借り人を探していましてね。いつまでもご厄介になるわけにはいかねえし、数日のうちにもそちらに引き移りまさァ。一人での商いには懲りたんで、今度は同業と二人で店をやろうかと思ってましてね」

最近の廣田は、日のある間はほとんど、根岸の家を留守にしている。それは無事だった道具屋を巡り、新しい店で商う品を集めるためだったと告げられ、とよはまだ若い彼の逞しさに感嘆した。

「じゃあ、廣田さんの新しい門出を祝わなきゃねえ。幸い、今夜は中秋の名月だ。皆で月見と洒落込もうじゃないか」

まだ電気が復旧しないだけに、夜空にかかった満月は折からの晴天も加わって、神々しいほど明るい。月光の射し入る縁側にとよが据えた箱膳に、廣田はありがてえと手を合わせた。

「そういや上野の山裾に、芒《すすき》が穂を出していましたっけ。中秋と気づいてりゃあ、一、二本、引いて来たのに申し訳ねえ」

「そんなことはいいよ。それより店が開いたら教えておくれ。祝いに何か買わせてもらうからさ。——おっと、また来たね」

汁椀を乗せた盆を運ぼうとしていたとよは、鈍い地鳴りに気づいて縁側に膝をついた。庭で月を仰いでいたよしと喜久がさっとその場にしゃがみ込んだ直後、家が激しく軋《きし》み、椀に満たされた汁の表が波打つ。

町内に張り出される広報によれば、あの日から翌朝までの間に起きた地震は大小合わせて二百二十二回。翌日には一日三百回を超えたそれも、翌々日には約百八十回、さらに次の日は百五十数回と確実に減っていったが、それでもいまだ昼夜を問わず突然揺れる地面には、もはや誰もが慣れっこであった。

「そりゃあ、ありがてえや。ご入用なものがあったら、何でも申し付けてくだせえよ。ところで先生が案じていらした省線ですけど、遠目に眺める限りでは、そろそろ並みの旅客も乗り込めそうですぜ。以前とは比べ物にならねえほどののろのろ運転とはいえ、それでも品川まで歩いていくよりはよっぽどましでしょう」

関東全域の線路が寸断された中、山手線は地震の翌日から臨時列車を走らせ、現在は品川・田端間で列車が往復している。当初は救援物資の運搬や避難民の足として立錐の余地もなかった車両も、ひと月近くが経った今では空席が目立つと聞かされ、「そうかい」ととよはうなずいた。

「じゃあ、そろそろ品川まで行ってみようか。今度こそお絹さんの消息が分かればいいのだけど」

「すみません。ご一緒できればいいんですが、あっしは今ちょっと手が離せなくて」

襟足を掻く廣田に、とよは小さく笑った。

「気にしないでおくれ。もしお絹さんに会えたら、あんたが絵を買いたがっていた旨を伝えておくさ。そのためにも、頑張っていい店を拵えなよ」

「ありがとうございます。店の名は壺中居《こちゅうきょ》とつけるつもりなんで、どうぞご贔屓に願います」

廣田はもうじき、根岸を出て行く。喜久や母たちも、いずれは元の住まいのあった町に戻るだろう。もしお絹が見つかれば、彼女をここに呼んでもいいかもしれない。もともと河鍋の家は、他人同士が絵だけで結びついていたようなもの。ならば血のつながりのない家族が増えたとて、今更驚くには当たるまい。

翌日、そんなことを考えながら品川駅に降り立てば、往来の瓦礫こそ片付けられているものの、駅の西の家々は倒壊したまま放置されている。

遮るものが減ったせいか、吹きつける海風は以前より強い。それに逆らうように道を進めば、トタン屋根で覆われた井戸端で、数人の女が煮炊きをしている。

「すみません。このあたりに西光寺という寺は」

「ああ、それならこの道をまっすぐ行った最初の辻だよ。大屋根がそのまま崩れているから、すぐに分かるはずさ」

なるほど教えられた辻には巨大な伽藍の屋根が倒れかかり、道の半ばを塞いでいる。だがどれだけ見回しても、四囲に無事な家は一軒とてなく、長屋らしき古家の屋根だけが家屋の残骸の間に覗いている。

それらのところどころが破られ、棟木《むなぎ》が露わになっているのは、下敷きになった者を助け出した跡だろう。あの日、お絹は腰を痛めて、勤めを休んでいた。ならば彼女もまた近隣の者たちとともに、どこかで難を避けているのかもしれない。

西光寺の角まで戻れば、墓石が軒並み倒れた墓地の隅で、腰の曲がった老爺が卒塔婆《そとば》を焼いている。寺男だろう。太い足に脛巾《はばき》を巻いた彼に向かい、とよは崩れた土塀越しに声をかけた。

「ちょいとお尋ねいたします。こちらの裏の長屋に住んでいた、河鍋絹というお方を探しているのですが」

「河鍋、河鍋なあ。お絹さんというお方は確かにおいでじゃったが、確か田上という姓じゃったから、人違いじゃなあ」

「ああ、いえ。もしかしたらそう名乗っていらしたかもしれません。どちらに行かれたか、ご存じでいらっしゃいますか」

あわてて言葉を継いだとよに、早くも背を向けかけていた寺男は足を止めた。探る目でとよをうかがいながら、焚火《たきび》からはみ出した卒塔婆を手にした棒で焔の中に押しやった。

「あんた、お絹さんの知り合いかい」

「義理の妹です。亡くなった兄が、お絹さんの連れ合いで」

ああ、と吐息とも相槌ともつかぬ返事を、寺男は漏らした。

「それはわざわざのお越し、お絹さんも喜んでいなさるじゃろう。もしよろしければ、線香の一本も上げて行ってやりなされ」

冷たいものが背を這い上がる。言葉を失ったとよに、寺男は崩れた伽藍を目で指した。

「さよう。お絹さんはあの日、亡きお連れ合いとかつて流してしまわれたお子の法要を営みたいと、寺に相談にお越しでなあ。ご住持と一緒に本堂の下敷きになられ、あわてて檀家の衆と引き出したときには、もう――」

わずかに声を潤ませ、寺男は墓地の片隅を指した。まだ土の色も新しい塚に、真新しい卒塔婆の白さが際立っていた。

「この界隈で亡くなった他の衆とともに荼毘《だび》に付し、お骨はまとめて供養しておる。うちのご住持や長屋から掘り出したお子のご位牌もご一緒じゃで、寂しくはなかろうよ」

ちょっと待っていなされ、と断って、寺男が歩み去る。とよは崩れた土塀を乗り越え、よろめく足で墓地へと踏み入った。

また海風が騒ぎ、とよの顔を叩く。強い潮の匂いがなぜか、昼間も薄暗かった大根畑の家の玄関先を思い出させた。

(子ども——)

お絹と周三郎がどこで出会ったのか、とよは知らない。いや、それ以前に、二人がどんな夫婦だったのか、とよには皆目わからない。

——そういや、幾月になるんだ。

どれだけ思い巡らせても、周三郎がとよの身を気遣ってくれたのは、よしを身ごもっていたあの時だけだった。そして最後にとよが大根畑の家を訪れた日も、周三郎は病魔に身体を蝕《むしば》まれつつも、怯えるよしには決して冷淡に当たりはしなかった。

いったい幾人が眠っているのだろう。近づけば、塚はとよの眼の高さよりも高い。築いた時に根ごと混じったのか、枯れかけた芒が一本、その裾からひょろりと突き出し、荒い風にふわふわと揺れている。

この下に眠っているのは、お絹とその子だ。頭ではそう知りつつも、とよは白い骨となった母と子のかたわらに、痩せ衰えた周三郎がひっそり寄り添っている気がしてならなかった。

「兄さん、あんたは――」

もしお絹が産んだ子どもが育っていたなら、周三郎の前にはまったく異なる道が延べられていたのではないか。そう、とよがよしの存在によって、画鬼の娘であるとともに、一人の母となったように。

また風が吹き、芒が騒ぐ。その心もとない動きに目を奪われたまま、とよはその場に膝をついた。握りしめた土の冷たさに、食いしばった奥歯が小さく鳴った。

画鬼の家

大正十三年、冬

気まぐれに吹く北風が、枝ばかりとなった銀杏の梢《こずえ》を鳴らしている。松が取れてこの方の晴天続きのおかげで、河鍋家代々の墓石を照らす冬陽はひどく柔らかい。

小坊主が庫裏《くり》でかき餅でも焼いているのだろう。鼻先に漂ってきた香ばしい匂いに、とよは数珠を懐に納めて眉をひそめた。

四か月前の大震災の折、東京市内各所から出た焔《ほのお》は幸いにも上野の御山を越えず、とよの自宅のある根岸やここ谷中は火災を免れた。とはいえあの日以来、吹く風は常に強い煤《すす》の匂いを含み、髪を洗おうとも着替えようとも、全身に染みついて離れなくなった。年が改まってからはそれもずいぶんましになったが、餅や芋を焼く香ばしい匂いはまだ、あの恐ろしい地震を思い出させる。詣《もう》でる人がいないのか、墓地のそここで覆ったままの墓石が、その記憶を更に鮮明にした。

「じゃあ、撒《ま》いちまいますよ、とよ先生。けど、本当にいいのかなあ。あとでご住持に叱られたって知りませんからね」

松司の声にうなずきながら、とよもまた袂に納めていた紙包みを広げた。目が覚めるほど鮮やかな紅白の金平糖を掌に積み上げ、まだ戸惑い顔の松司を振り返った。

「ああ、思い切りやっとくれ。お絹さんはいい女だったからね。これぐらい、華やかにしてあげたいのさ」

とよの言葉を遮って、霰《あられ》が降るに似た音が墓地に響いた。松司が握りしめていた金平糖を、豆でも撒くかのように高く放り投げたのだ。

冬の墓地に、二人以外の人影はない。あるいは灰色の墓石に跳ね、あるいは石畳の両脇に茂る雑草を叩く金平糖が、淡い陽光を複雑に散らした。

とよの母や妹のきく、兄の周三郎の骨が納められている河鍋家代々の墓は、とよの曾祖父・河鍋喜太夫信正《きだゆうのぶまさ》が建てたもの。そのため本来なら、義姉・お絹の骨もこの墓に納めるのが道理だが、なにせ彼女の遺骸は同じく地震で亡くなった人々ともども茶毘に付され、品川の墓地にまとめて埋葬されてしまった。

今日、とよが正行院を訪れたのは、お絹とその子どもの永代供養を住持に依頼するため。そして今夏に行う兄・周三郎の十七回忌の際には、少し早いがお絹の一周忌も共に執行するつもりであった。

懐紙から取り出した際に零《こぼ》れたのか、胸元に目を落とせば、黒羽織の襟元に一粒、白い金平糖が引っかかっている。指先でつまみ上げたそれを、とよは静かに口に運んだ。

冷たいものがざらりと溶け、すぐに疎ましいほどの甘さに変わる。無理やりそれを飲み下し、とよは両手の砂糖の粉を軽く払った。

「さて、帰ろうかね。今ごろまた、八十五郎がうちに顔を出している時分だよ」

その途端、松司はあからさまに表情を陰らせた。両手を行儀悪く懐手に替え、頭上を素早く一瞥した。

「ねえ、先生。せっかく谷中まで来たんです。どうせなら、浅草に足を延ばしてみませんか。今日は月の十八日。観音さまのご縁日ですよ」

日頃おとなしい松司が、話を先回りするのは珍しい。とよの応えを待たずに墓石の間を歩き出しながら、だってほら、と言葉を続けた。

「焼野原の浅草で、たった一カ所、燃え残ったっていうんで、このところ浅草寺は信心の衆で大賑わい。金色一寸八分のご本尊が観音堂の屋根に後光とともに立ち現れて、四方に水を吹かせ給う図が、仲見世で飛ぶように売れているようですよ。家内安全、災厄除けにめっぽう験《げん》があると聞きます。土産にすれば、おりうさんも喜ぶんじゃないですかねえ」

「――松司」

溜息まじりのとよの呼びかけに、松司の足が止まる。かさり、と金平糖が崩れる音が、その草履の下で鳴った。

「八十五郎がたびたび根岸に来るのは、おまえに会うためなんだよ。だいたいおまえがこうも留守をしちゃあ、おこうさんも心細かろう。いい加減、御行ノ松下に帰ったらどうだい」

「いいんですよ、親父がいるんですから。こっちが地震でどれだけ苦労しているかも知らず、一年近くもほっつき歩いていたんだ。女房の面倒ぐらい、自分で見るのが筋でしょう」

言い捨てて寺の冠木門《かぶきもん》を潜る背は、いつになく硬い。石畳に落ちた金平糖を避けながら、とよは小走りにその後を追った。

昨春から朝鮮に写生旅行に出ていた真野八十五郎が帰宅したのは、暮れも押し迫ったひと月前。松司とおこうが暮らす根岸・御行ノ松下の画室に現れた時、八十五郎は朝鮮土産の人形の入った木箱を、背に大切にくくり付けていたという。

もともと、松司が絵筆を捨てて家業を担《にな》ったのは、店を顧みぬ父への怒りゆえ。その上、あの恐ろしい地震にも安否を問う文すら寄越さず、愛らしい人形を後生大事に持ち帰った父に、とうとう堪忍袋の緒が切れたのだろう。八十五郎帰宅の翌日、松司は鞄一つを抱えてとよの家に転がり込み、そのまますりうやよしと雑煮を祝った。

地震直後から面倒を見ていた鈴木一家が全員出て行った直後だけに、居候されるのは構わない。ただ八十五郎はもちろん、弟の満の訪いにすら知らぬ顔を決め込む松司の頑なさが、とよの胸をうずかせていた。

根津に続くだらだらと長い坂を下れば、乗合バスが鉛色のガスを噴き上げながら停車場に止まっている。迷う素振りもなくバスに乗り込む松司の横顔は、まるで己が父や弟から痛めつけられているかのように強張っていた。

かつて八十五郎は画材や手本となる画幅を買い求めるために、店の金を持ち出したり、遠縁や同業に借金を拵えもしていた。そのため松司は二十歳そこそこで家業を引き受けるや、まず父の作った借財の整理に取りかかった。大した額ではなかったとはいえ、一年余りでそれらを綺麗に整理し、その上、昨年の春には左隣の商家を買い求めて店を広げたのは、当人すら自覚していなかった商才のおかげだろう。先だっての地震で店は全て崩れ落ちたが、八十五郎が毎日のように根岸の家を訪ねて来るのは、長男の商いの腕を心頼みと思っていればこそに違いない。

御徒町を過ぎ、大川を渡るにつれて、車中にはまたあの煤の匂いが満ち始めた。それとともに往来の左右は果て無く続く焼野原と変じ、その中に点々とバラック小屋が建っている。それだけにやがてバスの寄せられた浅草寺の賑わいに、とよは眼を丸くした。

地震で倒壊したという大門は礎石を残すのみとなっているものの、そのぐるりには参詣者がたむろし、長い人波が参道から本堂へと続いている。トタン板と焦げ板で作られた急ごしらえの仲見世に並ぶ張り子人形や土鈴に施された朱色や藍色が、通り抜けてきた焼野原からすれば嘘のようだ。

櫛比《しっぴ》する仮店の中でひときわ厚い人垣に囲まれているのは、棹の先に刷り物の観音図を掲げた一軒である。同じバスから降りた人々が、互いに袖を引きながらそちらに吸い込まれてゆく様に、松司が声を弾ませた。

「ほら。あれが最近、人気のご本尊図ですよ。まずは一枚買っていきましょう」

とよを往来の端に待たせ、松司は人波をかき分けて紅白の幕が巡らされた店へと近づいて行った。だがまるでそれを待っていたかのように店先の人波が急に静まり、店の者たちが忙しく幕を片付け始める。

参道に停留していた人の列が徐々にほどけ、本堂へと向かう。不審に思ったとよのもとに足早に戻って来ると、松司は軽く舌打ちをした。

「残念。ちょうど目の前で、最後の一枚が売り切れちまいました」

「まだ店を開けて、そんなに間がなかろうに。大変な人気ときたもんだ」

かろうじて観音図を買い求めたと思しき印半纏《しるしばんてん》に襟巻姿の職人が、嬉しげに懐を片手で押さえて去っていく。往来の男女がそろって妬《ねた》ましそうに、その後ろ姿を見送っていた。

「あの日は浅草寺に避難していた幾万もの人たちが、不思議に誰一人火傷も負わずに済んだんですからね。大火で火傷を負ったお人の身内や、建物の建て直しに関わる大工の中にも、ご利益を求めて本尊図を買うお人が多いそうですよ」

「余震こそ随分減ったけど、東京が元に戻るにはまだまだかかるだろうからね」

「また明日、買いに来ますよ。朝一番に来れば、間に合うでしょう」

どうやら松司はまだまだ、御行ノ松下に戻る気がないらしい。さてどうしたものか、ととよが唇を引き結んだ時、店じまいを始めたはずの図像屋の店先で人声が沸き起こった。そちらを顧みる暇もあらばこそ、張りのある女の怒号が喧騒を圧して轟いた。

「売り切れってのは、どういうことだい。あたしは昨日、確かにあんたに観音さまの図像を取り置いておくれと頼んだんだよ。その際にあたしから小銭までせびっておきながら、それは道理に合わないだろうッ」

「ちょ、ちょっとあんた。声が高すぎますよ。人目につくじゃないですか」

額の広い四十男が狼狽しきった面持ちで、喚き散らす年増女の腕を摑む。それを間髪を容れずに振り払い、「こっちは目立つように言ってるんだよッ」と更に声を荒らげる女に、ととよは目を見開いた。

「こっちの頼みに銭をせびる小狡《こずる》さも腹立たしければ、その約束を踏みにじる不義理も忌々しいよ。おととい から三七日《さんしちにち》の潔斎《けっさい》を始めた連れ合いに持たせるつもりだったけど、売っているのがこんな奴らとなりゃあ、観音さまのご利益もあったもんじゃないね」

とよより首一つ分も小柄な癖に、女の声は凜としてよく響く。

双眸をきりりと吊り上げ、女は見得を切るかの如く四囲の野次馬を見回した。年相応に皺を刻んでいるものの、それでも鑿《のみ》で彫ったように形のいい目であった。

「お前さんたちも、こんな奴らを信じるだけ無駄ってもんだよ。信心するならやっぱり、ご本尊に手を合わせるのが一番ってわけさ」

「あんた。いくら何でもそれは言い過ぎだろう。人間、間違いの一つや二つ、誰にだってあるものじゃないか」

店の男が野次馬の好奇の目から女の姿を隠すように、一歩、前に出る。同時に、人垣の先頭にいた老人がああっと叫び、わななく手で女を指さした。

「ぽ、ぽん太だッ。あの鹿島お大尽に落籍《ひか》された名妓だ」

「なんだって」

「そういや、最近、とんと噂を聞かなかったが」

囁きと呼ぶにはいささか声高なやりとりが、辺りを揺らす。図像屋の男までが目を丸くするのに、ぽん太は眉間に寄せていた皺をますます深くした。

「とにかく。こんな小狭い店なんぞ、さっさと潰れちまえばいいんだよ。そこをどきな。このでくのぼうめッ」

口汚く罵りながら歩き出したぽん太に、人垣がぱっと二つに割れる。だがとよの目を捕えて離さなかったのは、毛を逆立てた猫を思わせる怒りようや、四十の坂をとっくに越えたとは思えぬその美貌ではなかった。

洒脱な木賊縞《とくさじま》の銘仙の袖には継ぎが当たり、耳隠しに結った髪の根方に挿された鼈甲《べっこう》の簪《かんざし》も、脂に曇っている。鹿島清兵衛がお大尽時代の芸を頼りに能の笛方となり、すでに十年になる。ただ、清兵衛が昵懇《じっこん》にしていた梅若家は三年前、宗家である観世家との仲をこじらせた挙句、梅若流という独自の流派を樹立。清兵衛自身も梅若家との縁が忌まれたと見え、舞台に立っているとの噂をとんと聞かない。

「ちょっと、ここで待ってておくれ」

口早に言い捨てるや、とよは松司の返事も聞かずに身を翻した。

仲見世の雑踏をすり抜けるぽん太の足取りは、少女かと疑うほどに素早い。それでもどうにかこうにか後を追って大川端の土手に登れば、吾妻橋は川中に突っ立つ数本の橋桁だけを残して焼け落ち、それがかえって対岸の遠さを際立たせている。

降り注ぐ日差しに目を細めて川面を見つめていたぽん太が、ぜえぜえと息を切らせるとよを疎ましそうに振り返った。

「見た顔があると思ったら、あんたかい」

と、汚いものを目にしたかのように、舌を鳴らした。

「嫌なところを見られちまったもんだ。その上わざわざ追って来るとは、どういう風の吹き回しだい」

嫌な顔をされるのは、覚悟していた。ただ白々とした冬陽の下で間近にすれば、ぽん太の頬は肉が落ち、晒されたように白い肌にも粉が浮いている。その衰えぶりに言葉を失ったとよに、ぽん太は「なんだい」とますます声を尖らせた。

「あの名妓が所帯じみているのが、そんなに面白いのかい。犬みたいに次々子どもを産まされ、家を切り盛りするだけで大変なんだ。笑いたければ、笑えばいいさ」

「そういうつもりはないよ。それより、清兵衛さまはお変わりないかい」

「変わっていないわけがないだろう。相変わらず忌々しい女だね」

毒づきながらもその場を去ろうとせぬのは、清兵衛について語れるのは自分しかいないとの自負ゆえか。ぽん太の唇に、うっすらと笑みが浮かんだ。

「本郷の家は火にこそ遭わなかったけど、九月の揺れで屋根が落ち、とても住めなくなっちまってね。修繕が済むまで、梅若の宗家でいらっしゃる万三郎さまの鎌倉のご別宅に、一家そろってお世話になっているよ」

「じゃあ、今日のあんたは鎌倉から来たのかい」

「ああ。万三郎さまの次男でいらっしゃる龍雄《たつお》さんが、先日、二十一歳の若さで亡くなられてね。その追善の『関寺小町』の笛を、うちの人が吹くと決まったんだよ」

老婆となった小野小町が華やかだった古《いにしえ》と和歌の奥義について述懐する「関寺小町」は、数ある能の曲目の中でも最奥の秘曲。よほどの名人でないかぎり、舞うことが許されない。ましてや観世流から独立したばかりの梅若万三郎が舞台にかけるとなれば、東京じゅうの話題となるだろう。

そんな曲目の笛方に清兵衛が選ばれたのが誇らしいと見え、ぽん太はとよが何も問わぬ先に言葉を続けた。

「龍雄さんはあの地震の後、鎌倉においでの万三郎さまのもとに、厩橋から単身、歩いてお越しになったそうでねえ。その無理のせいで身体を壊していらしたのに、京都の脇さま（弟子先）に是非にと請われてお出かけになったのが命取りになったのさ。それで万三郎さまの嘆きを見かねた周囲が、追善能の開催をお勧めしたわけだよ」

震災の夜、雑司ヶ谷で出会った青年のことを、とよは思い出した。彼がそうであったように、家族を遠方まで探しに出かけた人々は、あの夜、数え切れぬほどいたのだろう。その情愛が結果、大切な者を死に至らしめたとすれば、遺された人々の無念は筆舌に尽くしがたいはずだ。

だがそんな話題とは裏腹に、唇を歪めるぽん太の頰には隠しきれぬ喜びが満ちている。とよの背に、小さな粟粒がつっと立った。

「それは……大変なお役だね」

「関寺小町」ほどの大曲となれば、本来は座付の囃子方が四拍子《しびょうし》を務めるもの。それがいくら上手とはいえ、素人の出である清兵衛に笛方を任すのは、大変な抜擢である。

ようやく打った相槌に、ぽん太は待っていたとばかり、「そりゃあ、そうさ」とうなずいた。

「だからあの人は少しでも老婆の風情を得るために、舞台の日まで粥以外は口にしないと決めたんだ。それであたしもうちの人への観音さまのご加護を求め、二度も鎌倉から出てきたってのに、あの騙りどもめ」

「その舞台ってのは、いつなんだい」

「五月の二十日さ。ああでも、招待の客しか入れないと万三郎さまが仰っていたから、あんたはお断りだよ」

どうだ、悔しいだろうとばかり、ぽん太がますます笑みを深くする。しかしとよが演能の日を気にかけたのは、観覧が目的ではなかった。

かつて厩橋の舞台で目にした清兵衛は、以前の痩軀《そうく》から更に肉が削げ、肌にも生気が乏しかった。そうでなくとも清兵衛も、すでに還暦間近。この上更に、五月までの間、粥のみで暮らすなぞという無理を働いては、肝心の舞台で使い物にならぬのではないか。

だがぽん太からすれば、潔斎を行ってまで大曲に挑む清兵衛の覚悟は、誇らしくこそあれ、懸念なぞ微塵もないらしい。世の批判にも嘲笑にも、常に身を寄せ合って耐えてきた二人ならではの自信が、その面上に漂っていた。

「――ねえ、ぽん太。もし差し支えなければ、一度、鎌倉にご挨拶にうかがわせていただけないかい。考えてみれば、以前、厩橋の梅若会にお招きいただいた際の御礼も、清兵衛さまにはお伝えしていないからさ」

「さっきから黙っていれば、清兵衛さま清兵衛さまと気安いね。今のあの人の名乗りは、三樹如月だよ」

とよの言葉をぴしゃりと遮り、ぽん太は目を細めた。己の獲物を取られまいとする蛇に似た、暗い眼差しだった。

「それはすまないね。実は少し前より、うちの親父どのについて話を聞きたいってお人から取材を申し込まれているんだ。とはいえ、三十三回忌法要も終わっちまった後だけに、あたしも色々忘れてしまっていることが多くてさ。如月さまと昔話でもすれば、あれこれ思い出せるんじゃないかと思うんだ」

嘘ではない。村松梢風《しょうふう》なる男が、月刊誌「中央公論」主幹・滝田樗陰《たきたちょいん》の名刺を持って訪ねてきたのは、震災の三月前であった。安土桃山期から明治までの画人四十人あまりの評伝を「中央公論」に掲載したい、ついてはそこに河鍋暁斎を取り上げたいので、ぜひ話を聞きたいとの依頼を、とよは一度は玄関先で断った。しかし村松はそれでもなお熱心に根岸に足を運び続けたため、とよはとうとうその執拗さに負け、取材を受ける約束をしたのであった。

「ふうん。暁斎先生の話をねえ。うちの人は暁斎先生をお看取りし、葬式の一切合切も仕切ったそうだから。あんたに取材するより、いっそうちの人に話を聞けばよかろうにね」

「ああ。あたしもそう思っているよ」

兄の周三郎は死んだ。あれほど大勢いた暁斎の弟子も大半はすでに亡く、残る者たちは八十五郎を筆頭に暁斎を忘れ、この大正のただなかを生きている。暁斎が描き、生きた世はもはや過去となったのだ。

実際のところとよは、自分に暁斎について語る資格があるとは思っていない。だが一方で、この世にはもはやとよ以上に、暁斎について知る人物はいないのだ。

稀代の絵師にして、画鬼。とよと周三郎の師であり、父親。そんな河鍋暁斎という男を猥雑戯狂の浮世絵師として語ることも、はたまた生真面目な写生を画技の根幹に据えた狩野派絵師として語ることも――場合によってはすべてに口を噤《つぐ》み、血ではなく墨によって結ばれた河鍋の家そのものを、このまま人々の記憶から忘れ去らせることすら、いまの自分にはできる。

一旦、その事実に気づいてしまうと、たった一度の取材が身震いするほど恐ろしい。それだけに実のところ、震災後、取材日を決めようとする村松からの手紙に、とよはどう応えるべきかと考えあぐねていた。

とはいえ今のぽん太に、己の葛藤まで教える義理はない。ぶっきらぼうにうなずいたとよに、ぽん太はふうんと呟いた。

川面はもちろん、深川も浅草一帯も遮るもののない焼野原となったせいで、吹きつける川風はかつてとは比べ物にならぬほど強い。巻き上げられた裾を片手で押さえ、「まあ、いいや。わかったよ」とぽん太は首肯した。

「その代わり、取材の際にはうちの人の名前も記者にちゃんと伝えておくれよ。あんたが今、立派な絵師としてやっていけているのも、うちの人が面倒を見てやったおかげなんだからさ」

ほろ苦いものが、胸の底でたゆたう。立派な絵師とは何だ、ととよは思った。

暁斎の如く、血を分けた子どもたちですら絵の技量で推し量り、半鐘が鳴るや否や人の命すら顧みずに絵筆を持って駆けていくのが立派な絵師なのか。もしそうだとすれば、絵師とはまさに画鬼そのものであり、生来、忌むべき生業となる。

寄寓《きぐう》先の住所をありあう紙に書き記し、ぽん太は土手道を南へと下って行った。ぞろりと長く着つけた裾がまた風に揺れ、朱色の八掛《はっかけ》がちらりちらりと翻る。色褪せ、だからこそかえって目に鮮やかなその色が、あの夜、垂れ込めた雲に映じていた焰の緋色に重なった。

暁斎の絵は、もはや古きものとなった。そしてとよは絵師としては暁斎に遠く及ばず、画鬼の家を継ぐ者もいない。

今北斎を気取り、自分を北斎の娘の如く育てようとした暁斎は、いまのとよを見ればさぞ歯嚙みするだろう。

だが、それでいい。墨だけで結び付けられた鬼の棲家を知る者は、もはやとよだけで十分だ。そしてやはり絵ゆえに死してもなおとよたちを苦しめた暁斎の真実などは、自分が墓場まで持っていかねばなるまい。

風向きが変わったのか、吹く風にほんの一瞬、強い煤の匂いが混じる。それが父を葬り去ろうとする自らの胸の中の焰がもたらしたもののように、とよは思った。

取材を受けられないとの手紙を送るや否や、村松梢風は何の前触れもなく、根岸の家に押しかけてきた。取り次ぎを断るりうにはお構いなしに、両手に提げて来た雑誌の束を玄関の上がり框に据える。その荒縄を手早く解いて一冊を開き、

「とにかく。とにかくこれを、暁翠先生に読んでいただいてください」

と、誌面を乱暴に平手で叩いた。

「佐藤春夫《さとうはるお》だの芥川龍之介《あくたがわりゅうのすけ》だのといった文士たちは、僕の文章を下品と貶《けな》しますけどね。書いたものが読者に認められているからこそ、僕はこんなに多くの連載を任されているんですよ。特にここに掲載されている『近世名匠伝』は、もうすぐ改造社から一冊の書籍として出版されるんです。暁斎先生についての聞き書きは、その後釜として連載するんですから、品性は保証しますよ」

どうやら村松はとよの翻意の理由を、他の作家から横槍が入ったためと勘違いしているらしい。松司が応対を替わっても一向に矛を収めず、一時間あまりの押し問答の末、「これを読んでいただけば分かるはずです」と無理やり雑誌をそのままに引き上げて行った。

「どうしますか、とよ先生。捨てるわけにもいかないし」

上がり框に積み上げられた雑誌の山から、松司がうんざりした顔で一冊を取り上げる。半纏をひっかけて画室から母屋に戻って来たとよに向かって、折り癖のついた頁を開いて差し出した。

「ざっと見た限り、露悪趣味や伝奇趣味の書き手ではないようですよ。ご当人は迷惑なお人だけど、文章も読みやすそうです」

「別にあたしは、あのお人を疑って断ろうとしているんじゃないんだよ」

渋々受け取った頁には、「橋本雅邦」の表題がついている。権高で鼻持ちならず――その癖、哀れな画業の虜《とりこ》であった老人の薄い背を思い出しながら、とよはそれを音を立て閉じた。

たった数度、顔を合わせただけではあるが、村松が熱心な文士であることは承知している。だからこそ彼の文章に目を通し、己の決意が揺らぐのが恐ろしかった。

「ところで村松さんが喚き立てている最中、一瞬だけ、壺中居の廣田さんが顔を出しましたよ。見るからに取り込み中だったせいか、その風呂敷包みだけ僕に押し付けて帰って行かれましたけど」

「ありがとよ。表具を頼んでいた『鍾馗図』を持ってきてくれたんだろう。ほら、以前、お前も見ただろう。あたしの兄さんの絵さ」

玄関の隅の風呂敷包みから取り出した軸筥は木の香が薫るほどに新しく、画幅の中回しは古びた間道《かんとう》に改められている。焼物（陶磁器類）の扱いを得意とする廣田が仲介しただけあって、まるで茶席に掛けられそうなほど華やかかつ上品な表具であった。

翌日、「鍾馗図」を収めた筥を再度風呂敷で包むと、とよはそれを手に鎌倉へと向かった。

先の地震の際、神奈川沿岸には津波が押し寄せ、百軒を超える家が流されたと聞く。だがぽん太に教えられた高台の一角は別宅と思しき瀟洒《しょうしゃ》な家々が点在し、大災害を偲ばせる痕跡は薄い。その中で賑やかな鼓や謡の声が聞こえる一軒が、目指す梅若家の別邸のようだ。

門前を掃除していた女中に来意を告げると、まだ十五、六歳と思しき彼女は、皸《あかぎれ》の目立つ手で庭の奥を指した。

「三樹さんご一家なら、あちらの離れにお住まいです。とはいえもう正午をずいぶん回りましたから、起きていらっしゃるかどうか怪しいですが」

女中の言葉の意味は、すぐにわかった。竹籬《たけまがき》に隔てられた離れへと向かえば、庭に面した広縁に籐椅子が据えられている。そこに深く腰を下ろしていた背の高い老人が、とよの足音に閉ざしていた目をうっそりと開けたからだ。

「これはこれは、おとよさん。お越しくださるとゑつから聞き、楽しみにしていましたよ。大儀なので、このままで失礼いたしますがね」

母屋からの謡や鼓にかき消されそうなほど、その声は細い。白骨もかくやの瘦羸《そうるい》ぶりと力なく投げ出された手足に、とよは挨拶の言葉すら失った。

「なにもそんなに驚かなくとも。だって、わたくしが吹くのは、百歳の媼《おうな》がシテの『関寺小町』ですよ。肥えて、生き生きとした男が笛座に座っちゃあ、それだけで見所の衆は興ざめなさいますよ」

「ですが、清兵衛さま」

ようやく声を絞り出したとよに、鹿島清兵衛はかさかさに乾いた唇の両端をわずかに吊り上げた。もともと高めだった頬骨の下に刻まれた影の黒さが、いっそう際立った。

暁斎や周三郎は胃を病んだため、死の直前は豆腐や酒しか喉を通らなくなっていた。だがその死に顔すらまだ肉がついていたのだ、ととよは初めて知った。

「大丈夫です。これでも粥だけは日に二度、ちゃんとすすっていますから。わたくしは凡夫なので、こうでもしないと百歳の媼には近づけないんですよ」

清兵衛はひじ掛けに乗せていた掌をわずかにひらめかせた。どうやら招かれているらしいと気づいたとよが芽吹き始めたばかりの若草を踏んで近づくと、目だけで自分の隣に座るようにとうながした。

「とはいえ、舞台は五月だそうじゃないですか。まだ三月もあるのに、今からそんなに痩せちゃぁ、肝心の舞台で倒れちまいますよ」

勧められるままに腰を下ろせば、木々の重なり合った庭の果てに材木座の海が輝いている。近くに巣でもあるのか、間の抜けた土鳩《どばと》の啼き声がただでさえ長閑《のどか》な春の海に、妙によく似合っていた。

「それはご心配いただき、ありがとうございます。とはいえ大事なご子息を失った万三郎さまのお嘆きを見ていると、三度三度のご膳を満足にいただきながら舞台に立つ気には、到底なれないのですよ。子に死なれた父親の嘆きは、わたくしにとっても満更、無縁ではありませんから」

清兵衛はぽん太との間に、十二人の子どもをなしたという。そのうち幾人かは生後間もなく亡くなったと聞くだけに、とよはてっきり、清兵衛が死んだ幼子たちに思いを馳せているのだと思った。しかし曖昧に相づちを打ったとよに軽く目を細め、「おとよさんも知っているでしょう。わたくしの長男が、たった五歳で亡くなったことを」と清兵衛はひどく明瞭な口調で続けた。

「ご長男って……それはもしや、鹿島家にいらした頃のお話ですか」

「ええ、そうです。もう四十年も昔に亡くした、最初の息子です。あいつさえ生きていてくれればねえ。わたくしはそもそも放蕩なんぞ始めず、いい父親、いい主として、鹿島に居続けたはずです。無論、写真も絵も習わなかったでしょうし、ゑつとだってこんな――」

がたり、と背後で物音がした。振り返れば、次の間へと通じる襖の際に、ぽん太が棒立ちになっている。

清兵衛ととよのやりとりに気づいて茶を運んできたと見え、その足元には盆と湯呑が二つ、転がっている。とよの眼差しに、ぽん太はわなわなと身体を震わせながら、一歩、後じさった。そのまま逃げるように次の間に駆け込む女房を一瞥して、「決して、こんな風にはならなかったのに」と清兵衛は訥々《とつとつ》と続けた。

その癖、軽く咳払いをする横顔には、自嘲の笑みが漂っていた。

「大丈夫ですよ、おとよさん。ゑつもわたくしも、互いにもうそれぞれしかいないとよく分かっているんですから。それでもきっかけさえあれば、昔を思い出してしまうんですから、人間ってのは哀しいものですねえ」

次の間から流れ出してきた微かな歔欷《きよき》が、折しも響いた土鳩の囀《さえず》りにかき消される。言葉を失ったとよに、清兵衛はもう一度、「大丈夫です」と繰り返した。

「もしわたくしが息子を失わず、その空しさ哀しさを忘れるために遊興の限りを尽くさなければ、あれと出会わなかっただろうとは、ゑつも承知しています。ままならぬことばかりの人生でしたが、それでもわたくしはたった一つ、ぽん太という女だけは自由にできました。あれにとっても、今はその事実だけが誇りのはずですよ」

これ以上の追究を拒むように、ところで、と清兵衛は話頭を転じた。

「おとよさんは今日、わたくしに話があってお越しなんでしょう。なんでも暁斎先生にまつわる取材の申し込みがあったとか」

「ええ。でも、断ろうと思っています」

何故とも聞かぬまま、清兵衛がとよを見つめる。その静かな眼差しを避け、とよは抱えてきた風呂敷包みの結び目に手をかけた。

「清兵衛さまが精進潔斎をなさっているとうかがい、『鍾馗図』をお持ちしました。よろしければ、邪を祓《はら》う床の飾りにでもしていただければ」

「それはありがとうございます。おとよさんの筆ですか。それとも、暁斎先生の」

清兵衛の問いには答えず、とよは花も軸も飾られていない床の間に歩み寄った。うっすら埃を被っている床框《とこがまち》に膝をつき、隅に横たえられている矢筈《やはず》に手を伸ばす。すっとひと息に床に飾った「鍾馗図」に、清兵衛は深い吐息を漏らした。

「ああ。これは懐かしい。周三郎さんの筆ですね。それにしても、あのおとよさんが周三郎さんの軸を持って来られるなんて、昔からするとまるで嘘みたいだ。暁斎先生もお二人のその後にさぞお喜びでしょうよ」

「そんなはずはないですよ。だってあたしは結局逆立ちしたって、兄さんにすら敵いっこなかったんです。あたしにあれだけ必死に絵を叩き込んだお父っつぁんからすれば、この上なく情けない弟子でしかありません」

ほろ苦く笑って見せたとよに、清兵衛は納得したようにうなずいた。

「ああ、なるほど。おとよさんはご自身をそう卑下していらっしゃるから、暁斎先生について語りたくないんですね」

そういうわけでは、ととっさに答えようとして、とよは下唇を噛んだ。目の前の周三郎の絵に目を据え、深く息をついた。

「そうかも……いえ、きっとそうなんだろうと思います。だって河鍋の家の最後の絵師になっちまいましたけど、あたしはとどのつまり、お父っつぁんの望む通りの絵描きにはなれちゃいません。兄さんならともかく、そんなあたしがあれこれ河鍋暁斎について語ったりすれば、冥途のお父っつぁんや兄さんはさぞお腹立ちでしょうよ」

語尾がわずかに震えたのは、哀しみゆえではない。五歳で亡くなったという清兵衛の息子が、とよは心の底から羨ましかった。自分は彼と同じ年で柿の枝と鳩を描いた一枚を手本に与えられ、絵師の娘として生きる道を定められたというのに。清兵衛の息子はいまだに父親の胸の中で、愛すべき子どもとして息づきつづけている。

あらゆる画派の絵を学びつくした暁斎の絵を継げる者なぞ、本来、いるわけがない。

それにもかかわらず、なぜ暁斎は自分や兄を絵師にしたのだろう。あの貪欲で恥知らずで——それでいて直向《ひたむき》だった父は、自分一人が絵師としての生涯を全うするだけでは、飽き足りなかったのか。

周三郎は少しでもそんな暁斎に挑もうと足掻き、悶え、その苦しみすらを喜びとして死んで行った。その哀れなほどの煩悶をわが子に味わわせたくないと思ってしまったその時から、自分はもはや父の娘ではなくなっていたはずだ。

膝の上で握りしめた拳が、わななく。暁斎の娘とそれ以外の自分に、我が身が引き裂かれている気がした。

「おおい、三樹さん。三樹さん、起きているかい」

この時、歯切れのいい呼びかけとともに、すらりと背の高い四十男が射干《しやが》の茂みをかき分けて姿を現した。とよの姿に、おっと、とひとりごち、「これはすみません。お客人がいらっしゃいましたか」と、四角く刈り込んだ頭を掻いた。

紋付き袴に身を包んでいるところから推すに、梅若家の一員だろう。ただ短く刈った髪型といい、日に焼けた精悍な面差しといい、肋骨服にサーベルでも帯びた方が似合いそうな風貌であった。

「いえね。義兄《にい》さんがいま、六月の民衆娯楽能の番組を拵えていなさるんだが、三樹さん、『小督』の笛をお願いできないかい。大倉《おおくら》の宣《のぶ》さんが『竹生島』を吹いてくれるからさ。京都まで出向いてもらわなきゃならないのは、申し訳ないけどよ」

「構いませんよ。一番ぐらいなら、大丈夫でしょう」

「そりゃあ、ありがたい。じゃあ、それでお願いするよ」

とよに軽く頭を下げて、男が踵を返す。その背が藪の向こうに消えてから、「梅若流は存外、人使いが荒くてねえ」と清兵衛は笑った。

「特に万三郎さまは、これからの能は誰でも楽しめるようにするべきだというのが口癖で、野外能を企画したり、ほうぼうの公会堂で民衆娯楽会という催しを行ったりと、ひどく尻が軽くていらっしゃるんですよ。まあ新聞なんぞにはなかなか載せてもらえませんし、そういうところが旧態依然となさった観世流あたりには、腹立たしくてならないんでしょうが」

でもね、と清兵衛は続けながら、籐椅子に身体をもたせかけた。

「わたくしはつくづく、思うんですよ。人ってのは結局、喜ぶためにこの世に生まれてくるんじゃないですかね」

あまりに身体が軽いせいか、籐椅子はきしりとも軋まず、清兵衛の身体を受け止めている。野晒しもかくやの風貌とその口から出た言葉の不釣り合いに、とよは清兵衛の横顔を仰いだ。

「喜ぶために、ですか」

「ええ。だって、どれだけあくせく働こうとも、どんなにのらくらと生きようとも、結局、人はあの世には何にも持っていけないのですよ。ならせっかく生まれてきたこの世を楽しみ、日々を喜んで生きた方が、息を引き取る瞬間、納得できるじゃないですか。それは決して、絵や能だけには限りません。魚を獲る漁師もお役人も商人も……この世のすべてはきっと、自ら喜び、また周囲を喜ばせられた者が勝ちなんです」

清兵衛は懐かしげに目を細めた。

「それを言えば、暁斎先生はすごかったですねえ。茶会を催す髑髏《どくろ》に、妖しいほどに美しい地獄太夫。美女の前に脂下《やに》がる閻魔さまに、麒麟《きりん》、白澤《はくたく》、土蜘蛛、狐火。あれほどに人の目を喜ばせた絵師は、古今東西、暁斎先生しかいませんよ。その上、先生がいなくなったって、絵は後に残るんですからねえ。そりゃあ色々困ったところもありましたが、でもほんとに羨ましいお人でしたよ」

空を覆っていた薄雲が切れたのか、この時、眼下に広がる海に一筋の光が差した。眩いほどのきらめきに目を射られ、一瞬、視界が白く霞む。

またどこかで土鳩が啼き、梢の揺れる音がそれに重なる。わたくしはね、と清兵衛はどこか遠くを見つめたまま続けた。

「鹿島を出てから、人さまには明かせぬ嫌な思いを山ほどしましたよ。だけどゑつを自由にすることが出来ているという喜び楽しみは、それでも消えはしませんでした。この女さえいなければと恨み、寝息を立てて眠るその細首に手をかけようとした折とて幾度もあるのに、でもどうしてもゑつを求めずにはいられないのです。この世を喜ぶ術をたった一つでも知っていれば、どんな苦しみも哀しみも帳消しにできる。生きるってのはきっと、そんなものなんじゃないでしょうか」

とよさんは一度も喜びはしませんでしたか、との声は小さかったが、それでもくっきりととよの耳を叩いた。

「わたくしが、どんな目に遭ってもゑつと別れられなかったように、とよさんもまたその年まで絵を続けているのは、そこに少しなりとも喜びがあったためではないですか。暁斎先生や周三郎さんへの引け目のせいで、ご自身の中にある喜びに顔を背けちゃいませんか」

人は喜び、楽しんでいいのだ。生きる苦しみ哀しみと、それは決して矛盾しはしない。いや、むしろ人の世が苦悩に満ちていればこそ、たった一瞬の輝きは生涯を照らす灯となる。

深い深い吐息が、とよの口から溢れた。

暁斎の膝に抱かれて、父の絵筆から生み出される絵を見つめた幼い日。あの時、自分を虜《とりこ》にしたのは、絵師である父への畏怖《いふ》だっただろうか。違う。柿の枝に鳩を止まらせた絵を、お前のものだと渡されたとき、幼い自分はこれから待ち受ける絵師としての日々なぞには気付かず、愛らしい鳩の姿に胸躍らせはしなかったか。

あの刹那の喜びはぽっかりと澄明で、生きる苦悩も父や兄への憎しみも、何一つ混じってはいなかった。だとすれば暁斎が真実とよに与えたのは、延々と続く絵師の火宅ではなく、火花の如く眩く、だからこそ永遠に失せぬ澄みきった煌めきだったのではないか。

眩く光る海と空の間《あわい》が、どうしようもなくかすれた。お父っつぁん——と喉を突きそうになる呻きに、とよは奥歯を食いしばった。

もしとよの人生に絵がなかったならば、自分は清兵衛ともぽん太とも出会いはしなかった。松司もりうも、大切なよしも、すべてどこかで己の絵とつながっている。ならばその身体に血ではなく墨が流れているのは、とよもまた同じ。あの暁斎とその絵を疎み、そして愛すればこそ、今のとよは一人の人間として在るのだ。

日はいつしか西に傾き、縁先に座るとよと清兵衛の影が、床柱にまで長く伸びている。斜めに差し込んだ陽が、床の間に飾られた「鍾馗図」を照らし付け、ぎょろりと剝いた鍾馗の目に刷かれた金泥を淡く輝かせる。

とよは全て知っている。自堕落で気ままだった暁斎が、絵にどれほど真剣に打ち込んでいたか。その絵がかつてどれほど多くの人の目を驚かせ、また喜ばせたのか。彼の絵が移ろいやすい世人から侮《あなど》られ、謗られ、忘れ去られた今でも、河鍋暁斎という画鬼の恐ろしさ素晴らしさを、自分だけは何もかも承知している。

とよが口を噤《つぐ》めば、河鍋暁斎という絵師は、その後に続いた暁雲という男は、やがてその名も絵も忘却され、生きた痕跡すら消え去ろう。父のために、兄のために、二人のことを語るのではない。彼らの絵によってこれから先も心楽しませるやも知れぬ人々のために、自分は父と兄について話さねばならない。それがたった一人この世に残った、画鬼の娘の務めではないか。

小器用、結構。猥雑戯狂、大いに結構。それこそが暁斎が描き続けた絵の真髄であり、自分と周三郎がついに届かなかった高み。そして自分たちの足元に灯り続けた、たった一穂の灯だ。

（あたしたちは――）

たなびく雲は早くも藍色を含み、空と海の境目が霞み始めている。まだ明るい空にいつの間にか光る夕星は、鍾馗の眸《め》の輝きに似て冴え冴えと冷たい。

気の早い流れ星が一つ、その傍らをかすめてすぐ消えた。

梅若流追善能まで半月近くあるにもかかわらず、鹿島清兵衛の衰弱がすでに著しいとの噂をとよに伝えたのは、村松梢風であった。

「すでに鎌倉の梅若家の別邸を辞し、修繕成った本郷の家に戻っているようですよ。ただ、誰がどう懇願しても粥しか口にしない凄まじさでしょう。追善能までもつか怪しいものだと、みな囁き合っていますよ」

再度のとよの心変わりを警戒していると見え、村松はこのところ、りうや松司の渋い顔にはお構いなしに、四、五日おきに根岸にやってくる。その都度、これまでの取材先でのあれこれや市内の噂を語っていく饒舌は、たまたま鉢合わせした八十五郎があきれ返るほどだった。

「真面目な姐さんが、あんな変わったお人を家に出入りさせるとはなあ。まるで暁斎先生が生きていらした頃みたいじゃないか」

「覚えているのかい、おまえ。まだ十やそこらの餓鬼だっただろうに」

松司は今日も八十五郎の訪いを知るや、自室代わりにあてがわれている二階の六畳間に籠ってしまった。しかたなく画室の縁側で茶を振る舞うとよに、「覚えているさ」と八十五郎は画帖や画幅が山積みになった八畳間を振り返った。

「先生はいつも、床柱を背にしていらしてさ。火鉢に膠が煮えて、入れ代わり立ち代わり稽古に来ていたお弟子衆が交替でそれをかき回してただろ。姐さんはそんな中で、いっつも先生に小言を言われながら走り回っていたな。周三郎さんは画室じゃほとんど立ち働かないのに、どうして姐さんばっかり忙しげに、といつも思っていたぜ」

「今から考えると、よくもまあこんな狭いところにあんな大勢が出入りできたものだよ」

いつの間にか遠くなってしまった。周三郎が勝手に画室の顔料を持ち出しては暁斎が舌打ちをし、干上がりかけた行燈の皿にとよが油を注ぎ、八十吉が悪戯をする八十五郎に拳を揮う。顔料の粉が始終、狭い画室を舞い、それぞれの筆の先からこの世の美しいものも醜いものも、ありとあらゆるものが生み出された。厳しく、冷淡で、それでいてこの世のどこにもない、そんなものだった。自分が刹那の喜びを知り、目を背けつつも求め続けてきたのはそんな日々だった。厳しく、冷淡で、それでいてこの小さな画室以外のどこにもない、そんなものだった。

「松司はさ、八十五郎」

「うん」

「あんたのことも絵も、両方好きなんだよ。だからこそああも、あんたに腹を立てずにはいられないんだ」

「分かっているよ、姐さん」

分かっているはずがない。八十五郎は老い、暁斎を忘れ、画鬼の家はとよ一人となった。すべては遠くへ去ったのだ。

背中を丸めて茶をすする八十五郎の白い鬢を、とよは見つめた。同じ色が自分の髪にも光り、それはもはや消えはしない。

「それで、村松って奴になにを話すのか、決まっているのかい」

「さてねえ。その日にならないと分からないさ。いずれにしても、まだ半年も先の約束だよ。おまえが心配する必要はないさ」

どれだけ言葉を飾ったとて、河鍋の家は畢竟、鬼の棲家だ。そしてそれを取り繕っては、とよのすべてをも糊塗することとなる。

それだけに追善能当日、ぽん太に支えられながら楽屋に入った清兵衛が、見事、舞台を勤めたとの噂を耳にしても、とよの心は不思議に静かなままであった。更に半月後、以前からの約束を果たすため、病を押して京都の舞台に立った彼が、帰京するなり倒れたと聞いても、その思いは変わらなかった。

「今度こそはいけないんじゃないかって、もっぱらの噂です。ここまでの道中に見てきたんですが、本郷の家のぐるりには記者たちがすでに張りついてました」

かねてより約束していた取材日は、朝から油照りの一日となった。まだ日が昇り切る前に画室を訪ねてきた村松は、勧められた座布団に遠慮なく胡坐をかき、顎で本郷の方角を指した。

「そうかい。この暑さだからねえ」

周三郎が亡くなったのは、およそ夏とは思えぬ肌寒い夕だった。暁斎が没したのは、じっとりとまとわりつくような霧が垂れ込めた春の日の朝だった。

——姐さん、星が流れたよ。

いくつもの星があるいは志半ばに、あるいは自らの生涯を生き尽くして落ちるさまを、自分は見てきた。だがそれぞれの星は消えたとて、彼らの生きた事実はいまだ空の高みに輝き続けている。そしてそれらを指し示す者がいなければ、どれだけ眩しかった輝きもいずれは忘れ去られてしまうのだ。

口を噤んだままのとよを促すように、村松がごほんと咳払いをして居住まいを正す。正座の膝に広げた帳面に向かって鉛筆を構える姿に、とよもまた丸めていた背をゆっくりと伸ばした。

「ええと、ではまず、先生がたのご出自からうかがえますか。確かご先祖は、下総《しもうさ》の出でいらしたとか」

「はい。わたくしどもの祖父、つまり暁斎の父は下総国古河の藩主土井家の家臣で、河鍋喜右衛門《きえもん》と申しました。喜右衛門は元来は武家の出ではなく、同地の穀商の次男だったのでございますが――」

周三郎はきっと、嘲笑うだろう。暁斎はそんな暇があれば、絵を描けと叱るだろう。だがすでに亡き二人にはは出来ぬ務めが、自分にはある。

とよは己の言葉を噛み締めながら、朝にもかかわらず薄暗い画室を見回した。かすかにたゆたう膠の匂いは紛れもなく、かつて確かにここに輝いていた星の残映であった。

主要参考文献

【書籍】

『河鍋暁斎翁伝』飯島虚心　ぺりかん社　一九八四
『河鍋暁斎——近代日本画の奇才』落合和吉編　筑波書林　一九八四
『本朝画人傳』村松梢風　中央公論社　一九八五
『河鍋暁翠』河鍋楠美　財団法人河鍋暁斎記念美術館　一九九〇
『明治国家と近代美術——美の政治学』佐藤道信　吉川弘文館　一九九九
『観衆の成立——美術展・美術雑誌・美術史』五十殿利治　東京大学出版会　二〇〇八
『女子美術大学百年史』女子美術大学百周年編集委員会編　女子美術大学　二〇〇三
『女子美術教育と日本の近代——女子美110年の人物史』女子美術大学歴史資料室編　女子美術大学　二〇一〇
『四海餘滴』北村正信編　私家版　一九二九
『明治を彩る女たち』千谷道雄　文藝春秋　一九八五
『東京灰燼記　関東大震火災』大曲駒村　中公文庫　二〇〇六
『夢二と花菱・耕花の関東大震災ルポ』竹久夢二・川村花菱・山村耕花　クレス出版　二〇〇三

『関東大震災――消防・医療・ボランティアから検証する』鈴木淳　ちくま新書　二〇〇四
『骨董裏おもて』広田不孤斎　国書刊行会　二〇〇七
『亀堂閑話　能楽随想』十二世梅若万三郎　玉川大学出版部　一九九七
『遊鬼　わが師わが友』白洲正子　新潮文庫　一九九八

【図録】
『河鍋暁斎・暁翠展』東武美術館　二〇〇〇
『日光をめぐる画家 河鍋暁斎と門人たち――真野暁亭を中心に』小杉放菴記念日光美術館　二〇〇一
『絵画の冒険者 暁斎―近代へ架ける橋―』京都国立博物館　二〇〇八
『没後130年 河鍋暁斎』兵庫県立美術館　二〇一九
『河鍋暁斎の底力』東京ステーションギャラリー　二〇二〇－二〇二一
『栗原玉葉――長崎がうんだ、夭折の女性画家』五味俊晶編　長崎文献社　二〇一八
『橋本雅邦と幻の四天王―西郷孤月・横山大観・下村観山・菱田春草―』松本市美術館　二〇一五
『生誕150年記念　寺崎廣業展』秋田市立千秋美術館　二〇一六

【論文】

「東京勧業博覧会と文展創設――北村四海による『霞事件』を中心に」迫内祐司（「近代画説」16・二〇〇七）

「評伝・北村四海」迫内祐司（「文星芸術大学大学院研究科論集」2・二〇〇七）

「雅邦、日本画近代化の背景」細野正信（「三彩」516・一九九〇）

「非運の画家西郷孤月」中村渓男（「三彩」274・一九七一）

「文展開設の前後における『美人』の表現の変容について」児島薫（「近代画説」16・二〇〇七）

「茅町時代の暁翠」大柳久栄（「暁斎」1・一九八〇）

「河鍋暁翠所蔵前観音由来概略」河鍋とよ述（「暁斎」1・一九八〇）

「暁翠の想い出」田中百郎（「暁斎」2・一九八〇）

「大柳いく聞き書きを中心にした『暁翠さんのこと』」大柳久栄（「暁斎」43・一九九一）

「続　わが師暁翠の思い出」小熊忠一（「暁斎」52・一九九五）

「河鍋暁斎と鹿嶋清兵衛」鹿嶋實（「暁斎」52・一九九五）

「雑誌『三眼』の暁翠先生挿絵と祖父暁関」佐藤暁子（「暁斎」85・二〇〇四）

「暁翠先生の弟子・佐藤暁関の『日記』から」佐藤暁子（「暁斎」87・二〇〇五）

「河鍋家二代にわたる内弟子『暁月』について」田中百郎（「暁斎」6・一九八一）

「暁斎住居考」吉田漱（「暁斎」7・一九八一）

執筆にあたり、河鍋暁斎記念美術館理事長・館長の河鍋楠美様、北斎館館長の安村敏信先生には大変お世話になりました。

この場を借りて感謝申し上げます。

解説

東山彰良

本作が第一六五回直木賞を受賞した瞬間のことは、いまでもよく憶えている。

二〇二一年七月中旬、いまだコロナ禍の真っただ中だった。選考会当日、私は有志たちとともに福岡県は久留米市にある立ち飲み酒屋で吉報を待っていた。地元の先輩作家、故葉室麟氏行きつけの店である。

そもそも私は葉室さんを介して澤田瞳子と知り合った。京都で葉室さんと対談をさせていただいた折りに引き合わせてもらったのである。澤田さんの第一印象はざっくばらんに言って、ザ・京都人だった。折り目正しく、顔にはつねに柔和な笑みをたたえているが、どこか腹の読めないところがあった。私は気を引き締めた。こいつの言動にはきっと京都人特有のあの有名な裏の意味があるぞ、「よろしおすなあ」は「調子に乗るなよ」、「おこしやす」は「ここはおまえなんかの来るところじゃない」、「ぶぶ漬けでも食べていきなはれ」は「とっとと帰れ」だということをゆめゆめ忘れるんじゃないぞ。

結論から言えば、私は肩すかしを喰らってしまった。彼女は私が心秘かに憧れていたようないけずな京女ではなかった。ぜんぜんちがった。かなり突っ込んだ個人的な質問にも、あっけらかんと答えてくれた。そのあまりの屈託のなさに私は面喰らい、そしてすっかり愉快になった。京都の幽遠なバーで、私たちはこれ以上ないくらい阿呆な話題でおおいに盛り上がり、ほかのお客さんの顰蹙《ひんしゅく》を買いまくった。私たちは傍若無人で、京都的ないかなる奥ゆかしさもお呼びじゃなかった。以来、私は他人には訊けない原稿料の話でも、澤田瞳子にだけは訊くことができる。

だから動画サイトでのライブ配信で『星落ちて、なお』が当期の直木賞受賞作として貼り出されたときは、澤田瞳子私設応援団久留米支部とでも呼ぶべき面々とともに勝鬨《かちどき》をあげてしまった。葉室さんは生前、「澤田さんは大丈夫、直木賞は時間の問題」とよくおっしゃっていたが、奇しくも葉室さんと同じ五回目のノミネートで見事念願を果たしたことになる。

『星落ちて、なお』は、江戸末期から明治期にかけて活躍した絵師河鍋暁斎の娘とよを題材にしている。画号は暁翠。画鬼と呼ばれた父の衣鉢を継ぎ、こちらも明治から昭和初期にかけて絵筆をふるった日本画家である。

物語は暁斎が逝去した明治二十二年から書き起こされ、大正十三年までの約三十五年間にわたるとよの葛藤を年代記風に綴っていく。幼時より父に絵を叩きこまれたとよは、絵師の家に生まれついた運命を憎みつつもその呪縛から逃れられない。異母兄の周三郎（画号は暁雲）に言わせれば、暁斎は「人の良しあしを、絵が上手かどうかで決める野郎」だ。それは家族に対しても同様で、暁斎にとっては絵師にあらずんば河鍋にあらず、ということになる。つまりとよにとって絵とは、画鬼である父と自分を結びつけてくれるたったひとつの紐帯《ちゅうたい》だった。

全編を貫くのは、芸術家の宿痾《しゅくあ》とも言うべき疎外感と孤独だ。死してなお、とよと周三郎を捉えて離さない暁斎の亡霊。反目する兄と妹は絵に魂を奪われつつも、画鬼になりきれぬ負い目と冷厳な現実のはざまで呻吟する。絵師として唯一無二の存在を間近に見てきたふたりは、それぞれのやり方で父と同じ地平に立つことを希求する。暁斎に迫る絵を描くことだけが自分の存在理由だと信じて。しかし彼らが仰ぎ見る父の狂気はあまりにも凄まじく——行き倒れと見ては死に顔を写生し、死の床にある己の姿すら戯画にしてしまう——常人の理解を遥かに超えている。そしてこと芸術に関しては、狂気からのみ生み出されるものがたしかにあることをふたりとも心得ている。

頑《かたく》なに父に追随する周三郎に対し、とよは軸足をなんとか現実社会に残そうと奮闘する。人間らしくありたいと願う。それが周三郎の目には、絵に対する覚悟のなさに映る。が、全身全霊を懸けて暁斎を模倣する周三郎にしたところで、父の高みにはけっして手が届かない。生き様も考え方も相容れない兄妹は、絵画という一点においてのみつながっている。それこそがまさに彼らが抱える疎外感と孤独の正体なのだが、兄が病没したあと、とよは自分を苦しめてきたこの疎外感に懐かしさを抱く。病床にあった周三郎は暁斎を「あの親父は、俺たちにゃ獄《ひとや》だ」と喝破する。夜道をひとり歩きながら、とよはそのときのことを思い返す。

ああ、そうだね、兄さん、と呟けば、奇妙なほど強く周三郎が懐かしくなった。

この何気ない場面が芸術という牢獄に囚われた者の孤独と、とよの抱える疎外感の深さをえぐり出す。失われたあとで気づくことの、なんと多いのだろう。たったひとりの理解者がいてくれるだけで、無窮の孤独を遠ざけていられる。とよと周三郎は最期まで相容れなかった。だけど絵に憑《つ》かれた者として、「赤い血ではなく、黒い墨で結び合わされた一家」の者として、ふたりには少なくとも共通の言語があった。暁斎という巨星が落ち、いまや周三郎という道標の星まで空から消えてしまった。とよの前途に広がる茫漠たる闇を照らすのは、もはや彼女自身が放つ光以外にない……。

さて、私は澤田瞳子を屈託のない人間だと思っているが、しかし作家なんぞやっているのだから屈託がないわけがない。むしろ人一倍強いかもしれない。だからひとりの絵師の屈託を描くにあたって、彼女が自分の屈託を足掛かりにしたことは想像に難くない。画家と作家の違いはあれど、芸術家たちが創作に臨む心構えにはおそらく多くの共通項があるはずだ。のみならず、澤田さんのご母堂も名の知れた作家。そこに暁斎に対するとよのような屈託を見るのは穿《うが》ちすぎだろうが、それでもこの物語をものすのに澤田瞳子ほどふさわしい作家もいないだろう。

大きすぎる屈託を狂気と呼ぶことができるなら、創作とは多かれ少なかれ狂気の産物だ。心から現状に満足している者は、いかなる芸術作品をも生み出し得ない。芸術家たちは日々その狂気と折り合いをつけながら生きている。彼らは大きすぎる狂気には腰が引けるくせに、心のどこかでは渇望してもいる。狂気を飼い馴らそうと躍起になるくせに、飼い馴らされた狂気はもはや狂気ではないと小馬鹿にする。しかし、それも致し方がない。芸術家とはそういうものだ。もし私からとよに言ってやれることがあるとすれば、それはこうだ。会心の作品を描くのに誰もが暁斎先生や芥川龍之介の『地獄変』級の狂気が必要なわけではありませんよ、狂気とは成功した芸術家の武勇伝にすぎません、それは成功の影のようなものです、成功が大きければ影も大きい、でもそれは影にすぎないんです。

思うに、良い小説とは多くの場合、諦めについて書かれている。その諦めに到るまでの道筋こそが人生そのものだ。そして諦めの先にぼんやりと光明が垣間見えたとき、それを達観と呼ぶことができる。『星落ちて、なお』というタイトルはなかなかに味わい深い。たとえ求めるものが手に入らずとも、道標を失ったとしても、人生はつづいていく。最終的にとよが得た達観は、目新しいものではないかもしれない。しかしそれは波乱に満ちているようでそのじつ穏やかだったとも言える長い人生のなかでもがき、あがきながら摑み取ったかけがえのない彼女の真実だ。その真実さえ捉えて昇華させることができたなら、絵にしろ小説にしろ凡作であるはずがない。星落ちてなお空には無名の星たちがまたたいている。絵師としてのとよは、暁斎ほどのまばゆい存在ではなかった。絵の道を志す者たちを燦然《さんぜん》と導く北極星ではなかった。それでも、星屑のような彼女の放つほのかな光に救われる者はかならずいる。その意味で本書は間違いなく、ひとりの芸術家の真実の物語なのだ。

（作家）

初出　別冊文藝春秋二〇一九年七月号～二〇二一年一月号
単行本　二〇二一年五月　文藝春秋刊

文春文庫

星《ほし》落《お》ちて、なお

定価はカバーに表示してあります

2024年4月10日　第1刷

著　者　澤《さわ》田《だ》瞳《とう》子《こ》

発行者　大沼貴之

発行所　株式会社 文藝春秋

東京都千代田区紀尾井町3-23　〒102-8008
TEL　03・3265・1211㈹
文藝春秋ホームページ　http://www.bunshun.co.jp

落丁、乱丁本は、お手数ですが小社製作部宛お送り下さい。送料小社負担でお取替致します。

印刷・TOPPAN　製本・加藤製本

Printed in Japan
ISBN978-4-16-792195-8

梶　よう子
一朝の夢
朝顔栽培だけが生きがいで、荒っぽいことには無縁の同心・中根興三郎は、ある武家と知り合ったことから思いもよらぬ形で幕末の政情に巻き込まれる。松本清張賞受賞。　（細谷正充）
か-54-1

梶　よう子
赤い風
原野を二年で畑地にせよ――。川越藩主柳沢吉保は前代未聞の命を下す。だが武士と百姓は反目し合い計画は進まない。身分を超え、未曾有の大事業を成し遂げられるのか。　（福留真紀）
か-54-4

梶　よう子
菊花の仇討ち
変化朝顔の栽培が生きがいの同心・中根興三郎は、菊作りで糊口を凌ぐ御家人・中江惣三郎と知り合う。しかし、興三郎は中江と間違えられ、謎の侍たちに襲われて……。　（内藤麻里子）
か-54-5

川越宗一
天地に燦たり
なぜ人は争い続けるのか――。日本、朝鮮、琉球。東アジア三か国を舞台に、侵略する者、される者それぞれの矜持を見事に描き切った歴史小説。第25回松本清張賞受賞作。　（川田未穂）
か-80-1

川越宗一
熱源
日本人にされそうになったアイヌと、ロシア人にされそうになったポーランド人。文明を押し付けられた二人が、守り継ぎたいものとは？　第一六二回直木賞受賞作。　（中島京子）
か-80-2

木内　昇《のぼり》
茗荷谷の猫
茗荷谷の家で絵を描きあぐねる主婦。染井吉野を造った植木職人。画期的な黒焼を生み出さんとする若者。幕末から昭和にかけ各々の生を燃焼させた人々の痕跡を掬う名篇9作。　（春日武彦）
き-33-1

木下昌輝
宇喜多の捨て嫁
戦国時代末期の備前国で宇喜多直家は、権謀術策を縦横無尽に駆使し、下克上の名をほしいままに成り上がっていった。腐臭漂う、希に見る傑作ピカレスク歴史小説遂に見参！
き-44-1

（　）内は解説者。品切の節はご容赦下さい。

堺屋太一
豊臣秀長
ある補佐役の生涯（上下）
豊臣秀吉の弟秀長は常に脇役に徹したまれにみる有能な補佐役であった。激動の戦国時代にあって天下人にのし上がる秀吉を支えた男の生涯を描いた異色の歴史長篇。（小林陽太郎）
さ-1-14

早乙女　貢
明智光秀
明智光秀は死なず！　山崎の合戦で生き延びた光秀は姿を僧侶に変え、いつしか徳川家康の側近として暗躍し、二人三脚で豊臣家を滅ぼし、幕府を開くのであった！（縄田一男）
さ-5-25

佐藤雅美
怪盗　桐山の藤兵衛の正体
八州廻り桑山十兵衛
消息を絶っていた盗賊「桐山の藤兵衛一味」。再び動き始めたのはなぜか。時代に翻弄される人々への、十兵衛の深い眼差しが胸を打つ。人気シリーズ最新作にして、最後の作品。
さ-28-26

佐藤雅美
美女二万両強奪のからくり
縮尻鏡三郎
町会所から二万両が消えた！　前代未聞の事件は幕閣の醜聞に発展する。殺される証人、予測不能な展開。果たして鏡三郎たちは狡猾な事件の黒幕に迫れるか。縮尻鏡三郎シリーズ最新作。
さ-28-25

佐藤雅美
大君の通貨
幕末「円ドル」戦争
幕末、鎖国から開国へ変換した日本は否応なしに世界経済の渦に巻込まれていった。最初の為替レートはいかに設定されたのか。幕府崩壊の要因を経済的側面から描き新田次郎賞を受賞。
さ-28-7

坂井希久子
江戸彩り見立て帖
色にいでにけり
鋭い色彩感覚を持つ貧乏長屋のお彩。その才能に目をつけた右近。強引な右近の頼みで、お彩は次々と難題を色で解決していく。江戸のカラーコーディネーターの活躍を描く新シリーズ。
さ-59-3

坂井希久子
江戸彩り見立て帖
朱に交われば
江戸のカラーコーディネーターが「色」で難問に挑む。大好評の文庫オリジナル新シリーズ、待望の第2弾。天性の色彩感覚を持つお彩の活躍、そして右近の隠された素顔も明らかに……。
さ-59-4

佐藤巖太郎
将軍の子
江戸城の外で育った「将軍の子」、のちの初代会津藩主・保科正之は、いかにして稀代の名君と呼ばれるようになったのか。数奇な運命と清廉な生き方を描く傑作連作短編集。（本郷和人）
さ-74-2

坂上　泉
へぼ侍
明治維新で没落した家を再興すべく西南戦争へ参加した錬一郎。しかし、彼を待っていたのは、一癖も二癖もある厄介者ばかりの部隊だった――。松本清張賞受賞作。（末國善己）
さ-75-1

司馬遼太郎
竜馬がゆく　（全八冊）
土佐の郷士の次男坊に生まれながら、ついには維新回天の立役者となった坂本竜馬の奇跡の生涯を、激動期に生きた多数の青春群像とともに大きなスケールで描く永遠の傑作青春小説。
し-1-67

司馬遼太郎
坂の上の雲　（全八冊）
松山出身の歌人正岡子規と軍人の秋山好古・真之兄弟の三人を中心に、維新を経て懸命に近代国家を目指し、日露戦争の勝利に至る勃興期の明治をあざやかに描く大河小説。（島田謹二）
し-1-76

司馬遼太郎
翔ぶが如く　（全十冊）
明治新政府にはその発足時からさまざまな危機が内在外在していた。征韓論から西南戦争に至るまでの日本の近代をダイナミックかつ劇的にとらえた大長篇小説。（平川祐弘・関川夏央）
し-1-94

高殿　円
剣と紅　戦国の女領主・井伊直虎
徳川四天王・井伊直政の養母にして、遠州錯乱の時代に一命を賭して井伊家を守り抜いた傑女。二〇一七年NHK大河ドラマにもなった井伊直虎の、比類なき激動の人生！（末國善己）
た-95-1

高殿　円
主君　井伊の赤鬼・直政伝
お前の〝主君〟はだれだ？　井伊家再興の星として出世階段を駆け上る井伊直政。命知らずの直政に振り回されながら傍で見守り続けた木俣守勝の目からその生涯を描く。（小林直己）
た-95-2